카페 바체프

cafe bachef

체스♤바둑 소설 V

글 바체프

카페바체프 V

초판 1쇄: 2025년 11월 1일

발행일: 2025년 11월 7일

저자: 바체프

디자인: 예송 기획

미디어 콘텐츠: 배우리

발행처: 가다출판사

인쇄: 트윈벨 미디어

발행인: 배희선

등록번호: 226-95-04958

등록일자: 2009년 10월 23일

강원 강릉시 죽헌길 44번길 17-2

전화: (033)642-9362

ISBN: 978-89-964655-3-9

작가의 말

강릉에서 36년간 바둑학원을 운영했고,

10여 년은 바둑과 함께 체스도 가르쳤다.

오랜 세월 바둑에 관한 유물을, 체스를 가르치며 체스 유물을,

수집하여 관심 있는 분들께 보여드리고 싶었다.

바둑 · 체스 박물관으로 소장품 전시하고,

22.4월 카페 바체프 · 미니골프장을 오픈했다.

전시물에 관한 역사적인 사연들을 알게 된 후 바둑과 체스에

대해 사진과 글 함께 책으로 보여드릴 수 있어서 너무 기쁘다.

카페 바체프를 중심으로 벌어진 일과 그 전에 발생한 일에 대해

자전+허구를 소설 형식으로 바둑 · 체스 소설 시리즈로 출간하게

되었다.

자전뿐만 아니라 창작도 한몫했기에 저자명을 바체프로 한다.

1~5권 시리즈가 출간되기까지 미디어 콘텐츠 부문에서 물심양면

도와준 둘째 딸 「우리」에게 고마운 마음을 한껏 전한다.

2025년 11월 강릉에서 바체프

차례

1. 꽃병의 화초

체스-960 리그전이 개시선언과 함께 동시에 대국이 시작되었다.

선수 8명의 대국자 4개의 초시계가 일제히 움직이기 시작했다.

가장 눈길을 끄는 체스의 철학자는 본인 차례에서 눈을 감았다.

상대인 미국 선수 벤자민은 당연한 듯 철학자의 얼굴에 시선을 고정하고 기다리는 자세를 취했다.

그리고 관전자의 이목이 쏠리는 또 하나의 다른 대국.

오프닝이 몇 수 진행 된 무렵이었다.

지금껏 카페에서 체스 경기가 벌어진 가운데 좀 특이한 장면이 한 인물에 의해 알게 모르게 나타나고 있었다.

-왜 알게 모르게, 라는 표현을 가져왔는가?

내가 판단할 때 세밀한 관찰이 줄곧 필요했기 때문이다.

디마 선수와 우고 선수의 오프닝이 치열해지고 있었다.

알렉산드르 선수가 나를 바라보며 손을 들었다.

그가 커피를 마시고 싶다는 걸 알고 가까이 갔다.

대국 중인 대국자 사이를 조심스럽지만 마음대로 다닐 수 있는, 나에게만 유일하게 부여된 특권이었다. 공식 대회라면 대국 중 차를 주문하거나 홀짝거릴 수 없을 테지만, 지하 세계의 비공식 리그전이라 그런 면에서 선수들은 비교적 자유로웠다.

"아메리카노 한 잔 부탁해요."

알렉산드르의 주문을 받고 나는 바로 옆에서 디마와 대국하는 우고 선수의 얼굴을 가까이서 잠깐 유심히 살필 수 있었다.

우고는 어딘지 괴로운 듯 살짝 찡그리고 있었는데, 젊어서인지 가로세로 어디든 얼굴에 주름이 생기지는 않았다.

그렇지만 어딘지 불편한 어두운 기색인 것만은 확실했다.

내가 알렉산드르에게 다시 커피를 가져다주러 갔을 때도 우고 선수는 그런 기색에서 벗어나지 못하고 있었다. 내가 판단할 때 몸이 불편한 것이 아니라 마음이 불편한 것으로 보였다.

-대국에 문제가 있나?

초시계를 살폈는데 우고보다 디마가 시간을 훨씬 많이 쓰고 있었다. 대국이 잘 안 풀린다면 우고도 시간을 많이 써야 할 텐데 그것도 아니었다. 체스-960경기의 마에스트로답게 오프닝에서 시간을 별로 사용하지 않았다.

-그렇다면 무슨 문제일까?

그때부터 나는 좀 더 세밀하게 우고 선수의 태도를 주시했다.

대국자를 가까이 살필 수 있는 특권을 최대한 이용했다.

물론 조금 떨어진 곳에 앉아서 관전하는 후원인들도 대국자의 얼굴을 살필 수 있으나 미세한 떨림 같은 부분은 알 수 없었다.

그들은 이따금 살피는 대국자의 표정보다는 체스판 위의 기물 움직임에 더 시선을 집중하기 때문이었다.

선수들은 체스판에 집중하여 생각을 거듭하며 신중하게 최선을 다해 체스를 두고 있었다. 최종순위에서 2위는 아무짝에도 쓸모가 없다. 지금 앞의 한판을 결승처럼 생각하며 두고 있었다.

만일 단 1패라도 당한다면, 전승자가 나오면 치명적인 상황이다.

선수 누구 하나 빠짐없이 체스-960으로 온라인 대국하며 홀로 연구했을 터지만, 직접 리그전에 참여한 건 처음일 수 있었다.

그런 상황에서 어디서 상대의 어떤 기물이 기묘하게 공격할지 예측이 힘든 체스-960 오프닝은 한 수마다 지뢰밭을 걷고 있다.

-이런, 너 바보야?

홀로 온라인으로 연습 대국할 때 매우 빼저린 **블런더(Blunder)**가 터졌거나, 어이없는 실수를 저지르면 대국 중에도 자연스럽게 스스로 탄식할 수 있었다.

블런더(Blunder) 치명적인 대 실수. 중대한 악수(惡手)

꼭 체크메이트 당하지 않았더라도 중요한 기물을 상실했다거나, 전략적으로 우위에 설 수 있는 장면에서 한 수 착각으로 열세로 밀린 경우이다.

그 습관이 리그전 실전에서 나도 모르게 무의식으로 터진다면, 그 탄식에 옆의 예민한 대국자는 민감하게 반응할 수도 있었다.

홀로 개인적인 체스 대국을 할 때 그런 무의식적인 습관성 대국 태도는 포커페이스가 아니라면 실전에 나타날 수 있다.

우고의 혼란

우고는 지금까지 삐룰로가 체스-960으로 대국을 요청하면 출전 선수로서 풍족한 대국료를 받고 1대1 개인전 대국만 해왔다.

그 하나가 오 지사장이 내세운 선수와 대국이다. 호텔 등에서 대국자 외 두세 명 정도 관전자가 더 있었을 뿐이다. 야외에서 대국할 때도 있었지만, 타인의 접근이 제한되는 풍광 좋은 장소에서 조용히 집중할 수 있었다. 여러 선수가 다닥다닥 붙어서 대국하며 탄식과 중얼거림이 들려오는 경험은 전혀 없었다.

-아메리카노 한잔 부탁합니다.

더군다나 대국하는 선수가 손을 들어 사람이 다가오면 나직하게 커피를 주문하는 실전 분위기를 겪어보지 못했었다.

대국실이 카페라서 그럴 수 있는 건가?

우고는 너무 어수선하고 산만하고 혼란스러웠다.

오늘 리그전 첫날부터 그런 분위기에 적응하기 어려워 평소의 기량을 다 발휘하지 못할 것을 스스로 느끼고 있었다.

그렇다고 지금 여러 대국이 진행 중인데 조용한 독방 대국실을 요구할 수도 없었다. 분명 대국 상대가 있었고, 상대를 무시하고 특별히 혼자만 요구할 수도 없었다.

빨리 대국 환경에 적응해야 한다고 작심하지만 그게 마음먹은 대로 쉽지 않았다. 디마가 장고할 때 잠깐 주위를 둘러보았다.

다른 선수는 이런 분위기에서 자연스럽게 몰입하고 있었다.

여럿이 동시 대국하면 대국장 분위기가 이렇게 산만할 것이라고 왜 예상하지 못했을까.

-경기 시작 전이라면?

삐룰로가 자비드와 함께 어떤 조치를 해주지 않았을까?

우고는 스스로 실망하며 자책도 하고 있었다.

-내가 유난을 떠는 걸까?

-내가 너무 예민하게 반응하는 걸까?

본인은 어수선하다고 생각되는 이런 대국 분위기에서 누구 하나 곁눈질하는 선수도 없이 모두 자기 대국에 몰입하고 있었다.

-대국 중 탄식하지 말아라.

-대국 중 중얼거리지 말아라.

-대국 중 커피를 주문하지 말아라.

다른 선수에게 이렇게 요구할 수는 없었다.

경기를 참관하고 있는 후원인에게 요청하면 될까?

삐룰로는 이곳 강릉에서의 이런 리그전의 실전 경험이 없었기에 몰랐다 하더라도 자비드는 알고 있었을 것이다.

왜 같은 편끼리 미리 조언해주지 않았을까?

우고는 본인의 대국 외적인 부분에서 생각을 거듭할수록 점점 더 예민해져 갔다. 그나마 이런 분위기에서 불행 중 다행인 건 체스-960의 모든 오프닝 장단점에 대해 이미 나름대로 연구가 되어 있어서 시간을 많이 사용할 필요가 없다는 것이었다.

-여러 선수가 실전 대국하면 이런 분위기가 정상인가?

361번(NRKBBRQN) 나이트. 룩. 킹. 비숍. 비숍. 룩. 퀸. 나이트

이 포지션은 a2-폰, e2-폰이 지켜지지 않는다는 것에 유념하며 흑이지만 상대의 움직임에 따라 대응하면 불리할 게 없었다.

한 수마다 신중을 더하는 디마에게 오프닝이 끝날 때 즈음하여 우위를 점할 수 있을 것으로 우고는 예상했다.

디마가 한참 힘겹게 생각하고 두면 우고 선수는 즉각 대응하며, 쓸 데 있는지 쓸데없는지조차 파악이 안 되는 생각에 골몰했다.

오늘만 대국하고 끝나는 개인전이 아니었기에 다음 대국까지도 대책에 고심하고 있었다.

변수의 존재

우고 본인은 모르더라도 가까이서 세심히 지켜보는 나는 그런 우고 심경에 불편하게 드러난 미세한 부분도 감지할 수 있었다. 물론 우고 선수 속마음까지 다 파악할 수는 없어도 현 상황으로 여러 경기를 관찰한 나의 경험상 객관적으로 유추할 수 있었다. 그런 까닭에 알게 모르게, 라는 미묘한 표현을 가져온 것이었다.

나는 체스 철학자와 벤자민과의 대국을 유심히 관전하고 있는 기정의 어깨를 뒤에서 손가락으로 톡 건드리고 돌아섰다. 관전하며 앉아 있는 다른 후원인이 눈치채지 못하게 지나가면서 자연스럽게 행동했다.

잠시 후 기정은 내게 다가왔다.

"영하는 어때?"

기정의 밝은 얼굴을 쳐다보며 짧게 물었다.

"무난히 이길 듯합니다."

기정은 미소 짓고 있었다.

하긴, 벤자민이 지독하게 고심하며 철학자를 이기려고 들지는 않을 것이다. 다만 본인의 후원인 제프리와 관전자에게 열심히 대국하는 모습은 보여주어야 한다.

"디마 선수와 대국하는 우고 선수는 좀 살펴봤어?"

나는 기정이 우고 선수의 실력이 어느 정도인지, 오프닝 실력은 어떻게 판단하는지, 철학자와 대국하면 누가 승산이 있는지를 살펴봤냐고 복합적으로 묻고 있었다.

“우고 선수의 대국은 유심히 관찰하지 않았습니다. 사범님.”

다른 건 몰라도 기정도 우고 선수 오프닝 실력이 어느 정도인지 몹시 궁금할 텐데, 의외의 말을 하고 있었다.

“왜 우고 선수에게 관심을 두지 않지?”

난 너무 의아하여 질문 같지 않은 질문을 하게 되었다.

기정이 우고의 실력을 주의 깊게 지켜봐야 정상 아닌가?

“일단 영하 대국을 집중적으로 관전하고, 우고 선수의 대국은 이따가 선수들이 디마와 복기할 때 세밀하게 분석하며 설명을 들으려고 합니다.”

기정은 나름대로 계획이 있었다.

-그래도 우고 선수의 오프닝 실력이 퍽 궁금할 텐데…?

나는 갑자기 기정의 속마음이 더 궁금해졌다.

나에게까지 거짓말할 리 없는 기정은 어쩌면 영하와 벤자민과의 대국에서 다른 면을 예의주시하고 있는지도 모를 일이었다.

속고 속이는 게임의 속성과 어제의 동지가 오늘은 적이 되고, 오늘의 적이 내일은 동지가 될 수 있는 곳이 승부 세계이다.

큰 이득이 따른다면 늘 배신도 거기 못지않게 뒤따른다.

기정은 마음속 미심쩍은 부분을 확인하려 했을까?

-끝날 때까진 끝난 게 아니라는 승부 세계 명언의 재림?

지금은 대국 중이고 기정이 유심히 관전하는 대국이 철학자라 특별히 할 얘기도 없어서 기정은 다시 자리에 돌아갔다.

리그전 첫판이 끝나는 오후 5시 즈음 명암이 드러날 것이다.

무념무상의 춤

리그전이 시작되기 전 영하와 대화가 떠올랐다.

"혹시 선수들이 딴 마음 갖는 건 아니겠지?"

나는 조금쯤의 우려를 나타냈다.

"네? 선생님. 딴 마음이라고요?"

영하는 퍼뜩 정신이 든 것처럼 놀라워했다.

"말은 상호 간에 그렇게 맞추고, 차선책으로 누군가 은밀히 한 선수를 더 밀 수도 있잖아."

나도 조리 있게 핵심을 말하진 못했지만, 어떤 의도의 의심인지 영하는 알아들을 것으로 짐작했다.

잠시 멈칫거리며 영하는 내 얼굴을 살피고 있었다.

-설마 그럴 리가?

내가 정면으로 마주 보며 살펴본 영하의 표정이 그랬다.

영하의 눈빛에 그런 의구심이 들어있는 걸 느꼈다.

-체스 철학자에게 일격을 가한 후 우고 선수마저 젖힌다면?

선수들이 단합하여 철학자를 방심하게 만들고 승리를 따낸다면, 가능성이야 아주 희박하지만, 선수들끼리 그런 감춰진 기획도 한 번쯤 짚어봐야 하지 않을까?

내가 나이 들어가면서 노파심에 쓸데없는 걱정을 지레짐작하고 있다면 그걸로 만족스럽다.

이번 체스-960경기는 우고 선수가 뛰어들면서 그동안 치러왔던 우리들의 리그와는 베팅 액수의 수준이 내가 알기론 달랐다.

얼마든지 드러내놓고 변수가 작용할 가능성은 존재했다.

대한민국의 강릉까지 날아오지 않더라도 자기 나라 자기 집에 앉아서 얼마든지 무제한 베팅을 할 수 있는 요건이다.

그동안 우리들의 리그에 참여한 선수들의 노고를 위로도 할 겸 누가 우승할지도 모를 체스-960경기를 열자고 뜻을 모았다.

어디까지나 예전 강릉에서 벌어진 경기에 참여했던 후원인들의 중지를 그렇게 모은 것이었다. 각자 일십만 불 정도 베팅하고 가벼운 마음으로 체스-960경기를 관전하자는 의미였다.

그런데 우고 선수 후원인 삐룰로가 상당 액수를 베팅하고 옆의 자비드도 평소와 다르게 고액을 베팅했다. 그것만이 아니다.

-체스-960의 마에스트로라고 부른다면서?

우고 선수에 대해 평소 소문으로 알고 있던 인물들까지 나서서 엄청난 액수를 베팅하기에 이르렀다.

-체스 철학자이면서 체스 콘트라딕션으로 불린다면서?

체스의 철학자 쪽도 마찬가지였다.

철학자 얼굴도 본 적 없는 후원인은 흥분을 감추지 못했다.

막강한 창, 막강한 방패를 양손에 하나씩 들고 싸우는 철학자는 불패로서 체스 지하 세계에서 신격화되어 가고 있었다.

우리들의 리그에 참여하지 않던 한국인 오정훈, 오정원 남매가 느닷없이 뛰어들어 판을 엄청나게 크게 키웠다.

물론 오정원이 베팅한 고액 중 일부는 그녀의 돈이 아니었다.

그 둘은 그동안 체스 지하 세계의 우리들의 리그에 후원인으로 한 번도 참여한 적이 없었다.

체스 철학자의 명성을 익히 듣고 있던 다수의 해외 후원인까지 끌어들이는 효력을 발휘하며 판이 엄청 거대해졌다.

체스-960경기라서 체스의 철학자가 비록 낯설고 불확실하지만, 그의 실력과 명성을 믿고자 했다. 따라서 그동안 철학자를 흠모하며 베팅하고 싶어 벼르던 후원인들한테는 처음이자 마지막이 될지도 모르는 기회를 철저하게 살리고자 했다.

-표준 체스의 체스 필로소퍼.

-변형 체스의 체스 마에스트로.

각국의 전 체스챔피언 등 세계적인 GM들이 인정하는 철학자.

비록 흘러간 챔피언이라도 철학자의 실력을 인정하고 있었다.

-이천만 불이 훌쩍 넘은 걸 아나?

이번 체스-960경기의 베팅 금액 합계가 이천만 불이 넘는다고 보스가 기정에게 귀띔했다고 말해주었다.

보스도 기정, 영하도 각기 일백만 불씩 베팅한 걸 보스는 안다. 누가 누구에게 얼마 베팅했다고까지는 명확하게 몰라도 총계는 선수단 모두 대략 알고 있었다.

도박사의 후각으로 눈치 보는 후원인은 이쪽저쪽 눈치 보면서 어느 선수든 다수 베팅할 수도 있는 상황이 만들어진 것이다.

이런 상황을 틈타 커다란 이득을 보기 위해 누가 어떤 불순한 의도로 음모를 꾸밀지 알 수 없었다. 서로 속고 속이며 배신당했다면 이 리그전이 끝나 봐야 그 내막을 파악할 수 있었다.

"선생님. 전 애초부터 선수들과 짬짜미할 의도가 없었습니다. 그들이 내게 베팅하든 이중적으로 베팅하든 전 알 바 없습니다. 그저 한 판 한 판을 제 나름대로 최선을 다할 뿐입니다. 새로운 체스 규칙으로 AI 인공지능과 연구한 내용으로 새롭게 적응하며 체스판 위에 제 나름의 체스 철학을 펼칠 겁니다. 매우 귀중한 기회의 꽃밭에서 아름다운 춤을 추며 즐길 예정입니다."

영하는 나의 우려와는 달리 덤덤하게 자신의 의사를 피력했다.

AI체스-960 프로그램과 연구한 대로 아름답게 춤추며 즐긴단다.

선수들이 기정을 통해 오 여사 계좌로 약 삼백만 불 이체하고,

그대로 모두 영하에게 베팅한 것을 알고 있었다.

지하 세계 리그전의 베팅은 어디까지나 자유라는 개념이었다.

선수 중 누군가 베팅 금액 이상을 다시 우고 선수에게 이중적인 베팅하든, 제삼자를 통해 자신 앞으로 베팅하고 우승을 노리든, 영하는 본인과 무관하다는 강변이었다.

“나 역시 김 박사가 어떠한 대국 외적인 부분에서도 쓸데없는 감정 소모 같은 영향을 받지 않았으면 하는 바람이야. 체스판을 마주하여 앉아서 잡념으로 대국에 몰입이 안 될까 걱정이지.”

나의 노파심을 담담하게 말했다.

“선생님. 체스-960 리그전에 저와 기정, 보스, 다은 외삼촌인 오 지사장님, 선수들, 그리고 해외의 후원인 등 저에게 기대를 거시는 분들을 위해서라도 한 판, 그리고 한 수마다 신중하게 둔다고 약속할 수 있습니다. 하지만 어떠한 무게도 느끼지 않고 무념무상(無念無想)의 마음가짐으로 제 철학대로 체스를 둘 것이라고 다시 한번 말씀드릴 수 있습니다. 선생님.”

영하는 리그전 응전태세를 단호하게 말하고 있었다.

모든 걸 비우고 오직 체스만 생각한다는 무념무상의 정신.

나는 영하의 그런 대국 심경에 믿음이 갔다.

표준 체스에 이어서 변형 체스에의 도전 정신이라 했다.

리그전 대국 전 영하와 나눈 우려와 대응의 대화였다.

원래 비워 두는 곳

중년의 오정훈과 오정원 남매, 그리고 젊은 남녀 둘- 오정원의 어여쁜 딸 최다은. 다은 옆에 의젓한 기정이 앉아 있었다.

중년의 오 남매는 좀 긴장한 기색이 역력하고, 다은은 더없이 밝은 표정이었다. 화창한 봄날처럼 해맑았다.

기정은 당당하고 여유로웠다.

-애초에 가진 게 없었으니 잃을 것도 없지?

기정과 영하가 공감하며 일맥상통하는 감정선이다.

무(無)는 유(有)를 창조하지만, 무가 있어야 유를 담을 수 있다.

둘은 이런 의미심장한 대화를 자주 했다. 특히 체스 경기 앞서 본인이 베팅했든 안 했든 그런 마음가짐으로 경기에 임했다.

무는 항아리 속이고, 유는 항아리를 뜻한다.

비워졌으면 다시 서서히 채워 넣으면 되며, 담고 비우며 새로움을 배우고 느끼는 것으로 늘 기꺼워했다.

평소의 그런 고요하고 평온함이 승부를 가르는 것일까?

늘 이겨야 하지만, 이기려고만 애쓰지 않는 마음가짐.

체스판 위에서는 가진 것도 없고, 가질 것도 없으며, 그러기에 잃을 것도 없는 우린, 걸림 없는 우리 영혼은 늘 자유로웠다.

체스판 위에서 오직 나를 찾아 떠나는 사색은 늘 기꺼웠다.

대국하는 영하, 대국을 지켜보는 기정은 그런 심경이었다.

천진한 우고

"체스-960의 마에스트로, 라는 별칭을 받은 우고 선수예요."

선수단이 카페에 처음 방문하던 날, 기정이 우고를 가리켰다.

다른 선수들은 대부분 얼굴이 익은데 우고 선수만 낯설었다.

선수들 모두 체격이 좋은 편인데, 거기에 비하면 유독 우고만 체격이 왜소한 편이다. 한 번 이상 카페를 방문했던 후원인과 선수는 카페의 바둑·체스 전시물에 그다지 흥미를 못 느끼는데 우고 선수는 정말 열심히 관찰하고 있었다.

그 모습이 눈에 띄어 기정이 보충 설명하고 있었다.

생각 같아선 옆에 가서 특이한 체스 전시물만이라도 설명해주고 싶었으나, 쓸데없이 자꾸 나서는 것 같아 참고 있었다.

우고는 신비스러운 물건을 처음 보듯 요리조리 살피는 모습이 어린애 같았다. 살짝 우수 어린 얼굴은 귀엽기까지 하다.

나는 그런 우고를 주시하며 두 눈이 그를 따라가고 있었다.

"마에스트로? 참 여러 의미가 담긴 별칭일세. 다른 후원인은 체스-960으로 경기하면 본인이 출전시킨 선수가 우승할 수 있다고 베팅하는 걸까?"

후원인과 선수 명단을 보고 내가 물었다.

기정이 입국한 선수단을 알기 쉽게 국가별로 분류해서 선수와 후원인을 기록한 명단이었다.

"그런 믿음이 있으니까 나름 고액 베팅하는 게 아닐까요?"

기정은 의심의 여지가 없다는 투로 말했다.

"그럴 수도 있겠지만, 두어 번 혹은 수년간 선수로 내세우며 정도 들었을 거고, 체스를 정말 사랑하여 그럴 수도 있겠지."

우승을 바라는지, 체스를 사랑하는 건지, 선수를 사랑하는 건지, 어떤 대단한 명분이 있으니까 다시 대한민국 강릉까지 날아온 것이라 나는 짐작했다.

다른 이유도 있을 수 있겠지만 좁히고 좁히면 그리 줄어든다.

우고는 해리포터의 전시물 앞에서 멈춰 서서 신기한 듯 체스와 영화 속의 소품들을 자세히 살피고 있었다. 마치 어린아이가 집 안에만 갇혀 있다가 바깥세상을 구경하러 나온 듯한 모습으로 비추어지고 있었다. 분명 이십 대 초반이라 했는데 나이보다 더 천진한 모습으로 보였다.

나는 우고에게 다가가 해리포터 영화를 봤는지 묻고, 해리포터 체스와 영화 소품에 관해 설명해주고 싶었다. 루이스 체스맨도 해리포터 영화에 나온다고 말해주며, 진품은 대영박물관에 전시되어 있다, 말해주고 싶었다. 세세하게 살피는 우고 앞 설명문은 모두 한글이었다. 설명하고 싶은 충동을 참을 수밖에 없었다.

조금 떨어진 거리에서 삐룰로가 우고를 유독 매서운 눈초리로 주시하고 있는 모습이 내게 포착되었다.

눈길 속 치열

치열한 전투를 쉴새 없이 벌이던 제임스(영국) vs 앙리(프랑스) 대국은 앙리의 승리로 가장 먼저 때 이른 종국을 맞이했다.

두 선수를 후원하고 베팅한 제임스-크리스토퍼, 앙리-마티유, 후원인만 그 대국에 관심을 보였으나, 시간이 충분한 상태에서 일찌감치 승리의 기쁨과 패배의 아쉬움을 토로했을 뿐이었다.

참관인 대부분은 벤자민(미국) vs 철학자(대한민국) 대국.

그리고 디마(러시아) vs 우고(콜롬비아)에 촉각을 곤두세웠다.

-체스 철학자 대국은 누가 더 유리한 거야?

-마에스트로 대국은 누가 더 유리한 거야?

시간이 지나며 가장 궁금했으나 누구 하나 입을 열어 알려주는 인물이 없었다. 관전자 누구도 알 수 없었기 때문이다.

철학자와 우고에게 워낙 거액이 베팅 된 상태라 대국 중인데도 해외 후원인한테 시도 때도 없이 확인 전화가 걸려오고 있었다.

체스 철학자에게 베팅한 자는 케빈에게, 우고에게 베팅한 자는 의외로 자비드에게 통화하고 있어 그 둘은 이따금 휴대전화를 들고 카페 밖으로 나가서 짤막하게 통화 후 들어왔다.

-첫판은 누가 승리했어?

-아직 알 수 없어. 나중에 결과를 알려줄게!

-그럼 누가 유리한 거야?

-아직 알 수 없다니까. 기다려봐!

틀림없이 그런 문답 내용의 통화라는 걸 나는 눈치로 감지했다.
a2폰, b2폰이 위험에 노출된 포지션으로 출발하여 오프닝부터 난타전 양상으로 흐르던 헨리(캐나다) vs 알렉산드르(러시아)의 대국도 얼마 후 종국을 맞이했다.
둘은 체스-960의 각자 괜찮은 캐슬링도 할 수 있는 포지션에서 시종일관 전투를 벌이며 결국 캐슬링도 못한 채 알렉산드르가 승리하며 끝나버렸다.
헨리는 패배 후 대국 자리에서 곧 빠져나왔는데, 알렉산드르는 자리에서 일어선 채 양쪽의 대국을 번갈아 주시했다.
벤자민과 체스 철학자의 대국은 잠깐 일별하고 그만이었다.
특히 디마와 우고의 대국을 집중하여 살펴보는 태도였다.
체스 기물이 흘러간 궤적을 유추해내려는 눈빛이었다.
-역시 체스-960은 마에스트로가 우세한가?
석고상처럼 선 채 디마의 대국을 살피던 알렉산드르는 이윽고 고개를 몇 번인가 주억거리더니 자리에서 빠져나왔다.
유일하게 러시안 알렉산드르와 러시안 디마, 두 명을 출전시킨 영국인 후원인 러셀만 흐뭇한 미소와 승리를 축하하는 의미로 알렉산드르의 등을 두어 번 툭툭 두드려 주었다.

월요일 오후, 이른 봄볕이 따사로운 가운데 작은 새들이 카페 밖 미니 골프장 나무 위에 앉기도 하고 땅으로 내려와 무언가 쪼아먹기도 하며 재롱부리듯 여기저기 날아다니고 있었다.

카페 밖으로 나간 알렉산드르는 현관 앞에서 그런 새의 재롱을 물끄러미 바라보며 선 채 상념에 잠겨 있었다.

-방금 끝마친 체스 대국을 머릿속으로 복기하는 걸까?

나는 살랑거리는 봄바람을 맞고 있는 그런 모습의 알렉산드르를 내다보면서 어설픈 짐작을 하고 있었다.

러시아의 대학에서 인류학을 가르친다는 교수-알렉산드르.

동해안 은둔자 ~ 솔리터리 ~ 솔로라는 변천 과정의 김영하에게 체스의 철학자라는 고귀한 별칭을 헌정한 사려 깊고 멋진 사내.

그러한 생각으로 카페 바깥의 알렉산드르를 바라보고 있는데, 문득 조금 전 그와 대국한 헨리가 떠올랐다.

-한 손엔 어떤 방패라도 다 뚫을 수 있는 막강한 창.

-한 손엔 어떤 창이라도 다 막을 수 있는 막강한 방패.

-그런 창과 방패를 의미한다는 동양적 모순(矛盾).

-서양의 contradiction(콘트라딕션).

그런 창과 방패를 양손에 하나씩 들고 싸운다는 모순의 의미로 체스 철학자이며 philosopher-contradiction(필로소퍼 콘트라딕션) 동양적 (체스의 모순)이라는 별칭을 헌정한 캐나다인 선수 헨리.

체스의 철학자(러시아 - 알렉산드르).

체스의 모순(캐나다 - 헨리)

은둔자 솔리에게 그렇게 멋진 별칭을 헌정했던 두 선수가 방금 체스 대결을 마쳤다. 아무나, 누구에게나 체스의 고결한 별칭을 헌정하는 게 아니다. 체스 실력이 세계적 상위의 그랜드마스터 정도는 되야 그런 멋들어진 헌정이 가치 있는 것이다.

둘은 유럽에서 열린 우리들의 리그 표준 체스로서 이미 수차례 겨루어 비슷한 승률을 갖고 있으며 우승도 주고받은 사이였다.

이번 체스-960경기의 대국은 패배감에 젖을 필요도 없었다.

아직 숨 막히는 중요한 두 대국이 진행 중이며, 조용한 발자국조차 큰 울림으로 대국자에게 영향을 끼칠 수 있었다.

체스-960은 오프닝부터 치열한 전투를 유발한다.

물론 누군가 전투를 회피하고 방어적 배치 위주로 한다면 표준 체스와 별반 다를 게 없다. 그러나 백은 더 적극적으로 나갈 것이기에 긴장되고 숨 막히는 전투를 안 할 수 없었다.

둘은 방금 숨 막히는 대국의 지옥에서 벗어난 상태이다.

-어떤 대국이 더 숨 막힐까?

-반드시 이겨야 하는 대국을 할 때일까?

-반드시 이길 것처럼 대국해야 할 때일까?

나는 문득 그런 숨 막힘의 의문이 꼬리를 물었다.

선수끼리 짬짜미로 벌이는 사상 초유의 체스 리그전이었다.
예전까지 알 순 없지만, 선수들은 처음이라 우긴다고 했다.
승패를 미리 정해놓고 연극 대사 외우듯 체스의 기보를 사전에 짜고 진짜인 것처럼 신중하게 두는 체스 연기가 더 어려울까?
-헨리(캐나다) vs 알렉산드르(러시아)는 최선을 다해 대국하고 승패가 결정된 것일까?
-아니라면 여섯 명이 미리 대국 (기보)를 작성하고 승패도 미리 정해놓은 것일까?
철학자는 리그전에 참여했으나, 여섯 명의 제안에 어떠한 것도 합의한 것은 아니라고 명확하게 말했다. 그 여섯 명과도 내일이 없는 것처럼 한 판 한 판 신중하게 둘 것이라고 굳게 다짐했다.
체스-960경기를 리그전에서 여러 선수와 실전 대국으로 다진 후 우고 선수와 대결할 수 있는 적절한 대국 순서로 짜여 있었다.
우연인지 하늘의 도움인지 철학자와 우고는 6일째 되는 날 대국이 잡혀 있었다.
-나는 별 쓸데없는 상념으로 시간을 보낸 것일까?
철학자와 벤자민 대국이 끝나고 두 선수가 일어나면서 악수하는 장면이 눈에 막 들어왔다. 철학자는 은은하게 미소를 머금었고, 환하게 웃는 벤자민의 모습으로는 승패를 알 수 없게 만들었다.
이때 내가 눈길로 찾은 기정과 눈이 마주쳤다.

기정은 긍정적인 몸짓으로 고개를 한번 끄덕거렸다.

기정과 영하가 그렇듯 나도 가끔 둘과 무언의 대화가 통했다.

벤자민은 잠깐 디마와 우고의 대국을 서서 지켜보았다.

잠시 후 결과를 알겠다는 듯 입술을 한번 앙다물었다가 풀더니 대국 자리에서 물러났다.

벤자민과 번갈아 지켜보던 철학자는 서서 체스판 위에 시선을 고정한 채 무언가를 찾아내려는 듯 보였다.

아까 알렉산드르와 마찬가지로 기물의 움직임을 유추하며 뒤로 한 걸음씩 되돌아가며 복기하는 것일까?

-디마가 불리한 장면에서 이기는 수를 찾으려는 것일까?

-아니면? 우고가 불리하여 우고에게 좋은 수를 찾는 것일까?

우고는 오프닝 때처럼 긴장되어 약간 상기된 채 어딘가 불만인 얼굴을 그대로 유지하고 있었다. 디마와 우고의 표정만 본다면 디마가 국면을 유리하게 이끌고 있다는 인상이었다.

참관인들이 거리를 조금 두고 옆에서 대국 체스판을 보는 것과 대국 체스판을 위에서 아래로 내려다보는 것하고 관전 차이가 있을까? 있다면, 실력의 차이로 숨어있는 멋진 수를 찾아내는 능력일 것이다. 철학자 본인은 경이롭게 이기는 수를 찾아낼 때 대국 중 두 눈을 감고 명상에 들 듯 생각에 잠기곤 했었다.

지금 미들에서 엔드로 들어가는 장면인데, 타인 대국에서 앞에

수의 절차를 보지 않고 철학자는 복기가 될까? 의문이었다.
철학자는 디마와 대국이 곧 예정되어 있었다.
디마도 그렇고 우고도 분명한 철학자의 연구 대상이었다.
대국자였기에 옆에 서서 대국하는 체스판을 주시할 수 있었다.
-지금의 국면에서 만약 체스의 철학자가 흑백 중 불리한 쪽으로 대국한다면 역전시킬 수 있을까?
그런 반전을 노리는 엉뚱한 생각과 함께 참관인들은 이제 조금 더 바쁘게 눈동자가 움직여야 했다.
대국자 디마, 우고 표정도 살펴야 했고 체스판 위에서 기물의 움직임도 주시하며 나름대로 수읽기 해야 했다.
철학자가 꼿꼿이 선 채 디마 vs 우고 대국 체스판을 뚫어지도록 응시하며 무엇을 찾고 있는지 살펴야 했다. 체스 대국할 때도 그렇거니와 남의 대국 관전할 때도 사이보그처럼 미동도 거의 없었다. 철학자는 본인 대국 끝난 후 마지막 대국을 관전하는지 감상하는지 아니면 수읽기 하는지 모르게 몰입하여 주시하고 있어서 참관인 모두의 관심을 받게 되었다.
화상으로 머리를 길러 얼굴 한쪽의 작은 흉터를 가린다고 알려져 있으며 그래서 늘 모자를 쓰고 뿔테안경을 착용하는 철학자.
화상을 입고 세상 등진 후 산속으로 들어가 생활한다는 철학자.
AI 체스프로그램으로 홀로 연구하고 AI와 대화도 하며 피드백도

받는다고 소문난 철학자.

-누구에게만 다 주지 않는 하늘은 그래서 공정한 거야!

디마 vs 우고의 마지막 대국을 집중적으로 주시하는 철학자를 지켜보는 참관인들은 그렇게 생각하고 있을까?

시간은 4시 30분을 넘어가고 있었다.

디마는 표정이 특별히 변하지 않았으나 우고 얼굴은 약간 붉은 기색을 나타내고 있었다.

서서 관전하는 철학자가 참관인들을 한번 둘러볼 때였다.

우고가 먼저 악수를 청했다.

우고 손을 잡고 디마는 두어 번 흔든 후 놓았다.

참관인 자리에서는 "오우." 하는 안도의 한숨과 "저런" 하는 탄식이 동시에 터졌다.

영국인 러셀은 손뼉을 치며 "부라보. 디마." 라고 외쳤다.

디마가 시간은 별로 남지 않았으나 기물 부족으로 양쪽 다 이길 수 없는 상태에서 우고가 깨끗이 무승부를 신청한 모양새였다.

시간차 공격으로 이기려고 할 수도 있었으나, 참관인들이 모두 주시하고 있는 터라 치사한 면을 보이고 싶지 않았을 것이다.

어쩌면 우고 성품이 비겁한 행위의 승부를 꺼릴지도 모른다.

디마는 대국 자리에서 벌떡 일어나 참관인 쪽으로 나왔다.

-이럴 수가?

우고는 대국 자리에 그대로 앉은 채 기물엔 손도 한번 안 대고 체스판을 망연히 응시하고 있었다.

우고 실력이라면 체스판 없이도 충분히 복기가 가능할 것이다.

불그스레한 얼굴로 무승부에 대해 자책하는 자세로 비쳤다.

-후원인의 기대에 부응하지 못한 자책일까?

대국장에서 조금 전까지 대국하던 선수들의 어딘지 어수선하던 분위기를 되새기는 것일까?

어쩌면 내일 대국을 걱정하는지도 모른다는 생각도 들었다.

나는 잠시 우고 선수를 지켜보며 참관인들과 달리 여러 상념이 교차하고 있었다.

얼른 빼룰로 동정을 살폈을 때 다소 의아하고 침울한 기색으로 어처구니없다는 얼굴이었다. 여러 표현을 버무려 한마디로 정리한다면 체스-960의 마에스트로에게 실망감이 넘치고 있는 얼굴이었다. 그 옆의 자비드 역시 어이없다는 실망감을 감추지 않고 있었다. 승부가 벌어지는 곳엔 기쁨과 슬픔, 찬사와 탄식이 어우러지며 늘 얘깃거리가 샘솟는다.

카페 안은 대국자와 참관인의 리그전 소회로 잠시 술렁거렸다.

체스-960 리그전의 1회전이 끝나고 내일 대국의 기대와 우려의 장탄식과 함께 외국인은 모두 썰물처럼 케빈을 따라 나갔다.

2. 첫판 종국 후

복기

저녁 6시가 조금 넘어가고 있었다.

앙리를 필두로 선수들이 하나둘 카페에 들어서고 있었다.

여섯 명 선수가 다 들어설 때까지 후원인은 아무도 없었다.

우고 선수는 보이지 않고 있었다.

그건 선수들끼리 미리 협의한 행동이라는 의미였다.

그들은 카페에 들어서다가 기정과 영하를 발견하고는 그쪽으로 한결같이 가벼운 미소를 보내고 있었다.

영하와 기정의 기색은 이 상황을 알지 못한 분위기였다.

둘은 우고 선수의 대국을 복기하는 건 알았으나, 시간대를 몰랐던 눈치로 오히려 선수들에게 의아한 눈길을 보내고 있었다.

카페 안 통창 앞엔 오정훈, 오정원, 그리고 다은이 앉아있었다.

리그전 첫판이 끝나고 케빈이 선수단을 이끌고 저녁 식사하러 나간 후 그 가족 3인과 기정, 영하는 미니 골프 18홀을 마치고 특별코스인 오목 만들기까지 다 끝낸 상태에서 조금 전 카페에 들어와 앉아있었다.

기정과 영하 등 5인은 카페의 영업 종료 후 우리 부부와 같이 저녁 먹자고 모두 기다리고 있던 참이었다.

여섯 선수는 6인용 탁자에 좀 붙어 앉은 모양새였다.

디마가 가운데 앉았으며 그 맞은편엔 알렉산드르가 앉았다.

그 둘의 가운데 체스판이 놓여 있었다.

여섯 선수의 행동을 기정과 영하가 지켜보고 있었다.

"철학자. 우고 선수와 디마 선수 대국을 복기하며 연구할 건데 함께 연구해야지?"

앙리가 천천히 다가와 영하에게 제안했다.

"디마와 우고의 대국을 지금 복기하자고 합의한 건가?"

기정이 앙리를 쳐다보며 먼저 물었다.

조금 어리둥절한 표정의 기정이었다.

"맞아. 어제 저 자리에서 그런 합의를 했었어."

앙리는 손으로 카페 밖의 아늑한 자리를 가리키고 있었다.

“지금 너 보고 복기를 같이하자고 제안하잖아. 어떡할래?”
기정이 매니저답게 영하에게 물었다.
영하는 앙리의 얼굴을 쳐다보며 잠깐 생각에 잠겼다.

-같이 복기하면?
-선수들과 같이 짜고 리그전을 벌이는 것으로 오해받을까?

내가 옆에서 지켜본 영하는 그런 우려를 예감하는 것 같았다.
만일 후원인 중 누군가 저녁 식사 후 차를 마시러 우리 카페에 온다면 그런 오해를 불러올 것 같았다.
워낙 소문으로 유명한 선수인데, 그 우고 선수의 기보는 누구도 본 적이 없었다. 우고 선수의 첫판 대국을 선수들이 둘러앉아 복기하며 연구하는 것은 자연스러운 것일 수도 있다.
모인 선수들은 다음에 우고와 대국이 예정되어 있었다.
그러나 좀 늦은 시간에 숙소에서 서너 명이 복기하며 연구하는 줄 알았던 기정과 영하는 살짝 당황하고 있었다.

-난 누구와도 아군도 아니며, 적군도 아니다.
-난 그저 나의 체스를 나의 철학대로 둘 뿐이다.
영하는 그렇게 소리치고 싶었다.

그런 정신세계로 그런 마음가짐으로 그 어디에도 기대지 않고 나의 길을 가는 것이라고 굳게 믿고 있었다.

앞에서도 그랬고, 앞으로도 그럴 것이다.

굳이 설명할 필요가 없는 나의 갈 길이다.

영하의 얼굴에 그렇게 쓰여 있었다.

"체스 철학자. 어서 와!"

등을 보이는 디마 맞은편에 앉았던 알렉산드르가 일어서서 영하를 향해 손짓하며 반갑게 소리쳤다.

철학자, 넌 당연히 빨리 와 여기 앉아야 하는 것 아니야?

그런 분위기의 알렉산드르였다.

"나는 복기 안 할 거야. 너희끼리 해."

영하가 서툰 영어로 소리쳤다.

영하의 영어 발음이나 버벅거림에 지켜보던 다은과 오 남매는 놀라고 있었다.

참 철저히 변신한다는 의미로 미소까지 번지고 있었다.

기정이 왜 매니저인지 알 듯한 표정이었다.

"왜 그래?"

앙리가 왜 딴짓하냐는 투로 묻는다.

"난 아까 디마와 우고가 대국하는 걸 지켜봤어."

영하는 담담하게 복기를 안 하려는 사유를 간결하게 설명했다.

오정훈, 오정원, 다은 등 다섯 명이 앙리를 주시하고 있었다.

앙리는 이래저래 좀 당황하는 기색이었다.

"철학자. 우린 일부러 이 시간에 일행들한테서 빠져나온 거야. 다 너와 나 그리고 우리를 위하는 거라고."

앙리는 간절함이 담긴 말투로 변했다.

앙리는 철학자를 쳐다보며 '참 다루기 힘든 인물' 이라는 느낌이 얼굴에 그대로 나타났다.

영하는 옆에 오정훈과 오정원이 앉아있다는 걸 뒤늦게 감지하고 기정에게 몇 마디 했다.

"앙리. 철학자는 같이 복기하지 않아도 이미 우고의 장단점을 파악했다고 말하고 있어. 그러니까 모인 선수들끼리 연구해 봐. 어차피 우고와 다음에 대국해야 할 선수들이니까."

기정은 영하의 말을 받아 앙리에게 설명했다.

"정말이야? 벌써 우고의 장단점을 다 파악했다고?"

앙리는 영하를 응시하며 놀라움을 감추지 못했다.

-역시 초일류는 다른가?

앙리는 그런 눈빛으로 잠시 영하를 쏘아보고 있었다.

영하 주변 인물들을 일별한 앙리는 입을 굳게 앙다물었다.

못마땅한 얼굴로 고개를 두어 번 주억거리던 앙리가 선수들에게 되돌아가 무언가 나직이 설명하고 있었다.

-정말로?

선수들이 일제히 철학자를 쏘아보는 눈길을 주고 있었다.

앙리가 기정보다 좀 더 과장된 어법을 사용한 건가?

영하와 기정은 그런 느낌을 강하게 받고 있었다.

-난 복기 따위 안 해도 우고를 충분히 이겨!

-공동 연구 따위는 전혀 필요 없어. 나 혼자 충분하니까!

이를테면 이렇게 뻥튀기로 말했을 가능성도 충분했다.

영하는 본의는 아니지만, 앙리에게 억하심정을 일으키게 만든 요인도 분명 있었다.

앙리의 제안을 단 한 번도 매끄럽게 받아들인 적이 없었다.

철학자에게 보내던 석연찮은 시선을 거두어들인 선수들은 디마의 복기와 함께 연구를 시작했다.

*　　*　　*

별칭

"저기 지금 체스 대국 복기를 주도하는 선수가 알렉산드르라는 러시아인이야. 영하에게 '체스의 필로소퍼'라는 멋진 별칭을 헌정한 선수야."

기정은 다은에게 알렉산드르 선수를 나직이 소개했다.

다은은 선수단이 한옥마을 사물재에 모여서 통성명하며 인사를 나눌 때 자리에 없었으며, 후원인이 아니어서 그 자리에 함께 있을 수도 없었다.

오정훈과 오정원은 그 자리에 앉아있었지만, 지금 알렉산드르를 명확하게 기억할는지 모를 일이다.

기정은 겸사겸사 알렉산드르를 소개하고 있었다.

"기정 오빠. 필로소퍼가 철학자라는 의미는 알겠어요. 그런데 저 알렉산드르 선수가 영하 오빠에게 왜 체스의 필로소퍼라고 말했는지 그 의미도 오빤 알고 있어요?"

역시 다은인 들은 내용에서 석연찮은 부분과 미심쩍은 부분은 대충 넘어가지 않았다. 다른 사람이 설명하는 걸 허투루 듣지 않았다는 의미이며, 궁금한 부분은 두 번이고 세 번이고 반드시 짚고 넘어갔다.

다은은 이해되지 않는 부분은 머릿속에 남겨두지 않았다.

오정훈, 오정원 그리고 다은의 눈길을 의식하며 기정은 머릿속으로 잠시 생각을 정리해야 했다.

영하는 그런 기정을 잠깐 쳐다본 후 웃음을 참고 있었다.

"다은인 필로소피(philosophy)가 어떤 의미인지 알지?"

정리를 끝낸 기정은 질문부터 던졌다.

-필로소피(philosophy)

“필로소피는 철학을 의미하는 말이 아닌가요?”

잠시 생각하던 다은은 조금은 자신 없는 되물음이었다.

“맞아. 필로소피는 철학을 나타내는 말인데, 철학은 지혜를 뜻하는 거고……”

기정은 거기까지 말하고 어딘지 낯간지러운 기분이 느껴져 말을 멈춰야 했다.

다들 알만한 지식인 앞에서 마치 중학생에게 설명하는 말투로 이어지는 느낌에 스스로 얼굴이 붉어지는 걸 느낄 수 있었다.

영하는 기정의 그런 모습에 더 웃음이 나왔으나 꾹꾹 눌러 참아야 했다. 지금 기정의 앞에는 장차 장모가 될지도 모를 다은의 어머니 오 여사가 앉아있었다. 다은의 질문에 좀 더 조리 있게 설명하고 싶은 마음에서 그리 출발한 설명인데 듣는 이의 지적 수준에 비교하여 너무나 기초적인 설명이 앞섰기 때문이었다.

잘하려다가 더 꼬인 느낌에 기정은 스스로 당황하고 있었다.

기정은 그 순간 얼른 영하의 눈동자를 찾았다.

-영하야. 나 좀 구해줄래?

그런 눈빛이었다. 기정은.

영하는 기정의 그 눈길을 외면하며 복기하는 선수들에게 시선을 돌리고 잠시 기다렸다.

기정에게 기회를 주고 싶었다.
그러나 기대와 달리 기정은 찻잔만 만지작거리며 의욕 상실로 다시 설명하길 체념한 모습이었다.
원숭이도 나무에서 떨어지듯 사회적인 면에서 앞서가는 기정도 부담감이 엄습하면 입이 닫힌다는 것을 보여주고 있었다.
"내가 더 설명해줄까?"
영하는 웃음을 떨쳐내느라 애쓰며 말했다.
"네 좋아요. 당사자에게 듣는 게 더 흥미로울 것 같아요."
무안한 기색의 기정을 구하기 위해 다은, 이때다 싶어 손뼉까지 쳐가며 요구했다.
"기초적인 거라서 설명하기에 좀 낯간지럽지만, 그냥 들어줘. 필로소피를 뜯어보면 앞의 philo(필로)는 좋아한다, 사랑한다는 의미이고, 뒤의 sophy(소피)는 지혜를 뜻하는 거잖아. 이 둘의 결합으로 철학이 탄생한 거야. 한자로 철학(哲學)은 밝을 철(哲) 배울 학(學)인데 '배워서 빛을 밝힌다.' 라는 의미가 들어있는 건 다은이도 알잖아?"
영하는 정말 낯간지러운 듯 좀 어색하게 설명한 후 묻는다.
"네. 알고 있죠. 그래서요?"
다은은 웃고 있었다.
이제 엄마와 외삼촌의 관심과 눈길이 영하를 주시하고 있었다.

“인공지능과 인간지능을 체스에서 지혜로 승화시키는 사람이 철학자라는 거야. 보충 설명하면 체스판 위에서 AI 인공지능과 IQ 인간지능을 결합하여 AIQ라는 감성적인 체스의 지혜로 승화시켰다는 의미로 저 러시안 알렉산드르가 체스의 필로소퍼라고 나를 그렇게 추켜세운 거야.”

-체스의 필로소퍼(Chess-philosopher)

영하는 설명을 마친 뒤 한시름 놓고 있었다.

기정의 표정이 밝게 돌아왔기 때문이다.

그리고 오정훈, 오정원도 고개를 주억거리며 이제야 무슨 의미인지 알겠다는 무언의 몸짓을 보내고 있었기 때문이다.

영하, 기정을 번갈아 쳐다보며 잠시 생각하던 다은도 다시 한번 손뼉을 쳤다.

“아하, 이제야 명확히 이해가 되었어요. philosophy(필로소피), 즉 체스판 위에서 자신의 철학대로 체스를 둔다는 의미잖아요. 인공지능 + 인간지능을 결합하여 한층 더 높은 수준의 AIQ라는 감성적인 체스를 운용한다는 의미로 귀결되는 거고요?”

다은은 알기 쉽게 정리된 체스 철학자의 의미를 밝혔다.

“그래. 역시 다은이 의미를 멋지고 간결하게 정리하네.”

영하는 예술적인 조예가 깊고 문학적인 감각이 뛰어난 다은을 칭찬하지 않을 수 없었다.

“지금 일어서서 체스판을 내려다보는 선수가 캐나다 헨리인데, 영하에게 philosopher-contradiction(필로소퍼-콘트라딕션)이라는 별칭을 헌정한 선수야.”

잠에서 깬 듯 기정이 다시 헨리를 가리키며 설명했다.

내일 우고 선수와 대국이 예정되어 있는 헨리 선수는 복기하며 연구하는 자리에서 가끔 일어서서 체스판을 내려다보는 자세로 집중하는 모습이었다.

조금 떨어진 자리에서 얼핏 보기에도 지금 느리게 오프닝으로 몇 수가 진행되고 있다는 것을 알 수 있었다.

내일 우고와의 대국에서 헨리가 가장 조심해야 할 부분이 바로 오프닝 단계이기 때문으로 기정과 영하는 헨리가 이해되었다.

선수들은 가끔 자리를 상대방 쪽으로 바꿔서 상대의 입장에서 살펴보는 경향이 있었다.

기정은 체스-960 리그전 첫판이 끝나고 아직도 조금쯤은 영하를 못 미더워하는 것 같은 오정훈, 오정원을 의식했다.

-엉겁결에 베팅하셨는데 불안하시나요?

-철학자, 모순의 체스 실력을 믿으시나요?

그렇다면 마음 편하게 지켜보세요.

우리도 같은 금액을 걸었고, 저흰 저희를 믿어요.

영하가 세계적인 체스 선수들에게 체스의 철학자, 체스의 모순이라는 찬사를 듣는, 어쩌면 위대한(?) 엄청난 실력자라는 것을 말해주고 싶었다.

그들이 비록 흘러가고 있지만, 한때 세계를 호령하던 강자들이었다는 건 사실이다.

-콘트라딕션(contradiction)

"콘트라딕션? 오빠. 그 말은 모순이라는 의미 아닌가요?"

다은의 의문이 담긴 눈길이 기정을 향했다.

-철학자의 모순이라니?

다은의 눈빛에 그런 의문이 들어있었다.

옆의 오 남매도 그런 의미의 시선을 기정에게 보내고 있었다.

"맞아. 모순이 맞지. 다은인 혹시 동양적인 의미의 모순 유래를 알고 있나?"

알고 있으리라고 믿으며 묻는 기정이었다.

"동양적인 모순이라면…? 중국의 무기와 관련된 모순적 고사를 말하는 건가요?"

다은은 미심쩍어하면서 조금은 자신 없는 말투였다.

"그래, 맞아. 무기와 관련된 고사의 모순."

기정은 풍선의 공기처럼 자신감을 불어 넣어주고 싶었다.

"철학자라면서 모순이라는 건 어떻게 해석해야 할까요?"

다은은 앞뒤가 안 맞는 모순이 왜 영하에게 왔는지 묻는다.

“먼저 다은이 그 모순의 고사를 말해 봐.”

기정은 본의 아니게 다은에게 반어법을 사용하고 있었다.

본인이 말하면서 해답을 찾게 하려는 의도였다.

-서양적 콘트라딕션(contradiction)

-동양적 모순(矛盾)

“중국 기원전 초나라에서 어떤 무기상이 대중에게 외쳤어요.

-이 창은 어떤 방패라도 뚫을 수 있고, 이 방패는 어떤 창이라도 막을 수 있다.

그 말을 들은 청중 한 사람이 무기상에게 물었어요.

-그럼 그 창으로 그 방패를 찌르면 어떻게 되는 거요?

그 질문에 무기상은 빠르게 도망갔다.

그런 유래의 모순(矛盾)으로 창 모(矛) 방패 순(盾)이며 사리가 앞뒤 맞지 않는다는 의미로 사용하는 것으로 알고 있어요.”

불필요한 부분은 뺀 명확한 모순의 유래를 다은이 설명했다.

“이야. 다은인 정말 소름 끼칠 정도로 잘 알고 있네.”

옆에서 듣던 영하가 소름 돋는 칭찬을 아끼지 않았다.

“맞아. 그게 동양적으로 앞뒤 사리가 맞지 않는다는 모순이고, 서양적 콘트라딕션(contradiction). 이 단어는 앞뒤가 맞지 않아 반박한다는 의미로 사용하는데 라틴어에서 왔다는 설이 있어.”

다은의 정확한 동양적 모순의 유래 설명에 기정도 감탄하면서, 서양의 모순에 대해 아는 만큼 설명했다.

“그래서요? 왜 영하 오빠가 체스의 철학자이면서 체스의 모순이냐고요? 오빠?”

다은은 주인공 없는 줄거리를 꾸짖었다.

어리광도 쪼금, 의문도 쪼금 섞은 말투였다.

“하하하하”

다은의 언성이 살짝 높아지는 바람에 오정훈이 웃었다.

기정은 먼저 설명을 시작한 후 다은의 예리한 송곳 질문에 쩔쩔매는 모습에서 오정훈은 참던 웃음이 터졌다.

“아, 그렇지. 그 부분을 설명한다는 게 부연이 길었네. 한 손엔 어떤 방패라도 다 뚫을 수 있는 막강한 창을 들고 있고, 다른 한 손엔 어떤 창이라도 다 막을 수 있는 막강한 방패를 들고서 체스 대국에서 공격과 방어한다며 그런 별칭을 헌정한 거야.”

기정도 설명을 마치며 한시름 놓고 있었다.

오정훈은 젊은이들의 대화가 재미있다는 투로 웃었다.

슬쩍 살펴본 오 여사도 재미있다는 흡족한 미소를 짓고 있었다.

마치 면접관 앞에서 면접 보는 기분이랄까?

부담감이 넘치는 자리지만 기정은 여유를 찾고자 했다.

“그러니까, 영하 오빠가 모순처럼 막강한 창과 막강한 방패를 양손에 하나씩 들고 싸운다는 거죠?”

다은은 말하면서 양손을 가슴 앞으로 내밀었다.

그리고 양 주먹을 불끈 쥐면서 칼을 휘두르는 동작을 보였다.

“그래. 다시 말하면 철학적이면서 양손에는 모순적인 무기를 들고 싸운다는 거야.”

기정은 담담하게 설명하고 있지만, 그 의미는 매우 강렬했다.

다은은 엄마와 외삼촌의 눈치를 살피며 싱긋 웃고 있었다.

기정도 소리 내어 웃진 않았지만, 다은의 의문을 파고드는 언행을 속으로 칭찬하고 있었다.

“기정 오빠. 이제 이해가 돼요. 그런데 궁금한 건 선수끼리 왜 그런 별칭을 헌정하는 거죠?”

다은이 가장 궁금하고 어쩌면 비밀스러운 부분을 드러냈다.

“개인의 특징과 능력을 자의 반 타의 반으로 인정할 때 별칭은 사회적으로 혹은 문화적으로 친밀감을 가져온다고 봐. 능력이 뛰어날수록 특별함을 더해 정체성 강조에도 한몫하거든.”

기정은 거기까지 밝혀준 사려 깊은 다은의 얼굴을 사랑스러운 눈길로 어루만지고 있었다.

엄마, 외삼촌의 불안감을 조금이라도 덜어내려는 의도가 다은의 여러 질문에 들어있다는 눈길이었다.

연구 결과

대화를 일단락한 후 기정은 영하와 눈빛을 주고받은 후 천천히 걸어가 선수들 뒤에 서서 복기하는 광경을 지켜보았다.

“어서 와. 진. 나중에 철학자와 다시 연구해 봐.”

알렉산드르는 반가운 말투로 기정을 반기면서도 철학자를 향해 한 손을 흔들며 무언의 반가움을 표시했다.

알렉산드르는 철학자가 무엇을 꺼리는지 알고 있는 걸까.

체스-960대국 오프닝에서 우고보다 디마가 시간은 더 많이 사용했으나, 큰 손실 없이 오프닝 단계는 지나갔다.

오프닝 이후 디마가 별로 밀리지 않는 운영을 해나갔다.

“뭐야. 오프닝에서만 조심하면 미들이나 엔드에서 우고가 더 나은 것도 없잖아?”

알렉산드르가 오프닝을 지나 중반(미들게임)으로 들어서는 장면에서 한마디 했다.

딱히 미들게임에 들어선다고 할 부분도 없지만, 불의의 일격을 당할 수 있는 오프닝은 넘어선 장면이라고 할 수 있었다.

“선배님이 보실 때도 그런 것 같죠?”

아무 말 없이 복기만 하던 디마가 때맞춰 동의를 얻는다.

본인이 둔 수를 본인이 판단하기가 불편하여 지켜보던 눈들이 평가해주길 기다리며 디마는 천천히 복기만 하고 있었다.

블런더, 라든가 작은 실착도 없이 체스 흐름은 이어졌다.
누가 봐도 유불리를 따지기도 어렵게 흘러갔다.
그저 같은 점수끼리 바꿔치기 정도의 충돌만 두어 번 일어났다.
따질 것도 없으니 평가하며 말할 것도 없었다.
“그래. 오프닝은 변수가 많아 비교적 날카롭지만, 미들게임에선 우리랑 별반 차이가 없는 것 아냐?”
알렉산드르가 다시 한번 확인에 들어갔다.
내일 오전에 우고 선수와 겨루는 캐나다의 헨리 선수는 한마디 말도 없이 선수들이 복기하며 평가하는 걸 지켜보고만 있었다.
표준체스로는 모두 세계적인 선수들이었다.
헨리 선수도 캐나다 체스 챔피언 출신이다.
낯설고 투박한 기물 배치의 체스-960 오프닝 단계만 조심하면 일방적으로 밀릴 실력이 아니었다.
그리고 평소 표준체스가 지루하면 연습용으로 변형 체스로 가끔 대국하던 솜씨들이었다.
엔드로 들어갈 때쯤 이미 무승부로 가는 길이었다.
소문에 걸맞지 않게 이상하게 특이함이 없다는 느낌을 복기하는 모든 선수가 들게끔 한 디마의 대국이었다.
“더 복기할 내용도 없네. 철학자가 왜 복기에 참여하지 않았는지 알 것 같아. 철학자는 분명 자신의 대국을 끝낸 후 이 둘의 엔드게임을 지켜보았을 텐데, 보던 장면에서 앞으로 돌아가는 수의 절차를 짐작해봐도 특이한 수법이 없다고 판단한 거야."

알렉산드르는 결론을 내렸다.

"체스-960의 마에스트로(maestra)라는 명성에 상당한 특별함이 없다면 오늘 복기는 여기서 끝내는 게 좋겠지요?"

앙리가 싱거운 표정으로 알렉산드라에게 묻는다.

"다들 그렇게 하는 게 좋겠지요?"

알렉산드라는 복기 모임의 우두머리 같은 태도로 물었다.

"네. 좋습니다. 내일 헨리 선수와 대국한 후 복기해보면 우고의 실력이 드러나겠지요."

미국의 벤자민이 내일을 다짐한다.

헨리는 끝까지 말이 없었다.

"진. 나중에 철학자와 꼭 복기해보세요."

알렉산드르는 기정에게 숙제 내주듯 말했다.

"알겠습니다. 알렉산드르."

기정은 토를 달지 않고 그렇게 하겠다고 했다.

오늘 복기는 자신에게도 다가올 우고 선수와의 대국에서 필요한 부분이었다. 누굴 위하는 행위가 아니었다.

* * *

아름다운 수

알렉산드르는 여섯 명의 선수가 복기하며 마신 찻잔을 쟁반에 정리하여 주방 쪽에 가져다 놓았다. 하나둘 카페를 빠져나가기 바쁜 선수들 틈에서 자신이 앉았던 자리를 깨끗하게 정리하는 솔선수범을 몸소 보여주고 있었다.

"철학자. 내일 만나!"

맨 마지막에 나가며 알렉산드르는 영하에게 손을 흔들었다.

영하도 앉은 자리에서 미소와 함께 손을 들어 배웅했다.

-솔로에게 철학자 별칭을 헌정한 것에 대해 자부심을 느낄까?

카페를 나가는 알렉산드르의 뒷모습을 보면서 나는 문득 그런 생각이 들었다.

알렉산드르는 다른 선수에게도 그 실력에 걸맞은 멋진 별칭을 헌정한 적이 있을까? 리그전이 벌어지는 동안, 내일이라도 그런 질문 한다면 그는 거짓 없이 대답해 줄까?

알렉산드르는 비록 카페 주인이지만 나에게는 정직하게 답을 줄 것으로 믿고 싶었다. 여러 선수에게 별칭을 남발하는 건 아닌지 나는 그저 궁금했을 뿐이다.

"영하 오빠는 아까 대국할 때 왜 첫수부터 눈을 감고 명상에 들었어요?"

다은은 여섯 선수가 카페에서 모두 나간 것을 확인하고 불현듯 생각난 듯이 물었다.

"대국하기 전 마음을 차분히 가라앉히기 위해서 그랬지."

영하는 싱긋 웃었다.

"그럼 초시계가 돌아가기 전에 명상에 들 수도 있잖아요?"

다은은 시간이 아깝지 않냐는 의도로 묻고 있었다.

-자기 차례인데 눈을 감고 명상에 든 거 맞지?

영하는 대국 개시와 동시에 자신의 초시계 흑번을 눌렀다.

미국의 벤자민이 백으로 첫수를 두고 백번의 초시계를 누르자, 영하는 본인 차례에서 명상에 들어간 것이었다.

그런 대국 모습을 처음 본 다은은 불안감을 느꼈을 터다.

리그전 첫판을 마치고 미니 골프도 한 게임치고 지금 이 자리에 태연히 앉아있지만, 영하의 두 어깨에는 엄청난 중압감이 내려앉았을 것을 염두에 두고 묻는 말투였다.

개인적으로 엄청난 금액을 베팅한 엄마와 외삼촌의 그 불안감의 무게는 계량할 수도 없을 터였다.

두 분의 그 계량할 수 없는 불안감을 조금이라도 덜고자 다은은 기정과 영하에게 하나하나 질문하며 옆에서 들으라는 의도인 것을 모두 알고 있었다.

"내가 시간이 가고 있다는 것을 스스로 자각하기 위해서야."

처음 듣는 사람은 의아할지 모르지만, 간결하고 명확하다.

"오빠. 그게 무슨 소리죠? 스스로 자각하려고요?"

역시 다은은 예상한 대로 질문이 이어졌다.

"난 내가 개발한 AI 체스프로그램과 연구하며 실력을 쌓았어. 혼자 기계와 겨루기도 하고 복기하면서 한 수마다 대화도 하며 몰입하여 시간 가는 줄 몰랐지. 그렇게 공부했기 때문에 대국 때는 시간을 재는 타임아웃제라는 것을 인식하기 위해서야."

영하는 웃음을 거두지 않고 상황을 차분히 설명했다.

영하의 설명을 들으며 이해한다는 다은은 잠깐 생각했다.

-스스로 자각하기 위하여?

"그럼 아까 상대가 기권하기 전 눈을 감고 명상에 든 건 왜죠? 아, 영하 오빠. 미안해요. 내가 무슨 심문 하는 것처럼 묻는 것 같은데 절대 그런 건 아니에요."

다은은 묻는 말투와 태도에 대해 진심으로 미안해했다.

"괜찮아. 다은아. 넌 내가 대국하는 걸 처음 지켜보았을 텐데, 초시계 시간이 돌아가니까 궁금하면서도 불안하기도 했을 거야. 그 부분에 관해 설명할 기회를 줘서 오히려 고마운데 뭘."

영하는 웃고 있었다.

"그렇게 이해해주니까 너무나 고마워요. 오빠. 그래도 질문에 대한 대답은 듣고 싶어요. 영하 오빠. 호호호."

다은은 웃음으로 미안함과 고마움을 드러냈다.

기정도 영하도 다은이 이렇게까지 꼬치꼬치 묻는 건 나름대로 이유가 있다는 것을 파악하고 있었다.

다들 영하를 주시하며 기다리고 있었다.

“완벽하게 아름답지 않은데… 마치 아름다운 것처럼 내가 나를 속이려 드는 것도 경계하는 거야.”

영하는 담담하게 말하며 다은을 응시했다.

-이렇게 말하면 이해할 수 있겠니?

그런 미심쩍음이 눈빛에 들어있었다.

“아름다운 것처럼 내가 나를 속여요?”

다은은 영하의 말뜻을 이해할 수 없었다.

-내가 아름다움으로 위장하여 나를 속이는 걸 경계 한다고?

마음에 흡족하진 않지만, 그쯤에서 넘어가는 경우는 일상에서 누구나 드물지 않은 일일 수 있다.

그런데 그걸 스스로 경계 한다고?

영하가 설명하는 부분의 핵심이 무엇인지조차 모를 지경이었다.

“내가 개발한 AI 체스프로그램과 평소 교감을 많이 하는 편이야. 즉 어떤 수에 관해 내가 이해가 될 때까지 반복하고 다른 한 수로 비틀어보면서 왜 그 장면에서 나는 그 수여야 하는지 스스로 이해되지 않으면 다음으로 넘어가질 않아.”

-완전한 아름다움을 추구한다고나 할까?

영하는 본인의 체스에 관한 연구 방법을 조심스럽게 설명했다.

설명은 어려울 것 없으나, 그렇게 해보지 않은 사람은 이해하기 어려울 테고, 그걸 실천하기는 더욱 어렵다.

짜증 날 수도 있고, 지겹도록 지루하고, 자신이 참 못나 보이고, 한심하기 짝이 없다. 그런데 그런 절차 뒤에 다가오는 성과의 쾌감과 황홀함은 성취해본 사람만이 가질 수 있는 특권이다.

"오빠의 체스 연구에 대한 마음은 이해가 되는데, 아름다움에 대하여 경계한다는 말은 선뜻 이해가 되질 않아요."

다은의 이해하기 어렵다는 말은 진심이 느껴졌다.

영하는 다은과 눈이 마주치며 잠시 난감함을 느꼈다.

-선생님의 대화 중 난감하더란 부분이 이런 건가?

영하는 문득 그런 느낌이 엄습했다.

설명을 아무리 잘해도 그건 내 입장이고, 대화 상대는 이해 못 하는 부분이 가끔 나타난다. 언어로서, 나의 언어로 표현하기에 한계가 느껴지는 부분이다.

"나는 여기 카페에 와서 선생님과 나와의 대화에서도 그렇고 선생님과 아이와의 오감에 관한 대화에서도 많은 것을 배웠어. 우리가 어떤 원하는 것에 대해 간절할 때 신을 찾는데 그 신(神)이라는 존재를 잘 파훼하면 귀신이라고 나와. 아니면 정신, 혼,

이런 정도야. 분명 믿어야 하겠지. 누굴? 나 스스로 못 믿으면 누굴 믿을 수 있을까. 그 신을 믿어야 할까? 그래서 내가 나를 믿을 수 있는 경지까지 가지 않는다면 체스 대국의 내가 둔 그 한 수도 가장 아름답지 않았다는 거로 귀결돼."

영하는 비교적 길게 설명했다.

오정훈, 오정원도 바둑 아마추어 고수라고 했다.

그럼 나의 말뜻을 알아들을 것이다.

다은도 체스는 고수가 아니지만, 예술적 감각이 뛰어나다.

이해하지 못할 부분이 없었다.

맥락은 같지만, 다만 언어적 표현력이 다를 뿐이다.

-내가 나를 못 믿는데, 신을 믿을 수 있는가?

-내가 나를 못 믿는데, 신은 믿을 만한가?

점점 어려워지고 있었다.

대화도 그 대화의 말뜻도 어려워지는 걸 다은은 느꼈다.

정신적 수준이 영하가 말하는 그 경지에 오르지 못하여 내가 못 알아듣는 걸까? 아니라면, 체스의 최고수 반열에 오르지 못하여 이해하기 어려운 걸까?

"영하 오빠. 나는 첫수를 두기 전 초시계를 누른 후 왜 명상에 들어가는지는 이해했어요. 그런데 대국 중간에 타임아웃제에서 시간이 자꾸 가는데 왜 눈을 감았는지 그게 궁금한 거예요."

다은은 궁금한 점의 핵심만 다시 말했다.
그리고 지난날을 떠올려보았다.
미국에서 수준은 다르지만 같은 대학에 다닐 때 영하의 언어가 분명 아니었다. 분명 말장난도 아니었다.
기정도 예전 같으면 중간에서 이해를 돕는 보충설명이라도 할 텐데 지금은 고승의 설법을 듣는 청중의 다소곳한 자세였다.
-무엇이 이 둘의 태도와 언어적 표현력에 영향을 끼쳤을까?
영하는 지긋이 다은을 바라보았다.
그런 영하를 오정훈, 오정원, 다은은 긴장한 채 바라보았다.
기정만 차를 한 모금 한 모금 마시며 가만히 듣고 있었다.

"나는 평소에 시간 날 때가 아니라, 시간을 쪼개어서 나의 AI 체스프로그램과 연습 대국을 실전처럼 해. 대국을 마치고 복기는 아주 철저하게 하는 편이야. 왜? 그리고 여기뿐인가? 그런 물음을 스스로 던지면서 복기하지. 마땅치 않으면 체스프로그램과 사투를 벌일 정도로 끈질기게 대화하며 복기를 이어가. 복기하면서 다시 한 수마다 생각하는 시간이 연습 대국 때보다 훨씬 길 거야. 왜 그럴 거 같아?"
"최선의 수? …최상의 수를 찾으려는 거 아닌가요?"
다은은 영하의 느닷없는 질문에 움찔했다.

잠시 생각하더니 일반적인 답안을 내놓는다.

영하는 다은을 바라보며 웃음 짓는다.

-네가 스스로 정답을 말했지?

영하는 이 말은 생략하며 그저 웃었다.

“누구나 그럴걸. 난 아름다움이라고 최상의 수를 표현한 거야. 이쯤이면, 혹은 그럴 것이다, 스스로 대충의 만족 후 다음으로 넘어가지 않았다는 거고.”

영하는 자기만의 표현을 밝혔다.

“그럼 오빠는 최상의 수를 아름다움으로 표현한 거고, 대국 중 그 아름다움을 찾아내려고 눈을 감았다는 건가요?”

다은은 간결하게 정리해 묻는다.

“그렇지. 복기와 달리 오늘 같은 실전은 편안한 마음가짐으로 승패를 생각하지 않고 내 철학대로 두는 거야. 상대가 나보다 더 좋은 수를 찾아냈다면 그 상대가 당연히 이겨가야지. 그럼 난 거기서 또 배우는 거고.”

영하만의 생각법을 철학에 비유하여 설명했다.

영하가 왜 철학자라는 별칭으로 불리는지 은연중 내비친다.

눈을 감는 사유

내가 눈을 감고 생각해내는 건, 그 시점에서 가장 아름다운 수를 찾아내는 거야. 겉모습으로 눈속임이 없는 가장 아름다운 수. 그 수를 그 장면에서 찾아내지 못하면 그 대국은 패배할 거야. 필사적이거나 간절하거나 그런 단계에서 그렇게 아름다운 수를 찾는 것이 아니라, 내게 고요함이 깃들 때 눈을 감는 거야.

-정말 체스 대국 중에 고요함이 찾아올 때가 있어요?

우리가 그림을 그린다고 상상해봐. 아무 때나 붓을 들면 좋은 작품을 그릴 수 있나, 체스 대국 중 수읽기도 마찬가지야.

한없이 생각한다고 좋은 수가 나오지 않아. 오히려 좋은 수를 찾으려고 장고하다가 악수 두는 경우는 너나없이 종종 경험해.

고요함 속에 아름다움이 보일 때가 있어. 나는 이 카페에 와서 선생님과 대화하면서 일치하는 부분이 거기였어. 이렇게 얘기하는 것이 시건방질 수도 있지만, 나는 선생님과 호연이와 대화 중 오감이라는 단어가 나왔을 때 깨달았어. 느낌이 다가오는 것. 아름다움이 찾아오는 것. 혹은 찾아내려는 것. 그것은 선생님이 여러 갈래로 누누이 설명하시려는 오감이라는 것을.

영하는 마음 깊은 곳에서 다은과 입 밖으로는 설명이 안 되는 깊은 대화를 홀로 나눴다.

박사 학위 논문

“영하 오빠는 체스에서 최상의 수를 찾는 행위를 아름다움이라 표현하며, 이런 체스의 철학을 박사 논문에 첨가하려고 이번에 학위를 보류하려고 한 건가요?”

다은은 내친김에 품고 있던 의문을 꺼냈다.

“사실 그런 의도가 있었는데, 이번에 체스-960경기를 치르며 생각이 좀 바뀌었어. 수학은 수학대로 학위를 받고 체스에 관한 건 별도의 논문을 작성할까, 고려하고 있어.”

영하는 고심했던 부분이라 잠시 생각한 후 설명했다.

“그래요? 이를테면 어떤?”

영하는 집요한 다은을 잠깐 응시했다.

그리고 자신을 주시하는 오정훈과 오정원, 친구 기정을 한 번씩 쳐다보며 심호흡했다.

나름대로 머릿속으로 핵심을 간략하게 정리해본다.

“내가 주장하는 핵심을 말할까. AI 인공지능과 AIQ 인간지능 즉 감성 지능은 어떻게 작용하는가, 하는 연구가 우선이야.”

거기까지 설명한 후 영하는 설명을 멈추었다.

아무도 다음 말을 재촉하지 않고 각자 생각에 잠겼다.

영하는 생각난 듯 앞에 놓인 차를 한 모금 마셨다.

“대국 전엔 스스로 시간을 자각하는 명상으로 마음을 다지고, 대국 중 명상에서는 아름다움을 찾아내어 이번 체스-960경기의 리그전에서 영하 오빠는 우승할 건가요?”

다은이 대답하기 어려운 당돌한 질문을 했다.

지금 자신 있게 우승한다고 장담했다가 실패하면 패배가 두 번 따라오며, 무엇보다 말이 앞서는 실없는 사람으로 낙인 찍힌다.

“거기에 대한 답은 내가 이 리그전에서 우승한 후 말해줄게.”

영하는 일단 확답을 뒤로 미뤘다.

-세상은 보이는 것만이 전부가 아니야.

-대국 중 눈 감고 그걸 찾아내려는 거야.

-내가 우승한다면 더 자세하게 말해줄게.

영하는 마음속으로만 다은에게 말했다.

“다은아. 그만 질문하고 사범님과 저녁 식사하러 가자.”

옆에서 묵묵히 듣고만 있던 기정이 제안했다.

“그래. 다은아. 이제 그만하고 밥 먹으러 가자.”

오 여사도 그만하면 다 알아들었다는 듯이 나섰다.

오정훈의 입가엔 슬그머니 미소가 어렸다.

3. 사전 검열

“보스. 죄송하지만 잠깐 다시 리그전에 대해서 궁금한 사항을 질문해도 될까요?”

휴식시간을 어떻게 활용할 것인가?

토의를 마칠 무렵 디마가 느닷없이 손을 들어 질문했다.

카페 밖으로 아직 아무도 나가지 않은 상황이었다.

-리그전에 아직 궁금한 무엇이 또 남아있었나?

선수단은 일제히 디마를 주시하며 의아한 표정을 짓고 있었다.

“오. 디마. 무엇이 궁금합니까?”

미소 짓는 보스. 고비는 다 넘긴 진행자의 너그러움이 묻어났다.

“보스. 이제 리그전에 참가하기만 하면 되는데, 체스-960경기는 대국 때마다 무작위로 나오는 번호대로 대국하는 거죠?”

디마가 묻는다.

"그렇습니다."

보스는 디마의 저의를 몰라 짧게 확답만 했다.

"그럼 랜덤도 한번 점검해야 하지 않을까요?"

디마는 석연치 않은 부분을 짚었다.

"아, 그걸 빠뜨렸나요?"

보스는 미처 생각을 못 했다며 자기 손뼉을 한번 짝 쳤다.

"네. 어떻게 하는 건지 한번 보고 싶습니다."

세계적인 그랜드마스터가 무작위 사용법을 모를 리 없었다.

다만 강릉 체스-960경기에선 어떻게 사용할 건지 사전 점검을 해보고 싶다는 취지였다.

"그건 내일 대국 전 컴퓨터로 뽑을 거라 생각도 못 했습니다. 그럼 지금이라도 시연을 한 번 해보고 각자 갈 길로 갈까요?"

보스는 당장 시연하자고 했다.

그건 대국 전 컴퓨터가 할 일이라 아예 염두에 두지 않았다.

"네. 그거 좋은 생각입니다. 보스. 그런데 제가 부탁 하나 해도 되겠습니까?"

이번엔 앙리가 나섰다.

어려운 부탁인가. 앙리는 매우 공손한 태도를 보이고 있었다.

"부탁…? 부탁이요?"

보스는 본인이 잘 못 이해하는지 더듬거렸다.

“네. 저는 소문만 들었는데, 풍문으로 우고 선수는 체스-960의 마에스트로라는 별칭을 누군가에게 헌정 받았다고 들었습니다. 체스-960 번호를 안 보고 모든 진형을 갖출 수 있다고 합니다. 지금 랜덤을 돌리며 그 부분도 한 번만 확인할 수 없을까요?”

앙리는 작정하고 확인을 부탁했다.

언뜻 디마와 앙리가 말을 맞춘 느낌이 짙은 분위기였다.

보스가 말없이 우고 선수에게 시선을 돌렸다.

우고는 좀 창백한 얼굴로 삐룰로를 응시했다.

삐룰로는 모두의 시선이 본인에게 집중되자 미간을 살짝 좁히며 고심하는 기색이었다.

-우고의 체스-960 암기 실력을 사전 검열하겠다고?

삐룰로는 그런 눈빛으로 디마와 앙리의 눈을 잠시 응시했다.

디마와 앙리도 삐룰로의 흔들리는 눈빛을 관찰하고 있었다.

하나와 둘이 잠시 불꽃 튀는 눈싸움을 하고 있었다.

나는 선수단 전체를 살펴보았는데, 모두가 호기심이 가득 담긴 눈빛으로 숨소리 하나 안 내는, 그야말로 숨 막히는 분위기였다.

선수단의 궁금한 사안을 디마, 앙리가 앞으로 나선 경우였다.

“앙리 선수라고 했죠? 랜덤을 돌려 번호가 나오면 우고 선수가 그 번호의 기물을 배치할 수 있는지 궁금하다는 겁니까?”

삐룰로는 앙리에게 되물었다.

“그렇습니다. 그게 가능할까요?”

앙리는 체스-960에서 960개의 번호 중 무작위로 나오는 번호를 우고 선수가 안 보고 기물을 배치할 수 있는지를 묻고 있었다.

만일 우고 선수가 그렇게 할 수 있다면 천재이며 정말 체스-960의 엄청난 실력자라는 게 드러나는 것이다. 지금껏 그렇게 하는 선수가 있다는 건 소문으로 듣던 우고 선수밖에 없었다.

“음. 저도 장담할 순 없습니다. 우고 선수에게 부탁할까요?”

삐룰로는 우고 선수에게 가까이 다가서며 말했다.

20여 명의 선수단 눈길이 일제히 우고 선수에게 쏠렸다.

우고는 창백한 얼굴로 고개를 끄덕거렸다.

우고는 체스판이 놓여 있는 테이블 앞에 앉아 대기했다.

그 앞에 앉은 삐룰로는 입가에 희미한 웃음을 흘리고 있었다.

보통의 웃음도 아니고 비웃음도 아니었다.

눈빛에서도 자신감을 내비치는 그런 웃음이었다.

이윽고 보스가 노트북을 꺼낸 후 랜덤을 돌렸다.

선수단은 보스를 겹겹이 둘러쌓고 있었다.

“397번.”

보스는 랜덤이 멈춘 번호를 짧게 외쳤다.

397번에 나온 진형은 노트북을 자세히 들여다보는 사람만 알아볼 수 있었다.

보스는 일단 노트북의 접는 부분을 반쯤 닫았다.

그 짧은 순간에 진형을 알아보는 사람은 없을 것이다.

"397번"

우고 선수가 못 듣는 것도 아닌데 삐룰로가 다시 한번 말했다.

-397번?

우고 선수는 입 밖으로 소리 내지 않았으나, 입 모양은 그렇게 중얼거리고 있었다.

삐룰로를 정면으로 한번 쳐다보았다.

삐룰로가 가볍게 고개를 주억거렸다.

그런 모습이 집중된 선수단의 눈길에 잡혔다.

-설마?

선수단의 눈빛은 '설마' 그 자체였다.

카페에서 서너 번의 체스 리그전의 중요한 순간을 목격했지만, 이렇게 많은 인원이 숨소리조차 안 내고 한 곳을, 숨 막히도록 한 인물을 주시하는 광경은 나도 처음이었다.

리그 결승전의 마지막 순간보다도 더 숨 막히는 순간이었다.

-숨이 멎을 듯하다. 그 표현이 지금 가장 적합하지 않을까?

1원도 베팅하지 않은 나만 별 긴장 없이 선수단 전체의 동태를 살필 수 있었다.

-표준 체스의 체스 철학자 VS 변형 체스의 마에스트로

체스 지하세계에서 세기의 체스 대국을 부담 없이 지켜보자며 최소한의 액수만 베팅하자고 후원인들은 결의했었다.

그러나 마에스트로(우고 선수) 후원인들의 무지막지한 베팅으로 그 결의는 온데간데없다.

대한민국에 입국하지 않고, 우고 선수의 체스-960 실력을 아는 후원인들의 엄청난 베팅 액수가 듣는 이들을 놀라게 했다.

어쩌면 삐룰로와 지비드가 소리 없이 소문내며 우고 선수에게 지르도록 유도했을 수도 있었다.

-이쪽 베팅 액수를 보고 저쪽도 베팅 액수를 맞춘다면?

다소 모험이 따르지만, 만약 우고 선수가 체스-960 리그전에서 우승한다면 단번에 상당히 수지맞는 장사였다.

삐룰로와 자비드는 드러내지 않는 자신감이 넘쳤다.

그런 기운을 받은 후원인들이 자국에서 베팅에 힘을 실었다.

한두 명 후원인과 선수가 슬금슬금 약간 떨어진 곳에 앉아있는 우고 선수 곁으로 이동하고 있었다.

아주 잠깐이지만, 우고 선수 뒤로는 선수단이 두 겹 세 겹으로 감싸고 있는 광경이 펼쳐졌다.

-퀸

우고는 신음 같은 소리와 함께 왼손으로 턱을 괴고 오른손으로 하얀색 퀸을 자신의 왼쪽 끝부분에 갖다 놓았다.

체스판 위치로는 a1.

우고 선수의 신음은 스스로 "퀸 맞지?" 물음 같았다.

우고의 그 동작과 동시에 선수단은 일제히 보스를 쳐다보았다.

보스는 우고 선수가 퀸을 빈 체스판 위로 옮겨 놓아도 노트북을 열어 확인하지 않고 있었다.

다만 우고 선수의 일거수를 냉정한 눈길로 지켜볼 뿐이었다.

삐룰로의 긴장된 눈빛이 보스의 눈치를 훔치고 있었다.

아무런 언행을 보이지 않는 보스에게 불만스러운 눈길이었다.

사실 우고 선수의 체스-960 랜덤 번호에 따라 보지 않고 진형 갖추기는 틀려도 누구 하나 나무랄 일이 아니었다.

어디까지나 소문, 풍문일 뿐이었다.

-룩

우고 선수는 다시 한번 "룩" 이라고 신음을 토하며 왼쪽에서 두 번째에 갖다 놓았다.

체스판 위치로는 b1.

선수단은 이번에도 일제히 보스를 쳐다보았으나 보스는 모른 척 우고 선수만 주시하고 있었다.

-아, 궁금해서 숨넘어가겠네. 맞는 거야? 틀린 거야?

그런 심정으로 선수단은 보스를 원망하는 눈초리였다.

그러나 아무도 입 밖으로 신음조차 낼 수 없었다.

고도로 집중하는 우고 선수의 심기를 건들 수 없었다.

우고 선수가 체스판 위로 이제 기물 두 개 갖다 놓았을 뿐인데, 시간이 상당히 흐른 것도 같고 시간이 멈춘 것도 같은 기이한 현상이 선수단에 나타났다.

-라이트

체스판 위치로는 c1.

마치 폐에서 거칠게 올라오는 신음을 내며 간신히 기물을 하나씩 옮겨 놓고 있지만 다 알고 일부러 그러는 것인지도 모른다.

우고 선수 혼자는 그럴 성품이 아닌 것처럼 보였다.

그러나 사전에 삐룰로가 이런 경우를 대비하여 교육했으면 충분히 가능한 행동이었다.

우고 선수가 기물을 하나씩 옮길 때마다 모두 습관처럼 보스를 쳐다보지만, 보스는 그런 모두의 시선을 외면한 채 우고를 응시하는 눈길로 고정하고 있었다.

보스도 지금 우고 선수가 진형을 갖추는 것이 맞는지 틀리는지 확인을 안 하고 있었다.

-비숍

체스판 위치로는 d1.

"아, 미치겠다."

우고 선수 뒤에서 누군가 그렇게 작은 소리를 내었다.

“숨이 멎을 것 같다. 정말.”

뒤이어 다른 사람이 신음처럼 절망감을 드러낸다.

우고 선수가 그런 소리를 들었을까?

누군가 자신도 모르게 새어 나온 본성에 옆에 서 있는 사람들이 더 놀라고 있었다.

그렇다고 아무도 그 사람을 제지하지 않았다.

우고 선수의 손길에 집중된 눈빛은 잡음을 무시하고 있었다.

-라이트

서커스의 외줄 타기를 볼 때 조심조심하면서 한 발씩 외줄 위를 휘청거리듯 걸어가다 실수로 떨어질 듯하다가 중심을 잡고 앞으로 나아가는 행태를 한 번쯤 꼭 보여준다.

체스판 위치로는 e1.

지금 우고 선수가 그런 행태를 보여주고 있었다.

생각이 나질 않아 고심하다가 끓어오르는 신음과 함께 툭 기물 하나를 체스판 위에 가져다 놓는다.

우고 선수의 얼굴을 유심히 살피던 누군가는 “맞을 거야.” 라고 입으로 오물거리는 걸 볼 수 있었을 것이다.

-그래. 이 진형이 맞는다면 정말 대단한 거다.

입 모양새를 본 사람은 그렇게 생각할 것이다.

-킹

우고 선수는 킹을 손으로 잡기 전, 본인 앞에 세워 놓은 기물을 이것저것 만지작거리며 어떤 기물을 골라야 할지 몰라 망설이는 어린아이 같은 행동도 보여주었다.

-킹인가?

이번엔 소리는 내지 않았으나 그런 오물거림이 나타났다.

체스판 위치로는 f1.

표준 체스에서 흰색 킹 자리의 한 칸 오른쪽이었다.

그런 우고의 모습에서 우리가 농락당하고 있는 건 아닌가, 하는 의심이 들기도 했다. 지켜보던 몇몇 사람은.

-비숍

일곱 번째의 비숍을 만지작거리다 체스판 위에 올려놓을 때는 틀리는 것 아닐까?

우고 선수는 의문도 함께 올리고 있는 느낌을 주고 있었다.

체스판 위치로는 g1.

우고 선수의 지금 모습이 전부 다 진실로 느껴지는 것은 그는 옅은 미소조차 없었고, 장난기라곤 찾아볼 수 없을 만큼 긴장된 표정을 하고 있었기 때문이다.

-룩

마지막 남은 룩을 올릴 때는 손길이 가벼웠다.

이젠 틀리든 맞든 마지막으로 그냥 올려야 했다.

우고 선수는 그 마지막 기물도 기억을 떠올리며 "맞는가?" 자문하는 모습을 보여주었다.

체스판 위치로는 h1.

우고 선수는 앞에 앉아있는 삐룰로의 얼굴을 슬쩍 한번 살피고 조금 떨어져 앉아있는 보스를 응시했다.

-퀸, 룩, 라이트, 비숍, 라이트, 킹, 비숍, 룩.

우고 선수가 고심을 거듭하며 여덟 개 체스 기물로 진형을 갖춘 행태는 퍼즐 맞추듯 이렇게 드러났다.

-빨리 봐주시오. 맞습니까?

그렇게 묻는 태도에서 어느덧 긴장감이 사라지고 입꼬리와 눈에 지나가는 웃음을 담았다가 감추었다.

누가 보아도 "이게 맞습니다." 하는 자신감의 발로였다.

보스는 서두르지 않았다.

우고 선수와 눈빛을 한번 마주치고 알았다는 듯 천천히 접혔던 노트북을 열었다.

이번엔 선수단이 우르르 보스의 뒤로 몰려왔다.

이젠 숨을 참을 필요도 소리를 감출 필요도 없었다.

-맞아? 맞는가?

-틀린 건가?

-하나라도 위치가 바뀐 게 있는가?

오로지 그런 확인만 필요했다.

노트북 한번, 체스판 한번. 선수단 눈길은 여덟 번의 왕복 끝에 경이로움이 가득한 눈빛으로 우고 선수를 쳐다보았다.

우고 입꼬리와 눈가에 다시 한번 웃음이 빠르게 지나갔다.

“정확하게 맞습니다.”

보스는 선언하듯 확인해줬다.

“하하하.”

우고 선수를 정면에서 바라보며 삐롤로는 웃음을 감추지 않고 무엇이 통쾌한 듯 크게 웃었다.

확인하지 않아도 우고 선수의 표정에서 확신을 읽었을까?

-보았느냐?

-들었느냐?

-알았느냐?

통쾌하게 웃는 삐롤로는 선수단을 둘러보며 그런 몸짓, 표정을 하고 있었다.

-체스-960 마에스트로의 실력을 이제 알겠는가?

삐롤로는 그런 거드름도 드러내고 있었다.

이십여 명의 선수단 중 탄식 외는 누구도 입을 열지 않았다.

다만 저게 가능한 거야? 그런 의문만 입에 물고 있었다.

경이로움의 극치

후원인과 선수들의 장탄식은 그들의 비애를 드러내고 있었다.

처음 체스 철학자가 등장했을 때 괴물이라고 지칭했다.

지금 눈앞에는 당장 체스-960경기를 치러야 할 상대가 괴물처럼 나타났다. 예전의 괴물이 문제가 아니었다. 출전 선수로서 승패 상관없이 대국료 받으며 경기에 뛰어든 상황이 아니었다.

선수들 모두 가진 돈 탈탈 털어 베팅한 상황이었다.

"그럼 우고 선수는 지금 진형을 갖춘 397번의 오프닝에 관한 장단점도 보여줄 수 있나?"

앙리가 놀라움과 호기심의 눈빛으로 우고 선수에게 묻는다.

우고는 망설임 없이 체스판 위의 기물을 정돈하며 설명한다.

"이 397번의 오프닝은……"

우고는 거기서 화들짝 놀라며 말도 멈추고 손짓도 멈추었다.

"잠깐, 우고 거기까지만!"

삐룰로가 그렇게 소리쳤기 때문이다.

질겁하도록 만들면 그만이지, 우고 전력을 더는 노출할 필요가 없다고 느낀 삐룰로의 설명 중지 명령이었다.

거기까지만이라도 선수단 전원은 까무러치기 전 단계였다.

다들 우고 선수는 체스-960에 특화된 완전체 그 자체로 느꼈다.

강릉의 아름다운 해변

모두 놀라움을 넘어 경이로움에 도달하며 허탈감에 절망감까지 느끼며 자리에 털썩 주저앉는 사람도 있었다.

대화 내용이 우고 선수로 넘쳐 흐를 즈음 케빈이 일어섰다.

"대국 순서와 선수의 고유번호까지 결정되고 확인도 했습니다. 이제 대국장 상황도 점검했고 오늘 하루는 쉬면서 관광도 할 수 있고 산책도 할 수 있으며, 숙소에서 각자 편히 쉴 수 있습니다. 여러분 의향을 묻겠습니다."

케빈이 어수선함을 뚫고 조금 큰 소리로 말했다.

카페 안, 여기저기 둘러앉아 담소하며 차를 마시는 선수단을 보면서 케빈은 나 몰라라 내버려 둘 수 없었다.

대국 순서, 고유번호를 확인한 후 긴장이 풀리고 시차 때문인지 하품하는 선수도 있었다.

콜롬비아의 삐룰로와 우고 선수를 빼면 대부분 작년에 강릉을 방문했던 터라 대표적으로 관광할 곳은 다 다녀본 곳이었다.

"경포 해변을 산책하는 건 어떨까요? 여기 바다를 보고 싶은 분도 계실 텐데요."

프랑스의 앙리가 바다를 보고 싶어 한다.

"바다를 바라보며 경포 해변을 산책하는 것도 좋지요."

보스는 일행을 살펴본다.

“경포 해변과 경포 호수를 한 바퀴 천천히 돌고 오는 게 좋을 듯합니다. 호숫가에선 각자 마차를 탈 수도 있고, 팀별로 2인용 자전거를 탈 수도 있어서 그림이 나옵니다.”

러시아 디마가 마차와 자전거까지 끌고 왔다.

“네. 저도 바다를 보고 싶습니다. 전에 가본 경포 해변은 물이 너무 맑아서 신기할 정도였습니다.”

미국의 후원인 제프리였다.

대한민국 동해안에서도 특히 경포 바다의 에메랄드 물빛은 그 투명함이 바라보는 사람의 마음을 사로잡으며 그 물빛에 몸과 마음을 담그고 싶어진다. 세파에 시달리며 혼탁하여 너덜너덜해진 몸과 마음을 깨끗이 씻고 싶은 경포의 바닷물이었다.

계절 따라 맨발이라도 적실 수 있다면 행복해진다.

강릉 앞바다를 포괄적으로 경포 해변이라고 한다면, 어느 해변이나 접근성이 좋고 옅은 푸른 물감을 뿌려놓은 듯 투명한 물빛이 아름다웠다.

외국과 비교한다면 이름난 해변 휴양지와 견주어도 손색이 없는 경포 해변의 투명한 에메랄드 물빛은 그만큼 아름답다.

눈길을 조금만 멀리 들어도 에메랄드빛은 쪽빛으로 변한다.

마음을 사로잡는 물빛을 한번 본 사람은 사랑할 수밖에 없었다.

-선수단은 그런 마음이었을까?

서너 명이 말하고 있는데 바다만 얘기하고 있었다.

"전 바닷가를 산책할 거면 정동진 바다부채길을 걷고 싶어요. 거긴 모래는 아니지만, 인공적인 데크 위를 뛰어난 해안 절경과 함께 걸을 수 있는 곳입니다. 전에 갔을 때 너무 좋았어요. 경포 해변은 접근성이 좋아서 각자 시간 내면 바다를 바라보기만 해도 좋고, 걷고 싶으면 걷고 싶은 만큼만 걸으면 되는 곳입니다. 여기서 아주 가깝기도 합니다."

러시안 알렉산드르는 경포와 바다부채길을 비교 분석까지 한다.

우리나라 사람들은 바다를 보고 싶으면 동해안이든 서해안이든 가까운 곳에 바다가 있다. 하루 동안 하염없이 보고 올 수 있다. 땅덩어리가 넓은 나라는 바다를 보기도 쉽지 않은가?

강릉 바다가 아름다워서인가?

오 여사는 작년 초여름에 온 후 아직 겨울잠이 덜 깬 이른 봄에 강릉에 다시 왔다. 정동진은 가본 적이 없는데 바다부채길까지 러시안이 상세히 비교하며 설명하는 것에 놀라고 있었다.

다들 강릉 바다에 대해선 각각의 거리를 두고 그 특징에 대해 잘 알고 있는 것이 한국인으로 오히려 신기했다.

-선수단이 강릉에 올 때마다 바다 위주로 다녀서인가?

영하는 바다 얘기만 하는 걸 들으며 지켜보고 있었다.
강릉의 산이 시내에서 조금만 벗어나도 얼마나 멋진 줄 모르고 있는 것이 안타까웠다. 산에 갈 준비가 안 된 사람들을 산으로 이끌 수도 없어서 잠자코 듣고 있었다. 오대산 자락의 소금강만 올라도 아름다운 절경에 모두 까무러칠 지경일 것으로 상상하며 미소만 짓고 있었다.

"그럼, 1.경포 해변, 2.정동진 바다부채길, 3.숙소 휴식, 이렇게 세 군데로 나눠어 움직이는 건 어떻습니까?"
보스는 공평하게 제 갈 길을 가자고 제안했다. 바다도 싫으면 마음대로 움직이라는 의미로 숙소에서의 휴식을 넣었다.
바로 세 갈래로 동의를 구할 수 있었다.

"정동진 가면 바다부채길을 산책하고 반드시 모래시계도 관람한 후 그 옆의 시간박물관도 꼭 들려와요. 기념비적인 시계가 그곳에 전시되어 있다는 것에 놀랄 겁니다. 대한민국의 강릉은 기념될만한 세계적인 유물이 많다는 걸 알게 될 겁니다."
러시안 알렉산드르가 친절하게 설명해주었다.

일요일 오후

1.경포 호수 ~ 해변. 2.정동진 바다부채길. 3.개인적인 휴식.
선수단은 관광과 산책, 나름대로 쉴 곳을 찾아 흩어졌다.

삐룰로. 자비드. 우고 선수는 한옥마을 숙소에서 쉰다고 했다.

케빈은 후원인을 이끌고 가볍게 맥주 한잔할 수 있는 술집으로 갔다. 지난해 강릉을 자주 드나들더니 자신 마음에 드는 술집을 정해놓고 있었다. 제프리 등 친한 후원인들이 오면 젊은 선수는 뿌리치고 중년끼리만의 술과 대화를 즐기고 있었다.
젊은 선수라면 영하와 기정인데, 따로 노는 것이 부담 없었다.

오정훈. 오정원. 최다은. 진기정. 김영하. 이렇게 5인은 별도로 카페 바체프에서 차를 마시며 담소하고 있었다.
오정훈은 다은이 기정과 매우 가까운 사이라는 걸 알고 난 후, 기정과 영하에게 믿음이 갔다.
체스 철학자라는 김영하가 왜 동해안 산속 은둔자로 변신하여 체스 경기를 하는지도 명확하게 알게 되었다.

유유상종의 작품

오후 4시 즈음. 제임스(영국), 벤자민(미국), 알렉산드르(러시아), 디마(러시아), 헨리(캐나다), 앙리(프랑스), 선수들은 기분전환 할 겸 카페에서 미니 골프 치며 차 한잔한다는 구실로 모여들었다. 그들은 체스 철학자 일행을 피해, 미니 골프장 한쪽 아늑한 곳 둥그런 탁자 하나 있는 자리에 모였다. 그곳은 따사로운 봄볕이 아른아른 내리쬐고 있었다.

체스 철학자가 대국 중 한밤에 이따금 노래 부르는 장소였다.

여섯 명이 탁자 하나에 다른 곳 의자까지 가져와 둘러앉았다.

"이번 체스-960 리그전은 좀 불안하지 않나?"

영국의 제임스가 어딘지 좀 불안한 기색으로 말했다.

시선을 누구에게 고정하고 묻는 것이 아니라 둘러앉은 이들의 얼굴을 천천히 둘러보며 묻고 있었다.

잠시 침묵이 흐른다.

모두 제임스의 얼굴을 한 번씩은 쳐다본다.

햇살 아래 마주치는 서로의 얼굴에서 조금의 그늘을 찾아낸다.

-저 물음의 의미는 무엇일까?

분위기는 하나같이 그런 느낌이었다.

짧게 내뱉은 그 한 줄의 의미는 사실 여러 갈래였다.

우리끼리만 체스-960으로 리그전에 돌입하면 체스 철학자에게 합의한 대로 몰아주면 그만이었다. 각자 재량껏 출자할 수 있는 만큼 베팅하여 n분의 일 계산으로 배당받으면 되었다.

그런데 느닷없이 우고라는 변형 체스 강자가 참가하기로 하면서 물 흐르듯 진행되던 기획에 변화가 왔다.

더군다나 오전에 모두 우고 선수의 경이로운 실력을 본 뒤였다.

승리하면 좋고, 패배해도 큰 부담이 없이 승패에 얽매이지 않고 자유롭게 대국하던 때 하고, 선수끼리 불미스러운 모의하면서 패배를 우려하는 분위기는 확연히 다르다.

모인 선수들은 다른 후원인들의 베팅 액수에 대해선 잘 모른다. 대한민국에 입국하지 않은 채 후원인 여러 명이 우고 선수에게 상당 액수를 베팅했다고만 들었을 뿐이다.

선수들은 이미 입국 전 베팅을 마친 상태였다.

철학자에게 베팅한 오정원의 4백50만 불은 본인 150만 불이고, 나머지 3백만 불은 선수들이 30~50만 불씩 입금한 돈이었다.

오정훈은 본인 1백만 불, 기정+영하 2백만 불= 합계 3백만 불, 보스는 1백만 불을 별도로 체스 철학자에게 베팅한 상황이다.

기정을 매체로 하여 다각도의 의견을 취합, 그리되었다.

앞에 언급한 내용은 당사자만 알고 있었다.

오정훈은 그동안 삐룰로와 우고 선수에게 빠트린 금액이 대략 일백만 불 조금 못 미치는 개인 손실 정도였다.

이번 체스-960경기에서 체스 철학자가 우승한다면 원상복구가 가능했다. 어디까지나 예감이지만 저쪽 후원인이 우고 선수에게 이쪽보다 더 많이 베팅했다고 가정하면 배당금으로 남는다.

체스 철학자 김영하는 별말이 없었지만, 듬직한 믿음을 준다.

방울 달기

“우린 고양이에게 방울을 달아야 해.”

앙리가 나직이 말했다.

“방울? 방울을 달다니?”

디마가 역시 나직이 묻는다.

모두 앙리를 주시한다.

“우린 각자 우고와 겨루며 그의 장단점을 파악해야 해.”

앙리가 다시 말했다.

“그게 방울이란 거야?”

알렉산드르가 의문을 담은 눈초리로 묻는다.

“맞아.”

-누가 어떤 방법으로 우고 목에 방울을 달까?

방울이 어느 경우에 필요한지 왜 그런 비유를 했는지 지금 어떤 의미로 방울이 등장했는지 알기 때문에 모두 침묵했다.

“철학자는 성품이 우리처럼 합의하여 몰아주는 걸 원치 않아. 각자 우고 선수와 대국 후 다 함께 복기하며 수를 연구해야지. 체스-960에선 오프닝에서 시간이나 실력에서 밀릴 수 있겠지만, 미들게임부턴 다들 둘만 할 거야.”

아무도 말이 없자 다시 앙리가 나섰다.

리그전 진행과 우고 선수와 대국 때 흐름을 말하고 있었다.

“음. 우리가 우리끼리의 작품을 만든다?”

알렉산드르는 질문 겸 자문한다.

쥐 집단은 생존을 위해 고양이 목에 방울을 달아야 하는데 어느 쥐가 고양이 목에 방울을 달 수 있을까?

밀릴 이유도 필요도 없다. 다만 더 우리의 목적달성을 위하여 각자 힘을 모아 노력해보자. 그런 취지로 앙리는 방울을 꺼냈다. 구체적으로 설명하지 않아도 앙리의 발언은 다 알아들었다.

소박한 내기

“변형 체스만 연구하여 960가지의 오프닝을 모두 소화한다는 우고 선수와 미들과 엔드게임에서 위기 때마다 기상천외한 수를 찾아내는 철학자가 겨루면 정말 누가 이길까?”

앙리가 궁금증을 드러냈다.

“난 판에 박힌 혼자의 연구 결과보다는 상황에 따라 연구하고 기막힌 수를 찾아내는 철학자에게 1점이라도 더 주고 싶어.”

알렉산드르였다.

“그럼 우리 소박하게 내기 한번 할까?”

앙리가 별 의미도 없는 싱거운 웃음을 흘린다.

-소박한 내기?

“소박한 내기는 뭐야?”

알렉산드르의 반응에 모두 앙리를 주시했다.

“난 우고가 0.5점이라도 유리하다, 100불.”

앙리는 진지함보다는 장난기가 가득하다.

“뭐? 그럼 앙리는 실전에서도 우고 선수에게 베팅한 거야?”

디마가 소리친다.

“아니야. 당연히 체스 철학자에게 베팅했지. 나중 확인해보면 되잖아. 이건 아까 말했잖아. 소박, 이 사람아. 소박이라고.”

앙리가 소리치고, 디마가 한 손으로 가슴을 쓸어내린다.

“놀랬잖아. 우리 기획이 모두 물거품이 되는 줄 알고. 그럼 난 체스 철학자에게 50불. 누가 또 없어.”

디마가 외친다.

“난 체스 철학자에게 재미 삼아 100불. 이거 내기에서 이기면 뭐하나 바꿀 거 있어.”

알렉산드르는 멋쩍어서 그런지 핑계 하나 달았다.

“나도 철학자에게 100불 걸고 싶은데 먹을 게 없잖아.”

헨리가 소리쳤다.

“좋아. 1인당 100불까지만 베팅한다면 내가 다 감당해주지 뭐. 다 들어오라고.”

앙리가 신이 났다.

“너희끼리만 해. 난 성가셔서 그딴 거 안 해.”

제임스가 귀찮은 듯 말했다.

“나도 소소한 곳에 신경 쓰기 싫어.”

벤자민이 그렇게 소리치고 소박한 베팅은 끝맺었다.

“자, 그럼 돈들 가져와.”

앙리가 소리쳤다.

“나중 승패가 결정되면 입금하기로 해. 다들 어때?”

알렉산드르가 현찰보다 계좌 이체를 말하고 있었다.

“그래. 그게 좋겠네.”

그렇게 소박한 내기는 마무리되었다.

4. 호숫가의 체스

“미스터 진. 난 정말 놀랐어요. 다음엔 완전히 확 바뀐 새로운 경기가 시작될 텐데 케빈과 상의해보는 게 좋겠어요.”

디마가 리그 첫날 헤어질 무렵 케빈이 제프리와 옆으로 오자, 그렇게 말문을 열었다.

기정은 디마의 말을 이해하지 못하고 있었다.

-새로운 경기에 보스와 상의하라고? 내가?

그런 얼굴로 디마를 주시했다.

보스도 디마의 말이 무슨 뜻인지 몰라 기정과 디마를 쳐다보며 뭔 소리야? 하는 얼굴이었다.

“케빈은 알고 있었어요? 진의 체스 실력을?”

“진의 체스 실력? 나하고 예전에 체스를 딱 한 번 둔 적은 있는데… 그건 왜?”

보스는 아직도 진의 체스 실력이 예전의 IM에도 못 미치는 실력으로 알고 있었다.

"그럼 우리와 같이 선수로 참여해도 손색이 없는 GM급의 체스 실력을 보유하고 있다는 것도 알고 있나요?"

"뭐? GM급? 뭔 소리야?"

뭔 뚱딴지같은 소리냐고 보스가 소리친다.

디마는 멀뚱히 그런 보스를 쳐다보고 있었다.

-뭐야? 정말 모르는 거야?

그런 눈빛이었다.

"디마. 알아듣기 쉽게 말해봐요?"

"보스. 미스터 진이 무도 유단자라는 건 알고 있나요?"

"무도 유단자? 진이?"

-아, 정말 뭐야?

-보스는 진에 대해 뭘 아는 거야?

디마는 너무 의아한 눈길로 보스를 쏘아본다.

체스 철학자의 매니저 진의 신상을 아는 거라곤 미국대학에서 수학으로 석사학위 받은 것까지만 알고 있다는 건가?

진의 체스 실력도 무도 실력도 잘 모른 채, 체스 경기가 열리면 도구로만 활용했다는 건가?

개인적인 정보는 서로 캐지 않는 게 미국인들의 사고방식인가?

아니라면 진은 그저 매니저 역할만 충실히 하면서 본인에 대해 아무것도 밝히지 않았다는 건가?

디마는 곧 새로운 시스템으로 경기를 하려면 실력이 출중하고 참신한 신인이 대거 참여해야 경기가 흥행할 텐데 지금 눈앞의 훌륭한 신인 선수를 두고 늘 같이 활동하는 케빈도 못 알아보는 것이 의아했다.

"진. 디마가 지금 무슨 소리 하는 거요?"

보스는 진에게 직접 묻는다.

"제가 예전에 검도를 오래도록 배워서 검도의 유단자입니다. 디마가 지금 그걸 말하는 겁니다."

기정은 별일 아니라는 듯 조용히 말했다.

"아, 그래요? 검도 유단자라… 대단하네요. 그런데 디마는 진의 체스 실력도 GM급이라니 그건 무슨 소리요?"

"아, 보스. 제가 그동안 철학자와 체스 공부를 많이 했습니다. 제 실력이 많이 늘었긴 하지만, 그 정도는 아닌데 GM급이라고 디마가 괜히 추켜세우는 겁니다."

기정은 겸연쩍어 어색한 웃음을 흘렸다.

"정말입니까? 정말 GM급으로 체스 실력이 늘었습니까?"

보스는 누가 보아도 좀 과장된 몸짓을 하고 있었다.

그런 몸짓일 땐 정말 미국인이구나 하는 생각이 절로 들었다.

“아, 정말 아닙니다. 보스.”

기정은 손사래를 쳤다.

“맞습니다. 보스. 며칠 전 저하고 경포호수에서 체스를 두었는데 무승부가 되었습니다.”

거듭된 디마의 주장에 보스는 놀라고 있었다.

디마가 기정의 체스 실력이 GM급이며 무도 유단자라 강조하는 의미를 케빈은 이제야 이해하고 있었다.

-기정이 GM 체스 실력과 무도가 유단자 실력이라면?

물론 다시 한번 테스트해 볼 필요가 있지만, 만일 진이 철학자와 버금가는 체스 실력에 무도 유단자라면 새로운 시스템에서 선수로 출전시킬 수 있을 것이라는 예상을 할 수 있었다.

그 경기에 맞게 훈련도 필요할 것이다.

“디마는 진의 체스 실력이 GM급이라는 걸 어떻게 알았지?”

보스는 가장 의문스러운 부분을 지나칠 수 없었다.

“지난 일요일에 선수단은 정동진으로 간 일행과 경포 해변으로 쪼개져 갔죠?”

“그랬지요. 그런데?”

“그때 그 호숫가에 바둑과 체스를 공부하는 아이가 있었어요. 그 아이와 제가 체스를 한판 둔 후 다시 저와 미스터 진하고도 체스 대국이 이어졌어요.”

디마는 진지하게 설명한다.

“뭐? 디마가 미스터 진하고 호숫가에서 체스 대국을 했다고?”

보스가 놀라워하며 묻는 데는 다 이유가 있었다.

세계적인 GM급들은 어디서나 쉽게 체스를 두지 않는다.

본인들의 실력에 대한 가치를 높게 책정하기 때문이다.

-그런 디마가 아이와 체스 한판, 진과 체스 한판이라니?

진과 체스 한판 둔 것도 믿기지 않는데 뭐?

진의 체스 실력이 GM급이라고?

디마가 직접 대국한 후 설명하는 터라 거짓이거나 터무니없는 과장은 없을 터인데, 무도, 특히 검도 유단자라고?

보스 케빈은 거듭 놀라지 않을 수 없는 사연?

아니다. 그건 사건이었다.

* * *

갈라지는 산책길

정동진과 심곡 바다부채길 가본 사람은 경포 해변과 경포호수에 가기로 합의했다.

“어이. 진. 우린 철학자와 함께 경포호수 들렀다가 경포 해변에 가는 건 어때?”

디마가 기정에게 친한 척하며 동행을 제안했다.

기정과 영하는 싱긋 웃음이 나왔다.

어딜 동행할 정도 친한 사이는 아니었다는 생각에 그저 웃음이 새어 나왔다고 해야 옳을 것이다.

“오, 디마. 경포 해변에 철학자와 함께 가려고?”

앙리가 옆에 있다가 반색을 한다.

“지금 그럴까, 하고 진에게 묻는 거야.”

디마와 앙리가 은근히 대세를 몰아가는 느낌이었다.

기정과 영하가 그 둘의 대화를 듣고 있었다.

“난 이왕이면 카페서부터 걸어서 메타세콰이어길을 지나갔으면 좋겠어. 우리의 추억이 깃든 곳이라 한 번 더 가보고 싶어.”

디마는 묘한 웃음을 흘리며 기정과 영하를 번갈아 쳐다본다.

느끼한 웃음이 저럴까? 싶었다.

-이놈들 뭐야? 우리에게 은밀히 할 말이라도?

기정과 영하는 그런 떨떠름한 표정으로 서로 쳐다보았다.

철학자에게 할 말이 있든 없든 그 둘은 정동진과 바다부채길을 이미 지난번에 다녀왔다.

기정과 영하. 디마와 앙리. 이렇게 넷은 카페부터 걸어서 오죽헌 입구를 지나고 메타세콰이어길을 걸어갔다.

디마와 앙리에게 떠밀려 기정과 영하는 그 길을 가야 했다.

“앙리. 여기서 철학자와 진의 무도 솜씨를 제대로 감상했거든. 검도 실력이 대단했어. 열대여섯 명이 3명한테 꼼짝도 못 하고 물러나야 했으니까.”

디마가 메타세콰이어길의 중간쯤 들어서자 그렇게 말했다.

“열대여섯 명이 3명한테 쫓겨 갔단 말이야?”

“그래.”

“그런 일은 왜 일어났는데?”

체스 철학자를 대상으로 폭력 행사를 했다는 것에 대해 앙리는 너무 의아해하면서 어떤 협박이 떠올랐다.

“그럴만한 일이 있었어. 철학자와 진이 검도 유단자인 걸 진즉 알았으면 각목을 가져오지 않았을 텐데, 그게 패착이었어. 그때 많은 교훈을 얻기도 하고 검도 실력에 놀라기도 했지.”

디마는 메타세콰이어길을 지나가면서 하지 않아도 될 불필요한 말까지 곁들이며 걸어갔다.

앙리에게 들려주는 그 저의가 의심스러웠지만, 기정도 영하도 그저 한 귀로 흘리며 걸어갔다. 조금 더 걸어가 경포 호수에 닿은 넓은 돌 탁자가 있는 의자에 앉아 쉬었다.

그때 돌 탁자 끄트머리에 강 사범과 호연이의 공부하는 모습이 기정과 영하의 눈에 들어왔다. 그 자리는 늘 호연이 차지였다.

영하에게 눈짓으로 신호를 보내고 기정은 그곳으로 갔다.

"안녕하세요? 강 사범님. 호연이도 안녕."

기정은 다가서며 인사부터 했다.

"수학 선생님. 안녕하세요?"

호연이 먼저 알아보았다.

"오, 오랜만입니다."

강 사범도 주름진 얼굴을 활짝 펴며 반가움을 드러냈다.

기정은 강 사범을 향해 한 번 더 꾸벅 인사했다.

"호연이는 여전히 바둑공부를 열심히 하는구나."

기정은 아이에게 칭찬을 건넨다.

"네. 히히. 열심히 하는데 잘 안 늘어요. 요즘 강 사범님께서 바둑 지도해주세요."

"그래? 그럼 바둑은 엄청나게 늘었겠는데 엄살떨었구나."

"히히. 아니에요. 박사님은 안 오시고 혼자 오셨어요?

"아니. 같이 왔는데 외국에서 온 손님이랑 같이 있어."

"외국 손님이요? 관광 오셨나요?"

"아니야. 사실은 내일부터 카페에서 체스 대회가 열려. 오늘은 쉬는 날이라 산책 나온 거야."

"그럼 박사님께 인사할래요. 어디 계세요?"

호연이는 벌떡 일어섰다.

“호연아. 강 사범님께 인사드릴 겸 내가 여기로 오라고 할게. 그런데 박사님이 지금 사정이 있어서 변장을 좀 했거든. 놀라지 말고 외국 손님들 있는데 자꾸 묻지 마. 알았지?”

기정은 다짐을 받았다.

“이분은 한국의 바둑 아마추어 넘버원 프로페셔널입니다.”

기정은 강 사범을 먼저 소개했다. 디마와 앙리에게 그렇게 설명하며 오른손을 들어 엄지손가락을 추켜세웠다.

그 둘은 늙수그레한 강 사범을 쳐다보면서 흘러간 바둑 마스터 정도로 여기는 눈치였다.

“오, 안녕하세요?”

앙리가 한국말로 인사했다.

그 한국말 인사에 그저 웃고만 있던 강 사범도 흠칫 놀랐지만, 기정과 영하도 깜짝 놀랐다.

“이야, 한국말 잘하시네요.”

호연이 신기하다는 투로 앙리를 응시한다.

그러나 앙리는 이내 영어로 돌아왔다.

앙리는 껄껄껄 웃으며 한국말은 그 인사말만 안다고 했다.

그때 디마가 호연이 앞의 돌 탁자 위에 놓여 있는 체스 기물을 신기한 듯이 하나 집어 들었다.

“진. 이 아이도 체스를 둡니까?”

관광객들이 많이 지나다니는 경포호숫가에서 체스를 마주하자, 디마는 매우 신기하다는 투로 묻는다.

“그럼. 꽤 숙련된 체스 실력을 갖추고 있어!.”

“오. 정말? 한국 어린이는 어릴 때부터 바둑을 배워서 바둑은 잘 둔다는 얘긴 들었는데…”

-정말 체스도? 놀라운데?

디마는 인정하면서도 어딘가 미심쩍어하는 기색이다.

디마는 호연이를 대견스럽게 쳐다보더니 체스 기물은 보이는데 체스판이 안 보이자, 얇은 바둑판을 뒤집어본다.

얇은 바둑판은 앞뒤로 체스판 겸용이었다.

“오, 역시… 내 예상이 맞았네. 얘랑 체스 한판 두면 안 될까? 진이 말 좀 해줘.”

눈매가 좀 매서운 디마가 의외로 아이를 상대로 사근사근했다.

“호연아. 디마 이분은 러시아 사람인데 체스 그랜드마스터야. 체스에서 그랜드마스터가 어느 수준인 줄 넌 알지?”

기정은 디마를 소개하며 우선 체스 수준의 GM에 관해 물었다.

“우와. 수학 선생님. 정말 놀라워요. 체스 그랜드마스터를 내가 지금 만나고 있다니. 저도 GM, IM 정도는 알아요.”

아이는 두 손을 번쩍 들며 환호했다.

기정은 아이의 그 모습에 크게 웃었다.

-하하하. 박사님이 이 사람보다 더 체스 고수인지 모르지?

기정의 큰 웃음은 그런 의미를 담고 있었다.

"이분이 너랑 체스 대국을 원하는데 어때? 그랜드마스터한테 한판 배워볼래?"

"전 너무 좋은데 실력 차이가 너무 나서… 저 그랜드마스터가 실망하며 짜증 내지 않을까요?"

아이가 좋아하면서도 주춤거렸다.

"넌 그런 거 걱정할 필요 없어. 러시아 체스 챔피언에도 올랐던 분이야. 한 수 배워봐."

기정은 일부러 러시아 체스 챔피언이었다고 말했다.

디마가 한국말은 몰라도 그 부분을 알아들을 것을 염두에 두고 좀 띄어주는 차원에서 그렇게 말했다.

-따져보면 얼마나 고마운 일인가?

체스 GM이 어린아이를 상대로 선뜻 지도 대국을 하고 싶다며 소통을 원한다는 것이.

기정은 아이에게 그렇게 말하며 디마를 다시 보게 되었다.

체스가 놓여 있는 경포호숫가 풍경이 너무나 아름답기도 하다.

아이의 체스 실력이 궁금하기도 할 것이다. 그러나 순수한 체스 정신이 없었다면 아이와의 체스 대국을 원하진 않았을 것이다.

굳이 통역을 부탁하면서까지.

러시아, 유럽 등은 공원 어디에도 체스 두는 광경을 흔히 목격할 수 있지만, 대한민국에선 매우 드문 모습이다.

체스를 바둑으로 바꾸어도 흔히 볼 수 있는 광경이 아니었다.

"수학 선생님. 제가 꼭 한 수 배우고 싶다고 전해주세요."

아이는 말하면서 디마를 향해 인사를 꾸벅했다.

디마는 흐뭇한 미소를 머금고 있었다.

그렇게 시작된 디마와 호연이의 체스 대국은 예상과는 달랐다.

엔드 게임까지 가면서 아이가 잘 버티고 있었다.

"오. 대단한데. 대단해."

디마는 끝 무렵으로 가면서 감탄사를 연발했다.

시간이 지나면서 기물이 부족하여 기권했지만, 세계적인 GM을 상대로 그 정도 버틴 건 아이의 체스 실력을 인정해야 했다.

아이는 상대가 지루해할까 봐 시간을 마냥 질질 끌지도 않았다.

"강릉은 대한민국에서도 원래 체스 실력이 강해?"

대국을 지켜보던 앙리가 종국을 맞으며 기정에게 묻는다.

"실력은 어떨지 모르지만, 강릉은 다른 지역보다 체스 배우는 아이들이 많은 건 사실이야. 카페 사장님이 여기서 바둑학원을 오랫동안 운영하면서 체스도 같이 가르친 영향이 크지."

기정은 파악이 안 된 아이들의 체스 실력은 평가할 수 없지만,

체스에 대한 지역적인 열기는 잘 알고 있었다.

그리고 학교 방과 후, 청소년수련원, 문화센터 등 강릉의 여러 곳에서 아이들에게 체스 수업을 하고 있다는 걸 알고 있었다.

-체스 철학자도 카페 사장님 바둑 제자인 건 모르지?

기정은 이렇게 말할 뻔하다가 스스로 놀라며 멈추었다.

지금 분위기에 치우쳐서 쓸데없는 소릴 했다가 나중에 카페에서 어떤 조작이 있었을 것이라고 트집 잡고 나온다면 골치 아프다.

"수학 선생님. 박사님하고 그랜드마스터 이분하고 여기서 체스 대국하시면 안 되나요?"

아이가 체스판 위에서 기물로 진형을 세팅하면서 의외의 깜짝 놀랄 제안을 해왔다.

"두 분은 내일부터 열리는 체스 대회에서 대국이 예정되었어. 이분은 아무 곳에서나 체스를 두지 않아. 호연인 오늘 영광으로 알아야 해. 이 대국 기보를 작성할 수 있지?"

기정은 호연이에게 공인 그랜드마스터와의 체스 대국의 기보는 기념비적으로 꼭 기록하라고 당부했다.

"네. 집에 가서 기록해 놓을게요. 그럼 그랜드마스터 이분하고 수학 선생님하고 체스 한판 하시면 안 되나요?"

아이가 손으로 기정과 디마를 가리키며 또 묻는다.

디마는 아이가 어떤 의미로 말하는지 어렴풋이 알게 되었다.

누가 진정한 GM(그랜드마스터)인가?

디마는 기정을 흥미롭게 쳐다보고 있었다.

"어때?"

디마는 오른손 검지로 체스판을 가리키고 있었다.

좀 난처하게 생각하는 기정의 옆구리를 영하가 슬쩍 찔렀다.

돌아보는 기정에게 영하는 아주 자연스럽게 고갯짓 한 번으로 대국하라고 일렀다.

-넌 이런 기회 아니면 언제 GM하고 체스 대국하겠어?

그런 의문 부호가 말 없는 가운데 기정을 강하게 압박했다.

울며 겨자 먹기가 아닌, 못 이기는 척 GM과 대국하며 그동안 AI 체스프로그램과 영하의 지난 경기의 체스 대국을 복기하면서 터득한 수법을 점검할 기회라는 의미의 신호가 들어있었다.

"수학 선생님. 이쪽으로 앉으세요."

기정이 망설이고 있을 때 아이가 일어서며 자리를 양보했다.

그렇게 디마와 기정의 대국은 시작되었다.

"그냥 두면 안 되지."

기정과 디마가 체스판을 앞에 놓고 마주 앉자 앙리가 웃는다.

"진. 우린 경포 해변으로 갈 거지?"

앙리가 기정에게 물었다.

“그래. 해변으로 가는 중이야. 왜?”

“그럼. 이 대국은 지는 사람이 해변에서 차를 사는 건 어때?”

앙리가 가볍게 차 한 잔 내기라도 걸어야 한다는 취지로 묻듯 제안하고 있었다.

디마는 본인의 실력이 월등하다는 의미인지 웃고만 있었다.

“그래. 좋아. 디마 어때?”

기정은 부담 없이 물었다.

“그래. 나도 좋아.”

잠깐 망설이던 디마가 그렇게 말했다.

-이왕이면 조금 더 큰 걸 걸어야 하는 것 아니야?

디마는 그런 걸 원하며 망설이지 않았을까?

지켜보던 영하의 눈에 디마의 그런 눈치가 엿보였다.

앙리가 눈치가 없는지 그런 눈치를 알아채고 얼른 덮어버렸는지 알 순 없지만 차 한 잔의 가벼운 내기 체스는 시작되었다.

시간제한은 없었다.

“뭐야? 바둑이 아니었어?”

“외국인이 체스 두고 있어.”

지나가던 사람이 모여들어 각자 한마디씩 떠들어대는 어수선한 분위기였다가 다시 잠잠해지는 상황이 되풀이되고 있었다.

둘은 그런 어수선한 분위기에 아랑곳없이 대국에 집중했다.

만약 바둑 대국이었다면, 더 많은 구경꾼이 모여들어 흩어지지 않은 채 대국자를 둘러 쌓았을 것이다.

영하와 앙리가 체스 대국을 관전하며 둘 다 놀라고 있었다.

아니다. 영하는 그럴 것이다, 라고 이미 짐작했었다.

앙리만 의외라는 듯 정말 놀라는 표정을 짓고 있었다.

체스 대국도 흥미로웠지만, 시간이 길어지면서 기정의 얼굴과 체스판을 앙리가 번갈아 보며 놀라워하고 있었다.

-매니저가 GM하고 체스 실력이 막상막하라고?

-만일 진이 리그에 출전하면 누가 이긴다고 장담하겠는가?

그 모습이 옆에서 지켜보는 강 사범과 호연, 영하에게 들켰다.

앙리가 그렇게 생각하고 있다는 걸 그들에게 들키고 말았다.

앙리의 몸짓과 표정에서 자연스럽게 드러나고 있었다.

공격과 방어에서 진은 디마에게 조금도 밀리지 않았다.

디마가 살살 두는 것도 아니었다.

점점 체스판에 얼굴을 가까이하며 집중하고 있는데 체스 국면을 우세하게 끌고 가지 못하고 있었다.

디마의 얼굴엔 웃음기가 가신 지 오래였다.

웃음기가 문제가 아니라 디마 얼굴은 심각 단계였다.

관전하는 앙리가 생각하는 내용과 똑같은 생각을 지금 디마가 하고 있을 것으로 영하는 짐작하고 있었다.

체스 대국을 옆에서 관전하는 강 사범은 체스판 위의 유불리에 대해 파악이 잘 안 되고 있으나, 대국자의 표정으로 짐작하건대 러시안이 뭔가 잘 안 풀리고 있다는 것을 감지할 수 있었다.

바둑이나 체스 대국은 포커페이스가 아니라면 국면의 유불리는 대국자가 가장 선명하게 드러낸다. 자신도 알게 모르게.

기정과 디마의 체스 대국은 결국 무승부로 끝났다.

체스판 위에 남은 기물로는 서로 이길 수 없었다.

뭔가 아쉬운지 디마는 본인의 킹을 몇 번 움직이다가, 기정을 바라보며 악수를 청했다. 미소처럼 소리 없이 웃고 있었지만, 그 웃음은 씁쓸한 기운이 서려 있었다.

디마는 매니저인 진 정도는 가볍게 이길 줄 알았는데, 무승부가 되자 본인이 패배한 것처럼 약간 풀이 죽었다.

-세계적인 GM 실력은 이런 거야. 알겠어?

승리 후 멋지게 뽐내는 그런 예상은 연기처럼 사라졌다.

"디마. 한 수 잘 배웠어."

기정이 웃으며 디마의 손을 잡았다.

그 손을 잡은 디마는 말도 없이 기정의 얼굴을 빤히, 정면으로 정말 빤히 응시하고 있었다.

옆에서 지켜보는 이들이 민망할 지경이었다.

“우와. 수학 선생님 체스 실력도 그랜드마스터라는 건가요? 맞죠?”

아이가 호들갑을 떨며 영하에게 묻는다.

영하는 살짝 미소지으며 검지를 입에 세웠다.

잘못하면 디마가 무안해할까 봐 조심하고 있었다.

영하는 기정의 체스 실력이 디마에 밀리지 않는다는 걸 이미 잘 알고 있었다.

AI 인공지능으로 같이 연구하고, 영하의 대국 기보를 같이 복기도 하면서 기정의 수준을 이미 파악하고 있었다.

주머니 속의 송곳은 잘 감춰지지 않는다.

-너, 도대체 뭐야?

말없이 그렇게 묻고 있었다. 디마는.

어쩌면, 얘네들은 뭐지? 영하와 기정의 정체에 대해서 어떻게 해석해야 할까, 스스로 묻고 있을지도 모른다.

-저 아이는 또 뭐야?

-바둑과 체스 신동인가?

대한민국의 강릉만 오면 자꾸 놀랄 일만 일어났다.

호숫가의 바둑체스 신동? 그리고 노인은 바둑의 프로페셔널?

-도대체 이런 지경인데 대한민국에 피데(FIDE) 공인 체스 GM이 한 명도 없다는 게 말이 돼?

디마는 어리둥절한 상태에서 대한민국의 엄청난 잠재력에 한 번 더 놀라고 있었지만 내색하지 않았다.

만일 국가에서 지원한다거나, 혹은 어떤 단체에서 대한민국의 체스계를 지원한다면 폭발력이 엄청날 것으로 짐작되었다.

앙리가 보고 있었다. 저 멍청한 놈. 이럴까? 앙리는.

디마가 속으로 놀라면서 기정의 얼굴을 쳐다보는 건 나름대로 이유가 있었다.

-오늘의 이 체스 대국이 우연일까? 필연일까?

디마의 뇌리에 섬광처럼 와닿는 느낌은 우연히 대국한 진과는 반드시 다시 만날 것이라는 예상이 강했다.

공식(지하) 대회에서 진을 다시 만나면 내가 이길 수 있을까?

그런 생각과 함께 오늘 나는 최선을 다하고 무승부를 했는가?

자책과 예상, 그리고 두려움이 한꺼번에 밀려왔다.

이미 체스 철학자는 미세하나마 한 수 위라고 인정하고 있었다.

그런데 지금 앞에 있는, 방금 대국을 마친 미스터 진은?

적어도 GM에 버금가는 실력이었다.

진이 더 연구하여 공식 대회에서 내 앞에 나타난다면?

디마는 기정의 얼굴을 아주 짧게 정면으로 응시하며 그런 생각들이 쏟아졌다. 그러나 디마를 지켜보는 이들은 찰나가 아니라 쏘아보는 시간이 제법 흘렀다고 생각되었다.

해변의 약속

영하과 기정, 앙리와 디마는 강 사범과 호연에게 인사하고 다시 천천히 걸어서 경포 해변에 도착했다.

약 15분 정도 걷는 동안 넷은 별말이 없었다.

기정과 영하는 그 둘을 상대로 특별히 할 말도 없었다.

오늘 경포 해변까지 걷는데 안내 겸 동행을 부탁하여 그야말로 그저 동행하고 있을 뿐이었다.

디마는 기정과 우연한 체스 대국이 무승부로 끝난 후 충격이 큰 기색이었다.

디마는 분명 최선을 다한 대국이었다.

그런 충격은 내색 없는 앙리도 마찬가지였다.

AI 인공지능의 체스프로그램을 혼자 개발하여 세계적인 GM들의 코를 납작하게 만든 체스 철학자, 그 옆에서 매니저 역할 하는 진의 체스 실력은 도대체 어디에서 오는 걸까?

-이 둘은 어떤 방식으로 체스를 연구하는 거야?

-아까 그 꼬맹이는 또 뭐야?

-강릉의 체스 신동이야?

디마도 앙리도 특별히 일행의 대화를 주도할 필요가 없던 터라 그런 생각을 하면서 그저 뚜벅뚜벅 걷기만 했다.

"진. 우리 선수들은 우고와의 대국은 종국 후 하나도 빠짐없이 복기하기로 다짐했어."

앙리가 바다를 바라보며 백사장에 앉자마자 말했다.

기정도 앙리를 마주 보며 다음 말을 기다렸다.

"철학자도 복기에 참여했으면 좋겠고, 지금 문득 떠올랐는데, 복기에 진도 적극적으로 참여했으면 좋겠어. 어때?"

앙리는 아예 부탁하는 말투였다.

"나는 왜 그래야 하는데?"

기정은 좀 모호하게 물었다.

-우고 선수의 기보만 왜 별도로 복기하는데?

-너희들 복기에 왜 철학자가 참여해야 하는데?

-나는 왜? 선수도 아닌데?

듣기에 따라선 그런 복합적인 여러 의미가 들어있었다.

"체스-960 마에스트로라는 실력자의 장단점을 파악하려면 그 이상 가는 실력자가 한 수 한 수 뜯어봐야 정확하겠지."

앙리는 고개를 돌려 영하를 쳐다본다.

다 알아듣는 영하에게 동참을 호소하는 태도였다.

영하는 잠자코 앉아있었다.

아직 석연치 않은 부분이 남아있었다.

“철학자는 그렇다 치고 나는 왜 복기에 참여해야 하는데?”

기정이 바로 정곡을 찌르듯 다시 묻는다.

“오늘 디마와 체스 대국을 관전하면서 느낀 건데, 미스터 진도 GM 못지않은 실력자라는 걸 알았고, 체스 스타일이 철학자와 다르다는 생각이 들었어.”

앙리는 기정과 영하를 번갈아 쳐다보며 말하고 있었다.

-이 둘은 참을성도 기막히네.

앙리는 다음 말을 기다리는 둘을 관찰했다.

“스타일이 다른 실력자의 관점에서 우고 선수의 수법을 타파할 방법을 찾아내리라고 봐.”

앙리는 아주 진지한 태도와 말투로 핵심을 꺼내 들었다.

기정의 실력도 인정하고 스타일 다른 것도 인정하니까 복기하며 연구를 같이 해보자, 앙리는 이런 취지였다. 앙리, 기정이 그런 대화하는데, 이상하리만치 디마는 얌전히 듣고만 있었다.

기정과 영하와 달리 그들은 이 경기에 모든 걸 걸었다.

우고 선수를 상대로 철학자가 반드시 이겨주어야만 한다.
오전에 카페에서 뽑은 선수 고유번호와 대국 순서로 살펴볼 때 우고 선수와 다른 선수가 서너 판 대국한 후 철학자와 대국하는 절차로 나타났다.

-우고 선수와 체스 철학자의 실력이 5 vs 5 막상막하라면?

만일 둘이 막상막하 실력이라면 대국 전 한 수라도 더 연구한 선수가 유리한 건 자명하다.
지금 강릉에서 우고는 연구를 홀로 해야 한다.
혼자 연구하는 것과 여럿이 연구하는 건 다르게 나타날 것이다.
다른 눈길로 미세한 부분까지 파악하려면 다른 관점으로 보는 눈이 하나라도 더 보태는 것이 다양하고 훨씬 예리할 것이다.

선수들이 체스-960 이 경기를 처음 기획했을 때 성사만 된다면 거져먹기의 어려움이 전혀 없었다.
그런데 이 경기의 열쇠를 쥐고 있는 체스의 철학자가 느닷없이 우고 선수를 끌어들여 긴장감을 높였다.
철학자의 성품과 실력을 인정하기에 기꺼이 참여하고 있었다.
어쩌면 울며 겨자 먹기로 진행되는 것인지도 모른다.

5. 독소는 독소로

화요일 오전 9:00

어제의 월요일은 선수단의 시차 적응도 필요했다.

카페 휴무라 오후에 리그전을 시작해도 되는 상황이었다.

그런 의미에서 오전은 쉬고 오후 2시부터 대국이 개시되었다.

오늘은 카페가 문을 열어 오전 9시부터 대국 시작이다.

아침 식사는 각자 해결하고 늦어도 오전 08:50까지는 대국장인 카페에 들어서야 한다.

후원인과 참가 선수가 그런 규정은 철저히 지킬 것이다.

선수가 오전 9시까지 도착하지 않으면 초시계는 돌아간다.

지각하면 초과시간의 두 배를 공제한다.

1시간이 지난다면 부전패가 된다.

국내 · 세계대회 막론하고 제한시간이 적용되는 규정이다.

기정과 영하는 오전 8시 조금 넘은 시간에 벌써 와서 차도 한잔 마시며 기분전환을 하고 있었다.
뒤미처 다은 가족이 도착, 둘과 둘러앉아 담소하며 차를 마시는 광경은 오늘 중요한 리그전에서 대국하는 선수가 아닌 것처럼 여행자 분위기였다.
그만큼 영하는 차분하며, 도전을 받아주는 준비된 챔피언이었다.

오정훈은 근래 삐룰로와 우고 선수를 상대할 때의 긴장감에서 해방되어 큰 액수의 베팅과 함께 모처럼 편안한 마음으로 체스 대국을 관전하는 자세가 되었다.
영하는 누구와 겨루어도 그 대국 과정을 즐기겠다는 여유로움이 돋보였다. 옆에는 대국자가 편안한 마음을 갖도록 모든 면에서 세심하게 배려해주는 기정이 있었다.
그 둘은 대화에서도 서로 부족한 부분을 스스럼없이 보강해주는 멋이 주위 사람에게 느껴지도록 만들었다.
어딘지 조금쯤은 꾸며진 듯한 어색함이 아니라 매우 자연스러운 언행으로 물 흐르듯 서로 이끌어갔다.
상호 보완적인 둘의 모습은 하루아침에 이루어질 수 없다는 것은 연륜 있는 사람이 지켜볼 때 제대로 관찰할 수 있었다.
그런 부분이 관전자의 마음을 여유롭게 만들었다.

"오, 철학자 일찍 와 있었네요?"

리그전의 총괄 진행자인 보스도 일찌감치 도착하여 커피 한잔 주문하며 기정 일행과 인사를 나눴다.

세팅이 잘 되어 있는 카페 내 대국장 모습을 살펴보던 보스는 매우 흡족해하며 커피를 받아들며 내게 엄지 척을 하고 있었다.

"너무 좋습니다."

보스는 커피잔을 들고 카페 안을 한 바퀴 휘돌았다.

대국 자리와 참관인 자리는 어제 오후의 그 위치 그대로였다.

카페의 통창 밖으로 자비드가 혼자 허겁지겁 걸어오는 모습이 보였다.

"보스, 잠깐 얘기 좀 해요."

자비드는 카페에 들어서자마자 보스를 구석 자리로 이끌었다.

"여기 커피 한잔 더 주세요."

자비드가 손을 들고 소리쳤다.

나지막이 길게 대화하는 보스와 자비드는 커피 가져다주는 내가 보기에 좀 심각해 보였다.

자비드가 무언가 주로 말하였고, 보스는 듣고 있다가 한 번씩 질문하는 모습이었다.

잠시 후 보스가 일어서며 알았다는 듯 고개를 끄덕거렸다.

-어제 어수선한 대국장 분위기 때문에 우고가 건의했을까?

나는 문득 그런 생각이 들었다.

자비드나 뻬룰로가 생각할 때 어제 첫 대국의 디마 선수 정도는 우고가 승리를 가져가야 했다. 그러나 우고 선수가 느끼기에는 대국장이 다소 어수선했다. 그런 대국 분위기에 익숙하지 않은 우고 선수의 집중력 결여로 무승부라는 결과가 나오고 말았다.

의외의 결과로 실망한 그들은 대국 후 무승부에 대한 문제점을 찾아내려고 우고 선수와 대화했을 테고, 그런 부분이 드러나지 않았을까, 짐작이 갔다.

후원인과 선수 등 선수단은 대부분 10분 이상의 시간을 남기고 카페에 입장하고 있었다.

보스는 제프리를 잡고 카페 밖으로 나가 현관 앞에 섰다.

보스가 주로 말하고 제프리가 이해했다는 듯 둘은 짧게 대화한 후 들어왔다.

"선수단 여러분 모두 자기 위치에 앉아 주십시오. 대국 개시 전 잠시 상의할 일이 있습니다."

보스의 외침에 어제 대국 때 풍경과 거의 흡사한 위치에 앉게 되었다. 굳이 변화가 있다면 선수는 자신의 대국 위치에 앉으며 서로 상대가 바뀌었을 뿐이다.

“선수 여러분. 대국 중 마실 차를 주문하면서 주변 분위기가 어수선하다면서 대국자는 대국 중 차를 마시고 싶으면 자리에서 일어나 다른 곳으로 이동하여 마시자는 건의가 들어왔습니다. 여러분의 의향은 어떤지 알려주십시오.”

보스는 대국자들을 둘러보았다.

-대국 중에 다른 곳에서 차를 마시라고?

선수단은 보스를 바라보며 누가 건의했는지 알 것 같았다.

“보스. 지금까지 차를 마시고 싶으면 대국 중이라도 자유롭게 주문하여 차를 마시며 대국했습니다. 자기 시간을 뺏기며 대국 자릴 이탈하여 차를 마시라는 건 심히 부당하다고 생각됩니다. 각자 주어진 엄격한 제한시간이 있습니다. 타임아웃제 대국에서 말이 안 되는 제안입니다.”

앙리가 가장 먼저 반발하며 소리쳤다.

“건의가 들어와 그런 사유 때문에 지금 토의하는 겁니다.”

보스도 난감한 투로 말하고 있었다.

“저도 그건 부당하다고 생각합니다. 그럼 차를 마시는 시간은 제한시간에서 빼주는 겁니까?”

디마가 소리쳤다.

-차 마시는 시간만큼 제한시간을 추가하라고?

후원인이나 선수들은 디마의 외침을 들으며 잠깐 피셔 방식을 떠올리기도 했다.
그러나 대국 수에 관한 것과 지금의 주제는 완전 별건이었다.

“그건… 말도 안 됩니다. 차 마시는 핑계로 시간을 사용하며 다른 자리에서 얼마든지 다음 수를 연구할 수 있습니다.”
보스는 말도 안 된다고 일축했다.
누가 들어도 말이 안 되는 거였다.
자비드와 삐룰로 그리고 우고 선수는 토의를 지켜볼 뿐 나서지 않고 있었다.
지금까지 우리들의 리그 관례로 볼 때 부당한 건의였다.

“그럼 대국 중 차를 마시지 말아야 한다는 건데 그것도 말이 안 됩니다. 대국 중 담배를 피우는 건 선수들에게 피해를 줄 수 있습니다. 그러나 각 1시간 30분씩 두 선수가 3시간의 대국 중 커피 정도의 차나 음료는 마실 수 있어야 합니다.”
알렉산드르도 그 의견은 부당하다고 비유까지 들고나왔다.
후원인과 선수들은 누가 그런 건의를 했는지 짐작이 갔다.

그러나 임의로 건의한 의견조차도 존중한다는 의미에서 건의한 자는 묻지 않고 부당한 부분만 지적하고 나섰다.
알렉산드르가 담배를 비유하여 선수가 대국 중 음료는 필요하다는 의견을 제시한 후 토의는 잠시 소강상태가 되었다.
선수단은 서로 둘러볼 뿐 아무 말이 없었다.

“알겠습니다. 그럼 이 토의 주제였던 대국 중 차 주문에 관한 것은 이의가 없으므로 전례대로 하겠습니다. 시간 관계상 바로 대국 준비를 하겠습니다. 선수는 3분 후 대국에 들어가겠습니다. 각자 자신의 대국 상대와 위치를 확인해주십시오.”
보스는 자비드를 잠시 주시하고 있었으나, 반론에 대한 반론이 나오지 않자, 대국 개시 시간을 이유로 토의를 끝내버렸다.
토의 시간을 더 지연할 명분도 없었다.

1회전 결과

1승-앙리(프랑스) 1패-제임스(영국)

1승-알렉산드르(러시아) 1패-헨리(캐나다)

1승-철학자(대한민국) 1패-벤자민(미국)

무승부-디마(러시아) 무승부-우고(콜롬비아)

2회전

1제임스(영국) vs 6철학자(대한민국)

2벤자민(미국) vs 7알렉산드르(러시아)

3헨리(캐나다) vs 8우고(콜롬비아)

4디마(러시아) vs 5앙리(프랑스)

“오늘도 고유번호 1부터 4까지 무작위로 체스-960대국 번호를 추첨하겠습니다. 이의 없으시죠?”

보스는 선수단을 두루 살펴보았다.

아무도 가타부타 말없이 보스를 지켜보고 있었다.

고유번호는 본인 손으로 직접 뽑았다. 추첨 절차의 앞뒤에 따라 대국하는 데 좋고 나쁨의 득실이 존재하지 않는다.

“흑백은 어제의 반대로 잡으면 됩니다. 자, 오늘의 1번과 6번의 대국 번호를 추첨하겠습니다.”

어제의 반대란 1~4번은 백으로, 5~8번까진 흑으로 대국했으므로 오늘은 흑백을 바꿔서 대국하면 된다는 의미였다.

어제 첫 대국부터 이미 발표된 규정의 내용이었다.

보스는 첫 추첨자라 확인까지 곁들이며 긴장감을 더했다.

기물 배치는 백 대국자가 본인의 왼쪽 a1부터 기물 배치를 하면 흑 대국자는 그대로 마주 보게 배치하면 되었다.

1제임스(영국) vs 6철학자(대한민국)

기정이 보스 뒤에 서서 노트북을 지켜보는 자세를 취했다.

제임스의 후원인 크리스토퍼도 천천히 걸어가 그 옆에 섰다.

“고유번호 1의 제임스와 6의 철학자 대국 번호는 866번입니다. 기물 명칭을 부르면 백을 잡은 선수가 a1부터 배치하면 됩니다. 그럼 부르겠습니다. a1-비숍. b-1퀸. c-1룩. d1-킹. e1-룩. f1-비숍. g1-라이트. h1-라이트.”

-1제임스(영국) vs 6철학자(대한민국) **866번(BQRKRBNN)**

오늘 보스는 기물의 위치까지도 불렀다.

철학자가 백을 잡고 불러주는 기물을 a1부터 배치하면 되었다.

보스는 철학자가 첫 번째여서 인가, 좀 긴장한 모습이었다.

앉아 있던 참관인들까지 모두 일어나 철학자가 체스판 위에다 기물 배치하는 모습을 지켜보고 있었다.

느릿하지만 기물마다 또렷하게 확인하고 판 위에 올려놓았다.

보스도 노트북과 체스판을 번갈아 쳐다보는 눈동자가 바쁘다.

철학자와 제임스가 기물 배치를 모두 마치고 틀림없음을 확인한 보스는 뒤를 한번 돌아보았다.

기정과 크리스토퍼가 확인했는지 살펴보는 태도였다.

2벤자민(미국) vs 7알렉산드르(러시아)

“그럼 고유번호 2와 7의 대국 번호를 추첨하겠습니다.”

그렇게 외친 보스는 벤자민과 알렉산드르의 앉은 위치를 확인하고 다시 뒤를 돌아보았다.

역시 벤자민의 후원인 제프리가 노트북을 지켜보고 있었다.

러시안 알렉산드르를 후원한 영국인 러셀이 그 옆에 서 있었다.

보스가 제프리를 보며 웃었고, 제프리는 한 손을 보스의 어깨에 올리며 친근감을 나타냈다.

“2와 7의 대국 번호는 51번에 당첨되었습니다. 준비되셨나요? 그럼 지금부터 다들 위치 생략하고 기물 명칭만 부르겠습니다. 비숍. 나이트. 나이트. 룩. 퀸. 킹. 룩. 비숍.”

보스는 기물의 명칭을 하나마다 뜸을 들이며 불러주었다.

-2벤자민(미국) vs 7알렉산드르(러시아) **51번(BNNRQKRB)**

절친인 미국의 제프리가 후원하는 벤자민 선수라서 조금이라도 신경 써준다는 배려의 내색을 하고 싶었을 것이다.

그런 모습은 특이하게 러시안 알렉산드르 선수를 후원하는 러셀도 흡족하게 여기고 있었다.

벤자민이 흑으로 기물 배치를 마친 후 한 손을 들어 보였다.

3헨리(캐나다) vs 8우고(콜롬비아)

"그럼 고유번호 3과 8의 대국 번호를 추첨하겠습니다."

보스는 거기까지 말하고 헨리와 우고의 위치를 살펴보았다.

자비드와 삐룰로, 캐나다의 토마스도 보스 뒤에 섰다.

"545번(BRNBKNQR)에 당첨되었습니다."

그렇게 알린 보스는 앞선 추첨 보고와는 이례적으로 다음 말을 잇지 않고 뜸을 잔뜩 들이고 있었다.

보스는 뒤돌아보며 자비드와 삐룰로에게 "만족하시나요?" 라고 눈으로 묻고 있었다.

자비드와 삐룰로는 우고 선수를 주시했다.

우고는 자신의 건의가 불발되어선가 조금 침울한 얼굴이었다.

"545번? 비숍."

우고는 보스가 명칭을 부르기도 전에 카페 바깥 하늘을 한 번 우울한 눈빛으로 쳐다보더니 나지막이 외치며 하얀색의 비숍을 체스판 위에 올렸다.

선수단 모두 하나 같이 우고 선수를 주시하고 있었다.

-설마 또?

모두 그런 표정들이었다.

나는 그런 모습이 재미있어서 웃음이 터질 뻔했다.

체스판 위에 올려진 비숍을 쳐다보던 헨리가 보스에게 시선을 돌리며 눈치를 살폈다.

보스는 선수단 모두 우고 선수와 자신을 번갈아 주시한다는 걸 뻔히 알면서도 시치미를 뚝 떼고 말없이 앉아 있었다.

"룩"

우고는 체스판에 룩을 올려놓고 조용히 읊조리고 있었다.

"나이트"

우고는 룩을 올리고 빠르게 나이트를 찾아 올렸다.

어제와 똑 같은 양상으로 보스는 시치미를 뚝 떼고 모른 체하고 우고는 집중하여 체스판 위에 기물을 하나씩 올리고 있었다.

-맞는 거야? 틀린 거야?

궁금함을 참지 못하고 사실 확인에 나서는 후원인은 보스 뒤로 가서 무작위로 나타난 번호와 기물 위치에 집중하고 있었다.

그들도 보스와 마찬가지로 눈동자가 바쁘게 움직였다.

"비숍"

우고는 관심이 쏠리든 말든 기물 하나에 명칭이 따라갔다.

신기하게도 현재 4개의 기물은 제 위치를 찾았다.

“킹”

“아, 나이트인가?”

다시 빠르게 킹 뒤에 나이트를 올리며 우고는 전례 없이 살짝 짧게 신음을 토했다. 아마 본인도 눈치채지 못한 신음일 것이다.

“퀸”

일곱 번째 올리면서도 우고는 보스를 한 번도 쳐다보지 않았다. 오로지 자신을 믿고 집중하고 있었다.

“룩”

여덟 번째로 마지막 하나인 룩을 집어 체스판 위에 올려놓으며 우고는 작게 한숨을 쉬고 있었다.

-3헨리(캐나다) vs 8우고(콜롬비아) **545번(BRNBKNQR)**

우고는 보스 뒤에 서 있는 삐룰로를 찾아서 쳐다보았고, 엄지를 치켜세우는 삐룰로를 보며 침울함이 걷히고 있었다.

내가 지켜본 우고 선수는 신음이나 한숨을 본인은 모를 것으로 짐작되었다. 다만 해내고 있다는, 해냈다는 본인만의 만족감을 홀로 연구할 때의 모습으로 습관처럼 나타내고 있을 뿐이라는 추측을 나 혼자 하고 있었다.

짝짝짝. 보스가 손뼉 치며 잘했다는 의사표시를 했다.

4디마(러시아) vs 5앙리(프랑스)

"자 이제 마지막으로 고유번호 4와 5의 대국 번호를 추첨하겠습니다."

보스는 외치며 미리 뒤에 서 있는 러셀과 마티유를 살폈다.

러셀은 여유 있게 웃고 있는데 마티유는 좀 긴장된 얼굴이었다.

보스의 노트북엔 731번이 나타났다.

"731번에 당첨되었습니다."

보스는 앞의 우고 선수처럼 뜸 들이며 의도적으로 기다렸다.

두 선수도 보스가 기물을 불러주길 기다리고 있었다.

"부르겠습니다. 룩. 킹. 나이트. 퀸. 비숍. 나이트. 룩. 비숍."

보스는 아주 천천히 기물 명칭을 불렀고, 앙리가 백으로 하나씩 찾아 체스판 위에 올려놓았다.

-4디마(러시아) vs 5앙리(프랑스) **731번(RKNQBNRB)**

디마와 앙리는 묘한 웃음을 지으며 서로 악수하고 있었다.

우리 너무 일찍 만난 거지?

리그전의 전후 사정을 잘 아는 내가 볼 때 그 묘한 웃음은 서로 그런 물음이 가미되어 있는 것처럼 보였다.

카페 안에서 나는 조금의 긴장감 없이 전체를 살필 수 있었다.

"건의 사항으로 토의가 진행되는 바람에 대국 개시가 10여 분 정도 지연되었습니다. 오늘 종국이 조금쯤 늦을 수도 있습니다. 어제와 똑같은 규정으로 대국을 시작하겠습니다."
보스는 9시에 개시되어야 할 대국이 10여 분 지체된 것에 대해 모두 알고 있는 사실을 설명했다. 그 정도는 리그전 진행에 큰 문제 될 게 없으니 그대로 진행하겠다는 대국 개시를 선언했다.

입회인이며 참관인 격인 후원인은 모두 자신이 후원한 선수의 대국을 주시하면서 우고와 철학자의 대국도 눈여겨보고 있었다. 제임스와 겨루는 철학자는 제임스가 초시계 흑의 꼭지를 누르자 역시 눈을 감았다.

제임스는 빈 체스판을 내려다보다가 순간 일어서서 옆의 체스 대국을 관전했다. 어느 한 대국만 주시하지 않고 동시 진행되는 세 대국을 이리저리 살펴보고 있었다.
그중 헨리와 우고의 대국에 관전의 초점을 맞추었다.

조금 전 보스가 545번이라 알리자, 우고는 명칭을 듣지도 않고, 체스판 위에다 백으로 척척 기물 배치하는 모습을 지켜보았다. 불가사의하달까, 경이롭다고 해야 할까?

545번은 표준체스에 비교할 때 크게 어긋나서 혼란스럽다거나 처음부터 어지러운 전투적인 기물 배치는 아닌 듯이 보였다.

-이 상황이면 누가 유리할까?
-변형체스에 능한 우고가 유리?
-표준체스에 능한 헨리가 유리?

제임스는 그런 생각으로 우고 선수의 표정을 살폈는데, 우고는 왠지 우울한 기색을 띠고 있었다.

-기물 배치가 너무 평범해서일까?
-아니면 아까 건의 사항이 불발되어서?

우고가 오프닝에서 백으로 어지럽게 선공하여 헨리를 정신 못 차리게 만들 수 있는 포지션은 분명 아니었다.
몇 수 진행된 오프닝도 그걸 증명하듯 평범하게 흐르고 있었다.
얼핏 보면 표준체스의 오프닝이나 다를 바 없었다.
제임스는 지레짐작이 앞서 나갔다.

-한 번 더 무승부로 가는 걸까?

이때 철학자가 눈을 뜨고 백으로 빠르게 한 수 둔 후 초시계를 톡 누르는 모습이 들어왔다.

-나도 이제 시작인가?

제임스는 철학자의 한 수가 h1에서 중앙으로 달려온 나이트라는 것을 확인하며 자리에 앉았다.
철학자는 일단 첫수를 두고 초시계 시간을 살폈다.
약 4분여가 지나갔다.
제임스는 잠깐 생각하더니 e2의 폰을 두 칸 올렸다.
철학자는 지나간 명상 시간을 만회하려는 듯 빠르게 c2의 폰을 두 칸 올렸다.
제임스도 흉내 체스를 두듯 철학자와 같은 나이트가 나왔다.
제임스와 철학자는 오프닝 초반에 속도를 내었다.
후원인들은 첫날의 변형 체스에 관한 흥미보다 긴장감이 덜한 표정으로 관전하고 있었다.
하지만 누구 하나 입을 열지는 않았다.
궁금한 부분을 드러내도 누구 하나 속시원한 해석이 없었다.

* * *

엉덩이로 공부하는 법

“사모님. 우리 카페라떼 두 잔 테이크아웃으로 주세요.”

다은은 속삭이듯 주문한 라떼를 받아들고 체스를 전혀 모르면서 자리에 앉아 있는 엄마를 이끌고 카페 밖으로 나왔다.

외삼촌 오정훈은 철학자의 대국에 시선을 붙박이로 고정한 채 철학자와 같이 사이보그처럼 지켜보고 있던 터라 모른 척했다.

“어디서 솔향이 나는 것 같네.”

오 여사. 대화도 자유롭지 않고 기침도 크게 할 수 없는 무거운 공기가 흐르던 대국장을 벗어나며 말했다.

“솔향은 아니더라도 바깥 공기가 신선하지. 엄마?”

“그래. 나도 어릴 적엔 바둑대회장에 들락거렸지만 이렇게 숨막힐 듯 답답하진 않았는데……”

오 여사는 아주 오래전을 떠올리면서 이런 자리에 있는 자신이 답답하게 느껴졌다. 하지만 오빠 오정훈을 원망하진 않았다.

“그래도 영하 오빠의 대국 모습이 여유로워 마음이 놓이지?”

“그건 그래. 무심한 듯 표정의 변화 없이 체스를 두는 모습은 보기에도 평온한 느낌이야.”

따사로운 3월의 봄볕이 두 모녀를 내리쬐고 있었다.

모녀는 미니 골프장 한쪽에 봄볕이 드는 자리에 찾아 앉았다.

“엄마. 우리 시간 잘 가게 미니 골프 한 게임 어때?”

다은은 엄마의 지루함을 달래주러 애교스럽게 제안했다.

“넌 지금 골프가 제대로 되겠니? 숨이 막히든 기가 막히든가 이 커피 마시고 들어가 봐야지.”

다은의 예상대로 오 여사는 대국장을 택했다.

-체스 행마만 설명 들은 엄마는 무슨 재미로 앉아 있을까?

다은의 엄마에 대한 염려와 달리 오 여사는 자리에 앉아서 기다리는데 이골이 나 있었다. 어릴 적에 수년간 유단자가 되도록 바둑을 배워 엉덩이로 끈기 있게 공부하는 법을 알고 있었다.

오 여사는 오히려 다은을 걱정하고 있었다.

다은은 리그전에 베팅한 것도 아닌 데, 남자들만 득시글거리는 대국장에 여자 혼자인 엄마를 위해 동무하며 같이 앉아있었다.

어디서 비둘기 정도 되는 새가 한 마리 날아왔다.

“엄마. 저 새 좀 봐.”

다은이 나직하게 말하는데 한 마리가 또 날아왔다.

“저 새 이름이 뭔지 아니?”

“나도 몰라. 배 사범님께 여쭈어볼까?”

다은이 애교 섞인 말투와 얼굴로 묻는다.

“아니야. 소란 떨지 말고 그냥 앉아 있어.”

오 여사가 그렇게 주의 주는데 새들은 자꾸만 날아와 어느새 열 마리 정도가 되었다.

"누가 누굴 구경하는 거지?"

다은이 웃으며 말했다.

새들은 그렇게 무리 지어 미니 골프장 경계의 바깥쪽 가장 큰 나뭇가지에 앉아 두 모녀를 내려다보며 구경하고 있었다.

영하가 대국 중 상대의 이상한 낌새를 느낄 때면 이따금 노래 부르는 장소에 한낮엔 그늘을 드리어주는 큰 나무였다.

"저 새들이 우리보고 이제 대국장에 들어가서 대국 분위기 좀 파악하라고 지시하는 것 같은데?"

다은은 엄마의 근심을 잠깐이라도 덜기 위해 연신 싱거운 소릴 하고 있었다. 다은은 카페 안이 궁금해졌다.

기정이 어지간하면 밖으로 나와서 대국장 분위기도 전하며 같이 대화했을 텐데…

"그래. 커피도 다 마셨는데 그만 들어가 볼까."

다은은 엄마와 팔짱 끼고 카페에 들어섰다.

기정과 외삼촌은 아무 움직임도 없이 철학자의 대국을 지켜보고 있었다. 가까이 다가가 숨은 쉬고 있냐고 묻고 싶을 지경이었다.

* * *

이독공독(以毒攻毒)

제임스가 카페 주인장을 향해 손을 들었다.

"커피 한 잔 부탁합니다."

제임스는 가까이 다가간 내게 커피를 주문했다.

대국 중 커피를 가장 많이 마시는 선수가 제임스였다.

나는 언뜻 고개를 든 영하를 쳐다보았다.

눈빛으로 차를 마시겠냐고 나는 묻고 있었다.

영하는 차 생각이 없는 듯 싱긋이 웃기만 할 뿐이었다.

"저도 커피 한 잔 부탁합니다."

우고의 상대인 헨리도 손을 들고 나지막이 말했다.

건의 때문인지 헨리는 슬그머니 우고 눈치를 보는 느낌이다.

우고는 무엇엔가 깊은 생각에 잠긴 듯 눈을 감고 있었다.

눈을 감은 파리한 얼굴에 핏기가 없는 느낌을 풍기고 있었다.

내가 제임스와 헨리의 커피 주문을 받고 돌아설 때 뜻밖의 반전이 일어났다.

"저도 커피 한 잔 주세요."

놀랍게도 눈을 뜬 우고 선수가 덩달아 커피를 주문했다.

어쩌면 놀랄 일도 아니었다. 후원인과 선수는 자유롭게 카페의 모든 차를 얼마든지 주문해 마실 수 있었다. 우리 카페에서 벌어지는 체스 리그전의 작은 장점 중 하나이다.

커피 등 차에 대한 대가는 보스에게 넉넉히 받고 있었다.

커피를 주문하는 우고는 아직도 우울함이 조금 남아 있었다.

우고 선수의 커피 주문을 받고 반사적으로 자비드와 삐룰로를 시선으로 찾고 있었다.

나는 그들이 어디 앉아 있는지 알고 있었다.

그 둘도 조금은 놀라워하고 있는 모습이었다.

-우고 선수가 평소 커피를 마셨나?

내가 보기에 둘은 그런 얼굴처럼 느껴졌다.

-독은 독으로 다스린다는 이독제독(以毒制毒)일까?

-오랑캐로 오랑캐를 무찌른다는 이이제이(以夷制夷)일까?

나는 주방으로 걸어가며 그런 고사를 떠올렸다.

-두 고사 말고 지금 상황에 마땅한 고사가 또 있었나?

-둘 다 아니라면 우고는 정말 커피가 마시고 싶어서?

주문한 석 잔의 커피 중 우고 선수에게 마지막으로 내려놓으며 그의 얼굴을 살필 때 어두운 면이 싹 가시고 밝게 변해있었다.

세계적인 선수는 실력뿐 아니라 대국 분위기 적응에 뛰어나다는 것을 입증하는 중이다. 나는 진심으로 우고 선수가 제 실력을 발휘해 줄 것을 소망하고 있었다.

한 분야에서 약관의 나이에 우뚝 설 수 있다는 것은 천재성도 있지만 엄청난 노력의 성과라 할 수 있다.

승패는 뒤에 드러난다.

승패 앞에 제 실력을 충분히 발휘할 수 있어야 후회가 없다.

몸속의 독을 다른 유독성으로 다스린다는 이독공독(以毒攻毒)의 동양적 고사를 콜롬비아인 젊은이가 알고 있는 걸까?

커피를 가져다주고 내가 유심히 살핀 우고 선수는 상대 헨리와 친선으로 체스 대국하듯 커피를 마시며 여유로웠다.

*　　*　　*

분위기 속으로

입회인들에게 별 관심을 받지 못하고 오로지 본인의 후원인에게만 시선을 끌던 러시안 디마와 프랑스의 앙리는 두 시간 남짓한 대국 끝에 일어서며 악수하고 있었다.

서로 미소를 띠고 있었기에 얼핏 승패를 알 수 없었다.

"아무리 봐도 모르겠네. 누가 승리했습니까?"

보스가 참관인 자리에서 일어서며 디마에게 물었다.

디마는 손을 들어 보이고, 후원한 영국인 러셀에게 다가갔다.

러셀은 체스-960의 마에스트로라는 우고 선수와 어저께 무승부 뒤 오늘 1승을 올린 디마를 환영하며 등을 토닥였다.

1승 뒤 1패 당한 앙리는 멋쩍은지, 대국 자리에서 빠져나오지 않고 다른 대국자들 사이에 서서 관전하고 있었다.

앙리는 혹시 관전자들의 시야를 가리는 건 아닌가, 하는 태도로 주변을 한번 살피면서 자리를 약간 이동했다. 관전자들은 동서남북으로 치면 남북의 위치처럼 양옆으로 앉아 있어서 앙리가 관전에 불편을 주진 않았다.

그때 후원인 마티유와 눈이 마주치자, 패배하여 죄송하다는 듯 앙리는 눈빛으로 가볍게 목례로 사죄하는 모습을 보였다.

당장 내일 겨루어야 할 헨리, 헨리와 우고의 대국을 집중하여 내려다보고 있었다.

앙리는 그 대국을 집중하여 관전하며 야릇한 느낌이 들었다.

어저께도 그랬고 아까까지도 침울하던 우고였다.

-그런데 얼굴에 엷은 미소가 드리워진 듯한 건 착각일까?

-아니면 내가 지금 잘못 본 건가?

묘한 느낌이 들게끔 우고의 표정이 이상야릇하다.

앙리는 더욱 몰입하여 헨리와 우고의 국면을 살폈다.

우고는 백으로 기물이나 위치 선점에서 우세하였다.

-국면이 유리하면 우고는 이런 표정인가?

-젊디 못해 어려서 대국 경험 부족으로 표정이 관리 안 되는가?

앙리는 매우 근접한 거리에서 대국자 모두 살필 수 있었다.

가장 젊은 우고 선수는 감 잡을 수 없는 묘한 얼굴이었다.

특별한 이변이 없는 한 국면은 헨리가 매우 불리했다.

우고가 항복을 받아내려면 시간은 좀 더 걸리겠지만, 결국에는 헨리가 항서를 써야 할 것으로 판단했다.

앙리는 돌아서서 철학자와 제임스의 대국을 살펴보았다.

최소한 비숍 하나 이상으로 철학자가 우세했다.

고개를 두어 번 끄덕거리고 시선을 거두었다.

이번엔 알렉산드르와 벤자민 대국을 유심히 살폈다.

세월은 비록 흘러갔지만, 자국의 최강자가 일찌감치 맞붙었다.

국면은 팽팽한 듯 보이지만, 위치 선점에서 흑을 잡은 벤자민이 좀 우세하다는 느낌이 들었다.

앙리는 대국자들 사이에서 세 대국을 나름대로 판가름했다.

자리를 빠져나와 후원인 마티유에게로 걸어가 고개 숙였다.

마티유는 앙리의 어깨에 한 손을 얹고 위로해주었다.

앙리는 그런 모습을 보인 뒤 윗주머니에서 수첩과 펜을 꺼내어 양 대국자 이름 옆에 명확하게 승패를 표시하고 있었다.

패배의 미안함을 예견한 승패로 갈음하려는 것일까.

앙리가 마티유에게 기록을 보여주며 소곤거리듯 설명했다.

나는 앙리의 설명까진 들을 수 없었지만, 뒤로 지나가며 슬쩍 그 내용을 확인할 수 있었다.

나는 앙리의 수첩 내용대로 종이에 표시하여 기정에게 갔다.

기정은 철학자의 대국을 주시하다가 몇 발자국 뒤로 물러났다.

“앙리가 마티유한테 보여주던데 이게 맞을까?”

내가 베낀 앙리의 승패 내용을 보여주었다.

조금 전까지 앙리가 대국자 사이에서 이리저리 관전하던 모습을 보고 있던 기정은 그 내용을 유심히 들여다보고 있었다.

“사범님. 저도 섣부르게 판단할 순 없지만, 지금 흐름으론 이 내용이 거의 맞을 것 같아요.”

기정도 조심스레 단정하고 있었다.

입회인은 모든 대국을 관전할 수 있었다.

-세계적인 선수가 판단한 체스의 흐름과 결과가 과연 맞을까?

오늘 눈여겨봐야 할 관전의 재미는 앙리의 판단이 맞는지였다.

입회인은 집중하여 관전하는 대국 외 다른 대국은 빠르게 진행될 경우 수의 절차를 따라가기 어렵다.

제한된 시간상 어쩔 수 없는 절차 따라 속도 내는 장면이 있다.

첫 번째로 디마와 앙리가 대국을 마친지 약 30여 분이 지난 후 두 번째로 제임스와 철학자의 대국이 끝났다.

“오늘 잘 배웠습니다.”

제임스가 앉은 채 악수 청하며 나지막이 말하는 소리를 입회인 모두 들을 수 있었다.

보스는 벽에 붙은 대국자 명단과 대진표에 승패를 표시했다.

“기대에 못 미쳐서 죄송합니다.”

제임스는 후원인 크리스토퍼에게 걸어가 면목 없음을 나타냈다.

제임스 역시 벽면의 2패를 바라보며 참담한 표정이었다.

선수단 전체 분위기를 살피던 보스는 철학자에게 다가갔다.

“수고했어요. 철학자.”

보스는 분위기상 짧게 말했다.

그러나 철학자를 응시하는 그 눈빛은 그윽하여 한없는 고마움과 존경의 마음도 담고 있었다.

이미 기정과 다은, 오 남매에 둘러싸여 축하를 받는 철학자에게 그 이상의 칭찬은 불필요했다.

총괄 진행자로서 패배한 팀의 기분도 헤아려야 한다.

잠시 후 헨리가 자신을 바라보고 있는 캐나다 후원인 토마스를 향해 고개를 절레절레 흔들고 있었다.

세 번째 종국을 알리는 무언의 몸짓이었다.

그리고 우고에게 손을 내밀었다.

우고는 그 손을 잡으며 얼굴을 들었을 때 묘한 표정이 그대로 드러났다.

미소로 보이지만 즐거움이 들어있지 않은 표정이었다.

우고는 그 표정 그대로 자리에서 빠져나왔다.

삐룰로가 우쭐한 몸짓으로 입회인들을 한번 둘러보고 있었다.

“잘했어. 우고.”

삐룰로는 아직 대국이 진행되는 분위기에 안 어울리게 일부러 좀 큰 소리로 우고를 환영했다.

선수단 모두 우고와 삐룰로를 주시하도록 했다.

삐룰로의 지탄 받을 짓에 인상을 찡그리는 사람도 있었다.

“우고. 수고했어.”

자비드 역시 칭찬을 아끼지 않았으나 경험상 나직이 말했다.

헨리도 보스가 승패를 표시하는 벽면으로 천천히 다가갔다.

2패의 성적표를 보면서 절망스러운 표정을 짓고 있었다.

“괜찮아. 열심히 두었잖아.”

헨리의 캐나다 후원인 토마스가 절망하는 헨리의 어깨를 감싸며 위로해주고 있었다.

마지막 대국자인 알렉산드르는 초시계 속의 시간을 비교하면서 아쉬움을 삼키고 있었다.

시간은 본인이 월등하게 많이 남아 있었다.

허공에다 눈길을 주고 머릿속으로 복기하는지 후회하는지 모를 자세를 취하고 있었다.

선수단 대부분 자신의 대국을 지켜보고 있다는 것을 인식했다.

“한 수 잘 배웠습니다.”

알렉산드르는 벤자민에게 악수를 청했다.

이제 마지막 네 번째 대국까지 마쳤다.

불리한 국면이나 어떡하든 무승부라도 만들어보려고 몸부림치던 알렉산드르는 어수선한 대국장 분위기에서 패배를 인정했다.

최선을 다했다는 모습을 모두에게 보였다.

알렉산드르는 후원인 러셀에게 다가가 고개를 숙였다.

“내일 잘 두면 돼.”

후원인이 선수를 위로하며 내일을 기약했다.

“1패 정도는 누구나 나올 수 있잖아?”

둘은 나란히 벽면의 대진표를 바라보면서 우승 가능성에 대해 러셀은 기대를 저버리지 않았다.

“아직은… 포기해야 할 정도는 아니겠죠.”

알렉산드르는 가능성이 남아 있음을 시사했으나, 결과를 이미 알고 있었으므로 미안한 마음에 목소리는 움츠러들고 있었다.

여럿이 벽면의 대진표로 몰려들어 승패와 순위를 확인했다.

앙리가 예상한 승패대로 결정되어 놀라움을 금치 못했다.

체스판의 대세적 흐름을 읽어내는 데는 한 치의 오차 없이 판단하는 세계적인 선수라는 것을 스스로 증명하고 있었다.

다만 그런 판단력을 자랑으로 떠벌리지 않고 본인 후원인에게만 슬쩍 보여주기만 한 것은 실력자의 겸손한 미덕으로 여겼다.

리그전 둘째 날의 성적표가 나왔다.

2회전 결과

패 1제임스(영국) vs 6철학자(대한민국) 승

승 2벤자민(미국) vs 7알렉산드르(러시아) 패

패 3헨리(캐나다) vs 8우고(콜롬비아) 승

승 4디마(러시아) vs 5앙리(프랑스) 패

순위

철학자 2승

디마 1승 1무

우고 1승 1무

알렉산드르 1승 1패

앙리 1승 1패

벤자민 1승 1패

헨리 2패

제임스 2패

선수들은 제한시간이 있는 타임아웃제에 경험이 풍부해서인가 모두 시간 때문에 불미스러운 사건이 발생하지는 않았다.

오늘은 건의 사항 때문에 토의하느라 시간이 지체되었다.

9:10경 대국 개시하였는데, 아직 오전 11:30분이 채 되지 않았다.

"오늘 일과는 모두 끝났습니다. 다들 어제, 오늘 승패와 순위를 확인하셨으리라 믿습니다. 체스 대회장은 언제나 기쁨과 슬픔이 함께 공존합니다. 선수단 여러분 모두 오늘 수고하셨습니다."

보스는 카페의 출입구에서 인사말로 어수선함을 거두었다.

승패로 인해 기쁘거나 슬프거나 선수단은 총괄 진행자의 인사에 박수로 끝맺음을 했다.

"보스도 오늘 무사히 대회를 마치느라 고생하셨습니다."

기정이 나서서 보스의 수고로움에 대해 예를 표했다.

보스도 기정에게 손을 들어 화답했다.

"케빈. 오늘 정말 수고했어."

보스의 절친 제프리도 한마디 했다.

"오. 제프리 고마워."

케빈은 역시 제프리에게 손을 들어 답례를 보냈다.

"보스. 수고하셨습니다."

삐룰로가 만면에 웃음 가득 감사를 표한다.

그 모습이 조금은 건들거림도 엿보였다.

"오, 삐룰로. 고맙습니다."

보스는 삐룰로의 인사를 받으면서 손을 들었다.

카페 안은 잠시 정적이 흘렀다.

보스는 자신을 주시하는 선수단을 바라보며 심호흡했다.

"이제 개인적으로 행동하셔도 됩니다. 점심은 강릉의 맛집으로 소문난 요 앞 막국수 집에서 강릉의 토속 음식인 감자옹심이를

먹을 예정입니다. 지금 저랑 같이 가시면 되는데 별도의 식사 계획을 세우신 분들은 각자 행동하셔도 됩니다."

보스는 말을 마치고 '나를 따르라' 하는 투로 카페 문을 열고 먼저 앞장섰다. 보스는 다 계획된 것처럼 행동했다.

선수단 전원이 카페를 나와 막국수 집을 향했다.

보스 뒤에서 다은과 함께 천천히 걸어가던 기정은 바로 앞에서 걷던 앙리를 발견했다.

"앙리. 오늘 막국수 먹으러 가는데 뭐 생각나는 거 없어?"

기정이 웃으며 시비조로 말을 걸었다.

앙리가 조금 앞서가다가 싱긋이 웃으며 뒤돌았다.

"무슨 말이 듣고 싶은 거야? 진."

앙리는 어떤 일이 생각난 듯이 웃음을 머금고 있었다.

"나는 이런 게 생각나는데?"

기정은 말하면서 복싱 자세를 취했다.

"하하하. 진. 이제 그 일은 잊어버려. 다 잘되고 있잖아."

앙리는 너털웃음과 함께 기정의 어깨를 탁탁 치고 있었다.

"앙리가 그렇게 말하면 다 잊어야 하는 거야?"

기정도 웃으며 맞받아쳤다.

"알았어. 내가 미안해. 이번 리그전이 끝나면 내가 좋은 소식 전해줄게. 진."

앙리는 미안함과 이번 리그전 성사에 대한 보답으로 무엇인가 준비하고 있다는 투로 말하고 있었다.

-좋은 소식? 아니면 선물?

실없는 소리를 할 앙리가 아닌데 기정은 궁금했다.

“그래? 나한테 어떤 선물을 주려고?”

기정이 간단히 묻자, 앙리가 싱긋 웃으며 기정 옆에 선 다은의 눈치를 살핀다.

다은이 기정의 여친이라는 것을 선수단은 다 알고 있었다.

“여하튼 이번 리그전 끝나고 조용히 만나. 좋은 소식이야.”

앙리는 그렇게만 말하고 앞으로 빠르게 걸었다.

“저 앙리가 말하는 좋은 소식이라는 게 뭘까? 오빠 옆에 내가 있으니까 말을 못 하는 건지 리그전이 안 끝나서 말을 안 하는 건지 도통 모르겠네.”

다은이 약간 볼멘소리를 한다.

오정훈, 오정원은 체스 철학자 영하와 뒤에서 천천히 걸어오며 대화를 나누고 있었다.

지성적인 얼굴을 검은 뿔테안경에 가발 위에 모자를 눌러써서 처음 대국장에서 대할 때는 전혀 딴 사람 같더니, 이젠 허름한 잠바 타입의 대국 복장과 얼굴에 익숙해졌다.

6. 우려가 현실로

수요일.

우리 카페에서 작년 초여름부터 시작한 '우리들의 리그' 는 단 하루도 날이 흐리다거나 비가 온 적이 없었다.

작년 6월 우기에도 청명한 하늘에 구름은 여러 형태로 떠가며 리그를 축하해주는 날에만 대국하고 있었다.

가끔 비도 와주었어야 청명한 날의 대국을 고마워할까?

겨울날의 매서운 추위는 지났으나 3월의 봄날이라지만 아직도 아침저녁으로 기온은 차가운 편이다.

강릉은 3월에도 폭설이 내려 시골 마을은 고립되기도 한다.

수년 전 5월의 강릉은 폭설을 기록한 적도 있었다.

강릉은 대관령을 지나는 백두대간이 병풍처럼 에워싸고 있는데, 바다에서 넘어가는 기류를 막아서며 폭우와 폭설을 낳는다.

*　　*　　*

두문불출

오늘도 오전 8시가 조금 넘은 시간에 기정과 영하가 가장 먼저 카페에 도착했다.

"사범님. 저희 커피 한 잔씩 주십시오."

영하와 기정이 들어서며 인사 끝에 커피를 주문했다.

기정은 이제 영하의 얼굴에 화상 입었던 자국처럼 보이게 하는 변장 기술도 많이 발달했다. 자국이 아주 자연스레 열어지면서 가발로 앞머리처럼 길게 덮던 부분도 좀 짧아졌다.

"오늘 너무 말끔하고 멋지게 변장한 거 아니야?"

내가 영하에게 얼굴이 점점 말끔해진다는 표현을 그렇게 했다.

"선생님이 보시기에도 그렇죠?"

영하가 기다렸다는 듯이 반문한다.

"그래. 어제보다 더 말끔한데. 어젠 전보다 더 말끔하단 생각이 들었었는데."

나는 보던 느낌을 그대로 일러주었다.

"저도 오늘 변장을 마치고 거울을 보면서 기정이한테 그렇게 말했는데 이 친구는 자꾸 아니라고 해요."

영하는 친구가 잘못한 부분에 대해 고자질하듯 말했다.

"본인 느낌이 그렇다면 맞겠지."

"사범님. 아닙니다. 친구가 작년 여름부터 겨우내 햇볕을 제대로 못 쬐어서 얼굴이 좀 하얘졌어요."

기정이 변명하듯 불쑥 말했다.

"작년 여름부터 겨울이 다 지나가도록 왜 햇볕을 못 쬐었는데? 박사 학위 논문 때문에?"

"네. 논문 때문에 그렇기도 하고… 사실은 AI 체스프로그램과 연구도 좀 했어요. 선생님."

"체스 연구도 했다고? 혹시 체스-960?"

"네. 선생님. 작년 여름에 다은 어머님을 뵙고 체스-960경기를 언젠가는 치를 것으로 예상하고 연구 좀 했습니다."

영하는 담담하게 말하고 있었지만, 연구 기간이 상당했다.

-그런 노력으로 체스-960경기 앞에서 태연자약한 건가?

내가 머릿속으로 어림잡아도 6개월 이상이었다.

"그래? 그럼 그때부터 지금까지?"

내가 머릿속으로 이런저런 계산을 하며 다시 물었다.

"네. 선생님. 박사 학위 논문과 병행하며 그 둘만 줄곧 붙잡고 있었어요. 특별한 일이 아니면 두문불출하고요."

영하는 중요한 과제 둘 다 끌어 앉고 들어앉아 연구만 했다는 고백이다.
본인 삶에서 가장 중대하고 가장 치열한 시기를 지나고 있다는 판단으로 두문불출이라는 극한 상황을 스스로 만든 것이다.
나는 영하의 얼굴을 다시 한번 살피고 있었다.
기정의 변명 같은 설명을 듣고 난 후 면밀하게 관찰한 결과는 화상 자국처럼 변장한 부분 외는 예전보다 하얘진 느낌이었다.

-누구나 칩거하여 홀로 연구한다고 높은 경지에 오를까?

나는 문득 쓸데없는 의문을 스스로 해본다.
승부를 겨루는 공부를 혼자 해본 사람은 그런 공부 혹은 연구가 얼마나 어려운지 알게 된다. 어떤 부문의 높은 경지에 오른다는 건 각고의 노력 없인 쉽게 이루어지지 않는다.
체스의 GM급이 6개월 이상 본인이 개발한 AI 체스프로그램과 체스-960을 연구했다면? 거기다 수학 천재라면?
변장이랄지 분장이랄지 판단이 잘 안 서는 영하의 얼굴을 셋이 커피를 마시며 평가할 때였다.

*　　*　　*

다은이 기정을 발견하더니 함박웃음을 지으며 들어섰다.
뒤미처 오 남매가 "저희도 커피 주세요." 외치며 들어섰다.

잠시 후 보스가 들어서며 대국장 분위기를 살폈다.
어제와 같은 배치를 확인하고 벽면의 대진표 앞에 섰다.
기정과 영하가 자연스레 그 옆으로 다가가 섰다.
"진. 철학자. 오늘 대국이 가장 중요하겠지요?"
보스는 둘에게 동시에 묻는다.
"그럴 겁니다. 보스. 오늘 3패 자가 나온다면 다음 대국부터는 아마 기권할 것 같습니다."
기정은 보스가 묻는 의도의 핵심을 말했다.
"꼭 그럴 거라는 예감이 들어요. 체스-960은 변수가 너무 많아 승패를 예측할 순 없지만, 오늘 강·중·약이 드러날 겁니다."
보스는 오늘이 중요한 고비라는 것을 강조하고 있었다.
우승을 향한 실오라기 같은 희망이라도 남는지, 어떤 경우의 수를 동원해도 우승과는 멀어졌는지 알 수 있다.

제프리를 선두로 외국인이 삼삼오오 대화하며 카페로 걸어오는 모습이 통창으로 내다보였다.
잠시 후 카페 안의 후원인과 선수는 자신의 자리를 찾아갔다.

“그럼 지금부터 리그전을 진행하겠습니다.”

선수들이 대국 자리에 앉아 있는 모습을 확인한 보스는 인사 등 군더더기를 생략하고 무작위 추첨할 것을 선언했다.

차를 주문하고 둘 셋이 잡담을 나누던 선수단은 일시에 찬물을 끼얹은 듯 조용하다 못해 숙연해졌다.

“선수들께서는 오늘은 어제와 반대로 흑백을 잡으면 됩니다. 오늘도 고유번호 1번부터 추첨하겠습니다.”

보스는 그렇게 외치고 노트북을 켠 채 잠시 기다렸다.

고유번호 1로 두 번이나 처음부터 추첨하던 터라 제임스 후원인 크리스토퍼는 벌써 보스 뒤에 서 있었다.

그리고 같은 영국인이지만 러시안 알렉산드르를 후원한 러셀도 크리스토퍼 옆에 서서 보스의 노트북을 쳐다보고 있었다.

보스가 고유번호 7번 알렉산드르를 호명하진 않았으나, 러셀은 대진표를 확인하고 첫 번째 추첨이라는 것을 알았다.

“크리스토퍼. 잘 부탁합니다.”

같은 국적의 러셀이 악수를 청하며 부탁했다.

부탁의 의미는 제임스 선수는 이미 2패 했는데 굳이 1승 1패의 내 선수에게 죽자 살자 최선을 다할 필요가 있냐는 거였다.

크리스토퍼는 러셀의 손을 잡으며 그저 웃기만 했다.

1제임스(영국) vs 7알렉산드르(러시아)

“고유번호 1제임스와 7알렉산드르는 927번입니다.”

보스는 외친 후 뜸을 들이며 뒤에 서서 지켜보는 후원인 둘이 확인할 시간을 주었다.

오늘은 건의도 없었기에 9시가 안 된 시각에 추첨할 수 있었다.

어떤 의도가 숨겨져 있는지 보스는 번호만 부른 후 두 선수를 쳐다보면서 시간을 지체하고 있었다.

기다리던 제임스가 불러도 좋다고 한 손을 들었다.

“룩, 킹, 룩, 퀸, 나이트, 나이트, 비숍, 비숍.”

보스는 기물 명칭을 또박또박 하나씩 부른 후 백 잡은 제임스와 알렉산드르 선수의 체스판 위를 살폈다.

1제임스(영국) vs 7알렉산드르(러시아) **927번(RKRQNNBB)**

참관인들은 뒤에 나이트만 두 번, 비숍만 두 번 연거푸 부르자 신기한 듯 기물 배치한 체스판을 일어서서 확인하기도 했다.

후원인 대부분 체스 실력이 GM급엔 못 미치지만, IM 버금가는 높은 수준들이었다.

체스-960의 이상한 기물 배치를 해놓고 눈앞에서 실전하는 모습을 응시하며 새삼 묘한 느낌을 받고 있었다.

2벤자민(미국) vs 8우고(콜롬비아)

"다음은 고유번호 2벤자민과 8우고의 번호 추첨입니다."

보스의 예고에 주춤거리던 제프리가 보스에게 다가갔다.

그리고 자비드와 삐룰로가 동시에 보스 뒤에 섰다.

"고유번호 2와 8은 771번입니다."

노트북에 뜬 무작위 771번을 확인 후 보스는 물론이고 제프리와 자비드, 삐룰로는 일제히 우고에게 시선을 고정했다.

넷뿐만이 아니라 카페 안의 모든 시선이 우고에게 쏠렸다.

보스는 뜸을 들일 정도가 아니라 우고 선수에게 뭔가 재촉하는 듯한 눈빛을 보내고 있었다.

-2벤자민(미국) vs 8우고(콜롬비아) **771번(BQRKNRNB)**

바로 앞의 추첨에서 보스가 시간이 정지된 것처럼 추첨 번호를 왜 불러주지 않았는지 모두 알 것 같았다.

지금은 우고가 흑번이고 벤자민이 백번이었다.

따라서 벤자민은 보스가 명칭을 부르면 먼저 기물을 배치해야 하는 상황이었다.

벤자민도 제임스처럼 한 손을 들었으나 보스는 기다렸다.

우고는 보스 뒤의 삐룰로를 주시하고 있었다.

나는 우고 선수의 눈길 따라 빼롤로의 움직임을 살폈다.

빼롤로는 우고를 향해 고개를 한번 끄덕거렸다.

우고는 시선을 거두면서 허공을 바라보았다.

백번이라면 보스가 명칭을 부르는 대로 왼쪽부터 배열하는데, 즉 a1부터 올려놓는다. 그런데 흑번이라면 a8이 되는 것이다.

첫 대국에서 우고 선수가 흑번으로 기물 배치할 때도 백과 마주 보긴 해도 거꾸로 배치했다.

-설마 번호만으로 기물 배치가 가능한가?

선수단 모두 놀라움에 흑번으로 거꾸로 어렵게 배치했다는 것을 그때는 미처 느끼지 못했었다.

"비숍"

우고는 오늘도 흑번으로 본인의 오른쪽부터 비숍을 올려놓았다.

흑을 잡은 선수로서 비숍 위치는 a8이다.

"퀸"

우고는 본인의 왼쪽부터든 오른쪽부터든 마음대로 기물을 올려 놓을 수 있었다.

굳이 오른쪽의 a8부터 놓는 것은 상대를 배려하기 위함이다.

"룩"

우고가 명칭을 나지막이 말하며 기물 하나를 체스판에 올리면 벤자민은 마주 보고 배열하면 그만이다.

"킹"

우고는 습관처럼 기물 하나 올려놓고 허공 한번 쳐다본다.

"나이트"

그리고 주술처럼 꼭 기물 명칭을 입 밖으로 소리내었다.

-지금 다섯 번째 기물 배치인데 맞는 건가?

여럿의 참관인 무리에서 그런 의문이 터졌다. 나는 보스 뒤에 서서 세 명의 후원인과 함께 지켜보고 있었다. 우고는 배치를 정확하게 하고 있었다. 의문에 대한 답변은 없었다.

"룩"

우고는 여섯 번째 룩을 올리며 눈을 감았다.

"나이트"

우고는 눈을 뜨고 일곱 번째 나이트를 올리며 살짝 주춤거렸다.

"비숍"

마지막 비숍을 올리자 참관인 자리에서 한숨 소리가 들려왔다.
우고보다 지켜보는 참관인이 더 숨이 막힐 지경이었다.

3헨리(캐나다) vs 5앙리(프랑스)

“고유번호 3헨리와 5앙리의 번호를 추첨합니다.”

헨리의 캐나다 후원인 토마스와 앙리의 프랑스 후원인 마티유는 미리 보스 뒤에서 대기하고 있었다.

“고유번호 3과 5는 171번입니다.”

보스가 두 선수를 살피는데 헨리가 준비되었다고 손들었다.

“나이트, 룩, 나이트, 킹, 비숍, 퀸, 룩, 비숍.”

보스는 딱 기물 명칭만 부르고 헨리의 체스판을 주시했다.

-3헨리(캐나다) vs 5앙리(프랑스) **171번(NRNKBQRB)**

헨리가 백으로 하나씩 올리고 앙리가 마주 보고 배열했다.

“뭐야? 체스-960인데 특별히 유념할 기물도 없는 조금 평범한 포지션이네.”

입회인들도 이젠 체스-960경기의 3일 차여서 대략 전투형인지 무방어 기물은 어떤 것인지 척 보면 알게 되었다.

아직 대국 개시 전이라 소곤거리듯 대화할 수는 있었다.

1승 1패의 앙리는 반드시 승리해야 우승으로 가는 희망을 품을 터인데, 2패의 헨리는 이 대국을 진다면 짐을 싸야 한다.

서로 절체절명의 벼랑에서 만났다.

4디마(러시아) vs 6철학자(대한민국)

“이제 마지막으로 고유번호 4디마와 6철학자 추첨합니다.”

보스는 뒤에 서 있는 러셀과 기정을 확인했다.

후원인들도 훈련된 것처럼 추첨할 때 본인이 대기하고 빠지고 하는 움직임이 자연스러워 진행 시간이 단축되었다.

“4와 6은 224번입니다.”

선수 자리를 미리 확인한 보스의 눈길에 디마가 손을 들었다.

“비숍, 비숍, 나이트, 룩, 퀸, 킹, 나이트, 룩.”

디마가 백번으로 보스의 부름에 따라 기물 배치를 마쳤다.

-4디마(러시아) vs 6철학자(대한민국) **224번(BBNRQKNR)**

1승 1무의 디마는 2승의 철학자에게 웃으며 악수를 청했다.

첫날 체스-960 마에스트로에게 무승부를 기록, 이튿날 앙리에게 1승을 거둔 디마는 여유로웠다.

그 바람에 “우승 후보들이 벌써 붙었나?” 그런 소곤거림이 후원인들 사이에서 흘러나왔다.

침통한 표정의 2패 자와 전의를 불사르는 1승 1패 자와 다르게 디마는 의미심장하게 웃고 있었다.

철학자는 늘 그렇듯 그저 덤덤한 표정을 짓고 있었다.

한 번 더 이독공독(以毒攻毒)

"오늘 진행 속도가 빨라 아직 9시가 안 되었습니다. 지금 차를 주문하셔도 좋을 것 같습니다."

보스의 말이 끝나자 후원인들은 걸어가 계산대에서 주문하기도, 선수들은 손을 들기도 했다.

이미 카페에 들어와 차를 한 잔씩 마신 후원인은 눈을 감기도 하고, 전시물을 다시 관람하기도 하면서 대국 개시를 기다렸다.

계산대에선 아내가 주문을 받고 있었다.

-다시 한번 이독공독(以毒攻毒)

역시 헨리가 한 손을 들었고, 벤자민이 일어서다 헨리를 본 후, 다시 앉으며 손을 들었다.

"커피 한잔 부탁합니다."

선수단 중 커피를 가장 많이 마시는 헨리.

"저도 커피 한 잔 주십시오."

벤자민도 주문했다.

"저도 커피 부탁합니다."

우고 선수가 또 슬픔을 잠재우러 웃는지 즐거워서 웃는지 모를 야릇한 웃음을 지으며 선수들 따라 하듯 커피를 주문했다.

“아홉 시 정각입니다. 선수들은 대국 개시하십시오.”

보스가 선언하자, 잠시 정적 뒤 계시기의 꼭지 누르는 손놀림과 초시계 바늘만 여기저기 움직였다.

그리고 참관인들은 일제히 철학자에게 시선이 쏠렸다.

철학자는 본인의 흑 초시계를 눌러 백의 시간이 가도록 했다.

디마가 첫수를 두고 계시기를 누르자, 흑의 초시계가 돌아갔다.

철학자는 기다렸다는 듯이 눈을 감으며 명상에 들어갔다.

-단 한 번도 예외가 없는가?

철학자를 주시하는 참관인 모두 같은 생각이었다.

디마는 이미 리그전과 개인전으로 여러 번 철학자와 대국하며 겪은 터라 자리에서 일어나 벤자민 vs 우고 대국을 관전했다.

자국의 알렉산드르에게 승리한 벤자민이 우고를 이겨만 준다면 더할 나위 없이 고마운 일이다.

막 시작한 둘의 대국은 백을 잡은 벤자민이 첫수로 킹 앞의 폰이 두 칸 나갔다. 우고가 빠르게 G7 나이트로 중앙으로 나가며 응수한 두 수만 진행되었다.

벤자민은 돌다리를 두드리고 또 두드리는 심정으로 오프닝에서 다음 수를 생각하고 있는 듯했다.

체스-960의 마에스트로라는 우고 선수에게 오프닝에서 실착하지 않는다면 승산은 충분하다는 믿음이 있었다.

첫날 디마와 우고의 대국을 복기할 때 미들게임으로 들어서면 절대 밀리지 않을 것이라는 믿음을 가져왔다.

체스-960의 오프닝에서 누가 더 연구를 깊이 했는가가 승패를 판가름할 것이라는 예상은 그때 모든 선수가 했었다.

잠깐 들여다보면 우고가 오프닝에서 당연히 우세할 것이다.

미세하지만 전력상 디마 보다 조금이라도 우위의 실력을 지닌 알렉산드르를 어제 이긴 벤자민이다.

-체스-960 마에스트로의 함정?

마에스트로가 오프닝에서 어떤 함정을 파고 기다릴 때, 먹이를 덥석 물어버리고 그 흐름의 미들 - 엔드 게임에서 어슷비슷한 실력이라면 백전백패로 직결하는 길이다.

자신의 대국에선 단 한 수만 착수한 디마가 선 채 다른 대국을 지켜볼 때 진도가 가장 더딘 대국이 벤자민 vs 우고였다.

철학자가 흑의 한 수를 두고 계시기 꼭지를 누르는 모습이 디마 눈에 들어왔다.

철학자는 디마가 자리에 앉는 동안 자신의 시간을 확인했다.

4분여가 조금 지나가고 있었다.

소비시간이 그 정도면 준수하다고 철학자는 생각했다.

그렇게 3회전의 4국 모두 순조롭게 진행되었다.

후원인들의 예상이 빗나가길 바라는 심정으로 디마 vs 철학자의 대국을 주시하고 있었다.
다른 한편 우고 vs 벤자민의 대국에 촉각을 곤두세우며 이변이 일어나 혼전으로 치닫길 바라고 있었다.
-역시 예외는 없는가?
어느 정도 시간이 흐른 후 예외는 없는 듯 디마는 철학자에게 일찌감치 패배를 선언했다.
디마는 악수를 청하며 웃지는 않았으나 덤덤한 표정이었다.
그리고 잠시 후 벤자민도 우고에게 악수 청하는 모습이 보이며, "역시 안 되는가?" 하는 후원인들의 서운한 얼굴이었다.
그리고 헨리도 싱긋 웃으며 앙리에게 악수 청하고 있었다.
헨리와 앙리는 본인들의 대국이 끝난 후 대국장을 빠져나오지 않고 서서 알렉산드르와 제임스의 대국을 지켜보고 있었다.
제임스는 주변을 한번 둘러본 후 킹을 옆으로 눕히고 있었다.

3회전 결과

패 1제임스(영국) vs 7알렉산드르(러시아) 승

패 2벤자민(미국) vs 8우고(콜롬비아) 승

패 3헨리(캐나다) vs 5앙리(프랑스) 승

패 4디마(러시아) vs 6철학자(대한민국) 승

파산 기획안

묵묵히 관전하던 오정훈의 휴대폰이 가슴에서 진동하고 있었다.

액정에 뜨는 이름을 확인한 오정훈은 조금 놀라고 있었다.

카페 벽시계로 한국과 시차를 비교하며 서둘러 밖으로 나갔다.

뉴욕은 저녁 8시 조금 넘어가는 시간으로 계산되었다.

"어쩐 일이야? 박 과장?"

"지사장님. 별일 없으시죠?"

"나는 한국에서 잘 지내고 있어."

"미국엔 언제쯤 오시죠?"

"지금 상황으론 며칠 더 걸릴 것 같아. 시급한 내용인가?"

오 지사장은 특수임무의 경과를 묻고 있었다.

"시급한 건지는 잘 몰라도… 지사장님께서 1주일이 다 되도록 출장에서 안 돌아오셔서… 아무래도 석연찮은 부분을 전화라도 중간보고를 드려야 할 것 같아서입니다."

박 과장은 본인이 판단하기 어렵지만, 중요한 듯하여 중간보고라는 명목으로 전화하였음을 알려왔다.

오 지사장은 카페와 더 멀어지게 미니 골프장을 걸어갔다.

현관에서 가장 먼 거리의 테이블에서 수첩과 펜을 꺼내놓았다.

"음. 박 과장. 이제 요약해서 말해봐."

“요즘 해롤드가 암암리에 삐룰로와 내통하면서 큰돈을 만지고 있다는 정보입니다.”

박 과장의 충격적인 중간보고였다.

해롤드와 삐룰로가 상당한 밀착 관계로서 뒤에서 은밀하게 어떤 사업을 하고 있다는 의미였다.

“둘이 원래 친분이 돈독한 사이였다는 것은 나도 잘 알아.”

둘은 서로 사업상 잘 알기에 해롤드가 오 지사장을 삐룰로에게 소개해준 것이었다.

“그건 저도 알고 있습니다. 지사장님. 그런데 제가 조사한 바에 의하면 서로 사업적으로 협조하는 사이는 맞는데… 그 사업이 좀… 불법적인 면도 들어있는 것 같습니다.”

박 과장은 신중하게 말하려고 노력한다는 것을 느낄 수 있었다.

-으음. 불법적인 사업 같다고?

그렇다면 강릉에 와서 들었던 불미스러운 내용 모두 사실이란 말인가. 불법 같다고, 라는 말이 신경 쓰이며 예단할 순 없지만, 불길한 예감이 드는 건 어쩔 수 없었다.

“어떤 사업인지 정확히 파악이 안 되나?”

오정훈은 목소리를 낮추고 있었다.

“좀 더 조사해봐야 자세히 알 것 같은데 저쪽에서 워낙 보안이 철저하고 은밀하게 진행하는 터라 쉽지 않습니다.”

박 과장의 음성도 잦아들었다.

“그럼 지금 박 과장이 말하는 불법적인 사업이라는 건 어떻게 알아낸 건가?”

100% 신뢰할 수 있는 정보인가 묻는다.

“해롤드와 일하던 직원인데… 합법적으로 운영하는 해롤드 회사 직원인데… 크게 다쳐서 신체 일부가… 절단된 상태입니다. 어렵게 그 전 직원과 접촉할 수 있었습니다.”

박 과장은 말하는 걸 꺼리는 듯한 말투로 이어갔다.

어딘지 말하기 거북하고 께름칙한 느낌을 풍기고 있었다.

“박 과장. 불법적이라면 혹시 마약 거래를 말하려는 건가?”

해롤드와 삐룰로에 대해서 어느 정도 파악하고 있다는 걸 미리 알리며 무엇이든 망설일 필요 없다는 의도로 그렇게 말했다.

박 과장이 머뭇거리는 이유를 알고 있기 때문이었다.

“아, 지사장님도 그런 정보를 알고 계셨습니까?”

박 과장은 숨통이 조금 트이는 듯한 느낌이었다.

어디서부터 물꼬를 터야 할지 몰라 버벅거리고 있었다.

“나도 듣는 바가 있어서 박 과장에게 은밀하게 조사해보라고 지시한 거야.”

오정훈은 박 과장이 거기까지 알아낸 건 대단하다고 여겨졌다. 그러나 마약 부분이 사실이라면 우리 회사와 그리고 나와 어떤 연관성이 있는지 파악하라고 특명을 내린 것이었다.

“제가 조사한 정보를 종합해보면 미국지사를 활용하여 한국의 본사로 마약을 운반하려고 한 것이 아닌가, 라는 물증은 없고 심증은 가는 부분입니다.”

박 과장은 듣기에도 섬뜩한 내용을 전해주고 있었다.

-우리 지사를 활용하여 한국 본사로 마약을 운반하려 했다고?

한국의 무역회사 지사를 통해 한국으로 운반하려고 기획했다는 것은 이해되었다.

-그러나 어떻게?

“어떤 방법으로 우리 지사를 활용하려고 했다는 건가?”

“말씀드리기 대단히 죄송하지만, 내기 체스로 지사장님의 몸이 달게 만든 다음에 피해 본 금액을 마약 쪽에서 찾으라고 하는 전략적 기획 같습니다. 일단 지사장님의 개인적인 재산을 모두 뺏고 파산 지경까지 몰고 간 후 그런 조건으로 거래하려고 기획한 것으로 추측해봅니다.”

박 과장의 조사 보고는 어느 정도 깊이가 있었다.

"그러니까 나를 개인적으로 파산시킨 후 나와 모종의 거래를 트고 우리 미국지사를 교두보로 한국 본사로 비교적 안전하게 마약을 운반하려고 기획했다는 거지. 박 과장?"

오정훈은 보고 내용의 핵심을 정리했다.

한국의 무역회사 앞으로 도착한 물건 몇 상자 정도 빼돌리는 건 그들에겐 그리 어렵지 않을 것으로 짐작이 갔다. 물건 상자가 아니라 아마 해양 컨테이너 하나 정도는 거뜬할 것이다.

"네. 지사장님. 죄송하게도··· 조사한 모든 면의 초점이 그렇게 맞춰지고 있습니다. 죄송합니다. 지사장님."

박 과장은 마치 조사를 잘못한 듯 거듭 죄송하다고 했다.

자칫 음모론적으로 소문이 잘못 흐를 수도 있는 중간보고였다.

그러나 미국지사 직원들은 오정훈의 성품을 잘 알고 있었다.

본사 회장과 오 지사장과의 인척 관계를 누구보다도 훤히 알고 있는 지사 직원들은 오해나 의심 따위는 하지 않을 것이다.

"박 과장이 왜 죄송한가. 저쪽의 철통같은 보안 속에 그 정도 알아낸 것만도 높이 치하할 일이지 죄송한 일은 절대 아니야. 다만 그 정보 속 기획안을 뒷받침할만한 증거나 증인이 나와야 신뢰할 텐데 말이야."

지금은 중간보고 차원이고, 아직 특명 일정이 남아 있으니 더 철저히 조사하라는 의미로 오정훈은 그렇게 말했다.

“알겠습니다. 지사장님. 중간보고는 예정에 없었는데, 해롤드와 삐룰로의 관계가 합법적인 면을 벗어난 듯 보이고… 그리고 또 삐룰로 뒤에는 세계적인 지하 체스 세계에서 활동하는 콜롬비아인이 도사리고 있다는 내막도 포착되었기에 특히 체스 부문에서 몸조심하시라는 메시지를 전달하고자 전화 드렸습니다.”

박 과장의 메시지는 분명했다. 그리고 비교적 정확했다.

마약 관련의 사업도 그렇고, 지하 체스계라면 아마 콜롬비아인 자비드를 지목하는 것으로 판단되었다.

그 어떤 실마리조차 귀띔하지 않았는데, 이 정도 조사한 것만도 박 과장은 대단한 정보력이며 성과였다.

“지금 박 과장이 보고하는 내용이 다친 후 해고된 해롤드의 전 직원이 진술한 건가?”

“그렇습니다. 지사장님. 저희가 여러 갈래로 알아본 후 그 전 직원에게 사실확인을 한 겁니다.”

“회사 간의 사업 얘기는 차일피일 미루면서 나하고 개인적인 체스 내기 대국을 하면서 나를 파산이라는 궁지에 몰아넣으려는 계획을 삐룰로가 세웠다는 거지?”

“그렇습니다. 지사장님.”

“삐룰로가 그런 엄청난 기획을 하게끔 해롤드가 나를 그자에게 먹잇감으로 던져준 거고?”

"네. 지사장님. 제가 조사한 바는 그렇게 귀결되고 있습니다."

"박 과장이 여러 갈래로 조사하여 그 전 직원한테 사실확인을 했다고 했나?"

"그렇습니다. 지사장님."

"그렇다면 전 직원은 해롤드의 합법적인 회사에 근무했다면서 그런 불법적인 내용을 어떻게 알았을까?"

오정훈은 중간보고 듣던 중 의문가는 부분이었다.

"해롤드가 워낙 믿던 부하직원이라 해롤드 가까이서 통화하는 내용을 여러 번 들었다고 했습니다. 저희가 정보를 신뢰할 수 있는 곳에서 얻어낸 자료를 디밀고 사실확인 한다는 걸 전 직원도 알고 증명해준 겁니다. 지사장님."

박 과장은 믿을만한 정보라는 걸 강조하고 있었다.

"그리고… 그 정도는 지사장님도 이미 파악하고 계실 줄 알고 지금 자신 있게 말씀드리고 있습니다."

"그래? 그 정도가 어떤 걸 말하는 거지?"

"해롤드와 삐롤로가 계획적으로 지사장님께 접근했다는 것과 마약 같은 위험한 물건을 취급한다는 것 정돈 이미 파악하시고 저에게 특별히 조사하라고 지시하셨다는 걸 말씀드립니다."

박 과장의 추측이랄까 판단은 정확했다.

지사장이 해롤드와 삐룰로에 관하여 그런 의심 하에 본인에게 은밀하게 콕 집어서 특명을 내렸다는 걸 알아채고 그런 부분을 파헤치고 있었다. 그게 아니면 회사 간 사업상 미심쩍은 부분은 무엇일까? 생각해봐도 특별한 게 나오지 않았다.

그리고 무엇보다 해롤드가 사업 파트너로 소개한 삐룰로 정체와 행동이었다. 오 지사장과 사업적으로 협상한다는 핑계로 만나면 개인적인 내기 체스 대국만 두다가 헤어진다는 점이었다.

오 지사장을 보좌하며 수행한 직원의 전언에 의하면 매번 그런 행태가 반복되었다고 한다. 그런 기간이 약 1년여가 된다.

-미국 최고의 체스 실력자를 선수로 섭외하라?

내기 체스의 금액을 수행직원이 정확히 알 수는 없었으나, 매번 미국 내에서 다섯 손가락에 드는 체스 실력자를 선수로 내세워 대국하는 분위기로 봐서는 고액일 것으로 짐작할 뿐이었다.

미국 체스 실력자의 1회 출전료가 어지간한 샐러리맨의 1년 치 월급에 버금갔다. 그런 비용을 오 지사장은 개인적인 비용으로 지출했기에 수행직원도 정확한 금액을 파악할 수 없었다.

그런 소리 소문 없이 밑바닥에 깔린 풍문이 이번 박 과장 팀의 조사에서 하나씩 드러나는 중이었다.

“박 과장. 해롤드의 전 직원이 크게 다쳐서 신체 일부를 절단했다고 했나?”

문득 의문이 다가왔다.

“그렇습니다. 지사장님.”

“어떻게 다쳤는지는 모르고?”

“예. 지사장님. 그것까지는 미처 파악하지 못했는데 알 수 있을 겁니다. 제가 알아볼까요?”

“해롤드 밑에서 신뢰받으며 음양의 거래까지 알고 있는 자가 크게 다쳤다면 어떤 사연이 있지 않을까, 하는 생각이 들어서 물어본 거야. 오늘 중간보고할 내용이 더는 없지. 박 과장?”

“네. 지사장님. 체스와 관련된 일이라 먼저 보고했습니다.”

“수고했어. 고마워. 해롤드에 대해 좀 더 상세히 조사해줘.”

“알겠습니다. 지사장님.”

-해롤드와 삐룰로는 어디서 어떻게 경계를 그어야 할까.

-본때를 한번 보여주어야 한다는 생각이 들지만, 무엇으로?

중간보고를 받은 후 카페로 걸어가며 저 가증스러운 삐룰로를 어떻게 대면할지 오정훈은 치솟는 분노를 가라앉히고 있었다.

우려가 현실로

오정훈은 선수단 속에서도 손뼉 치며 철학자의 승리에 기쁨을 한껏 나타내면서도 그늘을 드리우고 내게 다가왔다.

"사범님. 우려하던 일이 정말 현실로 나타났습니다."

선수단이 카페에서 모두 나가고 오정훈이 나지막이 말했다.

오정훈은 그렇게 말하며 온몸으로 긴장을 느끼는 모습이다.

아까 카페 밖에서 멀찍이 떨어져서 심각하게 전화를 받던 그의 모습을 보면서 나는 예감하고 있었다.

"우리 일단 다 같이 앉아서 얘기할까요?"

오정원과 다은, 기정과 영하가 승리의 웃음기를 거두고 우리를 주시하고 있었다.

나는 다 같이 상의해도 되는 일인지 그와 둘만 은밀히 대화할 일인지 알고 싶었다.

"사범님. 다 같이 말하기는 좀… 그렇습니다."

오정훈은 네 사람을 한번 살펴본 후 그렇게 말했다.

"이미 알 건 다 아는 사인데 꺼릴 게 있을까요?"

-알 건 다 아는 사이라면 어디까지 안 다는 건가?

오정훈은 그런 눈빛이었는데 묻지는 않았다.

본인의 치부를 자꾸 드러내는 것 같아 꺼릴 수밖에 없는 기분은 이해할 수 있으나 지금 와서 감출 것도 없을 듯했다.

"그래도 사범님만큼은 모르겠지요."

오정훈은 감출 건 감추고 싶은 심정임을 드러냈다.

"오히려 어떤 상황인지 모두에게 알리고 다 같이 상의하는 게 낫지 않을까요?"

나는 보스(cia)와의 연결에 기정을 염두에 두고 다시 한번 강조하며 말했다.

둘만 상의하면 그 내용을 기정과 영하에게 다시 말해야 한다.

오정훈은 내 얼굴을 보면서 고민하고 있었다.

-저들과의 상의가 우리에게 도움이 될까요?

그의 머릿속은 분명 그런 생각으로 갈등하고 있을 것이다.

오정훈과 내가 심각하게 대화하는 모습을 그들은 거리를 두고 서서 지켜보고 있었다.

그들 넷도 무슨 일인지 알고 있으나, 오정훈이 터놓고 얘기하기 전에는 아는 체조차 할 수 없었다.

특히 기정과 영하는 삐룰로에게 내기 체스로 엮이게 된 앞뒤에 대해 오정훈에게 직접 듣고 싶을 것이다.

“지금은 전에 사범님이 궁금해하시던 삐룰로와의 매개역할을 했던 해롤드에 대해서만 말씀드리겠습니다. 중간보고에 의하면 그 둘이 저를 활용하여 한국으로 마약을 들여오려고 한 정황이 포착되었습니다.”

오정훈은 설명을 서두르고 있었다.

“결국은 저들이 마약 때문에 벌인 일이네요?”

“그렇습니다. 그리고 아직까진 100% 확신할 순 없으나 자비드는 그 둘과 체스와 관련되었다는 중간보고를 받았습니다. 이런 정황을 사범님께 정보 제공하는 분과 공유해야 할 것 같아 미리 말씀드립니다.”

오정훈은 요약하여 설명했다.

-우리가 이 정도 알아냈으니 그쪽도 다른 정보를 내놓으시오.

그런 의미로 느껴졌다.

“잘 알겠습니다. 저도 오늘 지사장님께 들은 내용으로 상의한 후 다시 말씀드리겠습니다. 그럼 오늘 대화는 여기까지만 하고 일행이 기다리는데 함께 할까요?”

“네. 좋습니다. 사범님.”

목요일

영하와 기정은 늘 일과처럼 일찍 카페로 와서 차를 마시는데, 보스가 제프리와 함께 일찌감치 카페에 들어왔다.

"보스. 이렇게 일찍 어쩐 일입니까?"

기정은 놀라면서 물었다.

"오늘 우리가 전에 예측한 대로 기권패가 좀 나올 것 같아요. 각자 알고 있겠지만, 결과를 미리 뽑아야 진행이 빠를 겁니다."

보스는 그렇게 말하고, 컴퓨터로 결과를 뽑아 벽에 붙였다.

리그전 결과(3회전)

철학자 3승

우고 2승 1무

알렉산드르 2승 1패

앙리 2승 1패

디마 1승 1무 1패

벤자민 1승 2패

제임스 3패

헨리 3패

4회전

1제임스(영국) vs 8우고(콜롬비아) 기권승

2벤자민(미국) vs 5앙리(프랑스) 기권승

3헨리(캐나다) vs 6철학자(대한민국) 기권승

4디마(러시아) vs 7알렉산드르(러시아) 기권승

보스의 예측한 대로 오전에 모인 선수단은 순위 확인 후 4회전에서 4국 모두 기권승 · 패로 결과가 나타났다.

5회전

1제임스(영국) vs 4디마(러시아) 서로 포기.

2벤자민(미국) vs 3헨리(캐나다) 서로 포기.

4회전 결과에 이어 5회전도 제임스 vs 디마. 벤자민 vs 헨리도 서로 포기하였다. 남은 대국을 다 이겨도 승자 승 원칙에 따라 우승할 수 없는 상황이 되었기 때문이다.

8명으로 출발한 리그전이 우승 가능성을 따져본 후 기권이 속출하여, 토너먼트의 준결승 격으로 두 대국만 치르게 되었다.

이번 8명의 리그전은 순위별 상금은 일절 없으며, 오로지 우승 독식이므로 시작 전부터 예견된 리그 중간의 기권이었다.

어수선하던 분위기에서 4승 이상인 4명의 선수만 대국을 진행하게 되었다. 비록 기권했으나 단 한 명의 이탈 없이 선수단 전원 두 대국을 관전하였다.

5앙리(프랑스) vs 6철학자(대한민국)

7알렉산드르(러시아) vs 8우고(콜롬비아)

-선수단은 예상을 깨는 대이변을 기대하며 관전했을까?

두 대국은 신중을 거듭하며 선수 모두 제한시간을 다 소비하며 치열하게 진행되었으나, 예상한 대로의 결과가 나왔다.

철학자가 중반 이후 우세한 진행에, 앙리의 추격이 불을 뿜으며 거친 공격으로 일관했지만, 철학자의 노련한 운영으로 앙리는 기물 부족을 인정하며 악수를 청했다.

알렉산드르는 오프닝에서 별 실수 없이 중반전으로 들어갔지만, 불리한 상황으로 전개되었다. 역전을 노리며 최선을 다했다.

그러나 간발의 차이로 앞서 나가는 우고 선수의 실력에 기물 부족과 시간 부족으로 알렉산드르는 기권하였다.

결승전은 예상대로 철학자와 우고 선수의 대결로 압축되었다.

"내일 오전 9시에 결승전을 치르겠습니다."

보스는 군더더기 없는 선언으로 오늘 4회전 전원 기권과 5회전 2국 기권으로 어수선했던 리그전을 마쳤다.

7. 결승전 개인 베팅

"여러분 제가 제안 하나 해도 되겠습니까?"

삐룰로가 느닷없이 소리쳤다.

그는 조금 비릿한 웃음을 흘리고 있었다.

이상하게 얼굴 전체적인 안면과 입의 윤곽이 약간 따로 논다는 표현이 맞을 정도로 입이 조금 삐뚤어지고 있었다.

그 바람에 비웃음을 머금었지만 애써 감추려는 이상한 모습으로 비추어지고 있었다.

선수단은 일제히 삐룰로를 주시했다.

"말씀해보십시오."

보스가 나섰다.

대한민국의 특히 강릉에서 벌어지는 체스 대국은 모두 보스가 총괄하고 있었다.

“이제 체스-960 리그전도 내일 결승전만 남겨놓고 있습니다. 외람되지만 제가 흥미로운 제안 하나 하겠습니다.”

삐룰로는 두 번씩이나 제안한다고 외치고 있었다.

조금 웅성거리던 카페 안이 기침 소리조차 없었다.

선수단 모두 일어나 카페를 나가려던 참이었다.

다시 앉는 사람, 서서 삐룰로를 주시하는 사람, 잡담하다 멈춘 사람 등 여러 동작이 각양각색이었으나 순간 얼음이 되었다.

삐룰로는 다시 한번 의미심장한 웃음을 흘리며 카페 안의 모든 선수단 얼굴을 한 번씩 쳐다보았다.

“내일 체스 철학자와 마에스트로의 결승전에 저와 오 지사장과 둘만 개인적인 베팅을 더 하고 싶습니다. 오 지사장과 여러분의 의향은 어떠신지요?”

삐룰로는 의기양양함을 감추려고 애쓰고 있었다.

-체스의 필로소퍼 vs 마에스트로의 개인적인 베팅?

삐룰로는 본인이 봐도, 여기 모인 후원인들이나 선수들이 봐도 우고 선수가 체스-960경기는 한 수 위라고 여겼다.

내일 결승전에서 철학자만 이기면 엄청난 상금을 타게 된다.

삐룰로는 세금도 안 내는 상금을 손에 넣는 상상만 해도 너무 좋은지 웃음을 억지로 참고 있는 모습이 역력했다.
그런 모습이 살짝 비웃음으로 비추어졌다.

-오정훈의 끝을 보고 싶은 건가?

오정훈은 앉은 채 말없이 삐룰로를 측은지심으로 지켜보았다.
그동안 그에게 개인 대국으로 엄청난 재산상 손실을 본 후 이번 리그전에 사력을 다해 베팅한 걸 어렴풋이 알 것이다.
그런 상황을 뻔히 알면서 오정훈을 망신을 주기 위한 것인지, 리그전의 베팅 액수가 적다고 느낀 것인지, 오정훈에게 여력이 더 남아있는지 알아내려는 것인지 기고만장했다.
그것도 아니면 오정훈을 빙자하여 다른 후원인이 삐룰로 본인과 개인적으로 별도의 베팅을 더 원하는 것인지 모르게 모호했다.
오정훈에게 추파를 던진 후 비열한 웃음을 참아내려고 애쓰는 모습이 모두에게 읽히고 있었다.

선수단은 삐룰로와 오정훈을 번갈아 쳐다보며 흥미로운 표정을 짓고 있었다. 모두 카페를 나가려다 멈칫거리며 아예 오정훈을 주시하고 있었다.

-빨리 결론을 내리시오!

하나같이 그런 얼굴을 하고 있었다.

이때 뒤쪽 자리에 앉아 있던 사람이 일어서며 소리쳤다.

"삐룰로 당신은 개인적으로 얼마나 베팅할 수 있소?"

소리친 사람을 알아본 삐룰로는 소스라치게 놀라고 있었다.

아까 리그가 시작할 때까지도 그는 카페에 없었다.

리그 중반까지도 분명 없었다.

소리친 사람을 알아보는 후원인은 아무도 없었다.

오정훈과 함께 오직 한번 만나본 삐룰로만 알아볼 뿐이었다.

"내가 개인적으로 체스의 철학자에게 오백만 불을 베팅하겠소.

삐룰로 당신도 그 금액만큼 베팅하시오!"

k-OCEAN 최창해 대표는 위압감을 주며 다시 한번 소리쳤다.

-헉. 오백만 불?

-누구야?

-하얗게 질린 삐룰로 좀 봐!

이번엔 삐룰로의 놀란 눈빛 속에 그런 소리가 나직이 들려왔다. 사람들은 카페에 언제 나타났는지도 모르는 중년 동양인을 보며 경악하고 있었다.

-체스 한판에 개인적으로 오백만 불이라고?

여기 모인 후원인 대부분 일 년에 한두 번은 일백만 불 정도는 잃을 각오로 베팅할 능력을 갖춘 사람들이다.
도박성도 어느 정도 품고 우리들의 리그전을 벌이고 있었다.
그런 제안한 동양인의 얼굴을 살필 때 장난기도 없었다.

선수단은 일제히 삐룰로에게 눈길을 돌렸다.
삐룰로가 놀라는 기색은 진실이었다.
기세로 누르려다 삐룰로는 오히려 기세에 눌리는 형세였다.
후원인들은 체스-960의 마에스트로라는 우고 선수를 내세우며 변형 체스 경기에 참여한 삐룰로의 정체와 재력도 궁금했다.
삐룰로는 이 상황을 수습해야만 한다. 농담이었다는 둥 그런 헛소리는 통하지 않을 분위기였다. 선수단은 말없이 소리쳤다.

-삐룰로. 빨리 결정하시오!

체스 한판의 가치

우고는 심장 박동이 빨라지고 있었다.

차라리 이 장면을 모르거나 못 봤으면 좋았을 것을.

이미 여러 날 여러 대국을 이겨왔지만, 내일 내가 두는 마지막 체스 한판에 개인적으로 오백만 불이라니.

-오백만 불이라고?

-정말 오백만 불 베팅이라고?

-도대체 체스 한판의 가치는 얼마인가?

일어서다 엉거주춤 앉아 있던 우고 선수가 가장 놀라고 있었다.

우고는 이번 리그전의 베팅 금액이 무제한이라고 들었다.

그렇다 한들 1인당 일백만 불이 넘지 않을 것이라고 예상했다.

베팅 금액이 1인당 일백만 불도 엄청난데 오백만 불이라니.

본인에 대해서는 너무 과장되게 소문이 났고, 체스의 철학자는 그 실력이 아직도 드러나지 않은 경지에 올라있었다.

이번 리그전 총 베팅 금액이 5~6백만 불 정도로 짐작하며 엄청나다고 생각하고 있던 우고는 개인적인 베팅 금액을 오백만 불 외치는 동양인을 보면서 경악을 금치 못했다.

자신에게 붙은 별칭 체스-960의 마에스트로.

상대에게 따르는 체스의 철학자. 체스의 모순. 감성의 AIQ.

그런 별칭이 승부에서 무슨 소용인가?

승부는 실력만으로 승리를 따낼 수 있는 게 아니다.

드러나지 않은 알 수 없는 다른 세계가 존재한다.

그 존재가 미소 지어야 승부에서 승리할 수 있다.

우고는 늘 그렇게 생각하고 있었다.

-삐룰로가 저 오백만 불의 베팅을 받을 수 있을까?

오 지사장이 내세운 체스 선수와의 개인 대국 때는 삐룰로에게 종국 후 출전료로 1만 불씩 받았다.

체스 대국 한판당 10만 불 정도로 지레짐작하고 있었다.

알면 부담스러워 대국에 영향을 끼칠지 모른다면서, 삐룰로는 체스의 내기 금액은 묻지도 따지지도 말라고 일침을 놓았었다.

지금 오백만 불은 상상이 잘 안 되는 금액이었다.

만일 저 오백만 불을 삐룰로가 받아친다면 그동안 오 지사장과 내기 체스는 본인이 짐작하던 금액보다 훨씬 컸을 것이다.

우고는 온갖 상상을 하며 삐룰로를 지켜보고 있었다.

“제가 그 오백만 불 중 일백만 불 책임져도 되겠습니까?”
자비드가 맞받았다.
기세등등하게 소리치다 한풀 꺾이며 어찌할 줄 모르며 서 있는 삐룰로 옆으로 자비드가 다가왔다.

“그 일백만 불은 다른 사람에게 받으라 하겠소. 먼저 개인적인 베팅을 제안한 삐룰로에게 역으로 베팅을 제안한 것이오.”
최 대표는 단호했다.
삐룰로를 이미 아는 태도였다.
돈 자랑할 거면 여기서 당장 자랑할 것이며, 기세를 타려거든 여기서 선수단이 보는 앞에서 기세를 타라고 꾸짖고 있었다.

“오 여사. 여기 일백만 불은 당신이 맞받으시오.”
최 대표는 상황을 차분하게 지켜보던 오 여사에게 말했다.
일부러 영어로 말하였으므로 모든 사람의 시선은 오 여사에게 집중되고 있었다.
며칠간 리그전을 참관하면서 별말이 없던 오 여사가 일어났다.
느릿한 듯하면서 여유롭게 오른손을 들었다.
“네. 최 대표님. 알겠습니다. 저분이 제시한 일백만 불은 제가 맞받아 베팅하겠습니다.”

오 여사는 싱긋 웃으며 경쾌한 음성으로 소리쳤다.

이때 자비드가 오 여사를 따라 하듯 오른손을 들었다.

“무슨 일입니까?”

보스가 물었다.

“방금 미국에 있는 나의 친구 해롤드에게서 연락이 왔습니다. 본인도 삐룰로에게 일백만 불을 베팅하겠답니다.”

자비드가 그렇게 외쳤다.

해롤드, 자비드는 삐룰로를 돕고자 했다.

“그 일백만 불 역시 오 여사가 맞받아 베팅하겠습니다.”

최 대표가 다시 소리쳤다.

“네. 제가 그 일백만 불도 맞받아 베팅하겠습니다.”

오 여사가 조금 전과 똑같은 동작으로 나왔다.

자비드는 난처한 기색이었고, 삐룰로는 뻘쭘한 채로 그야말로 엉거주춤 자세 그대로 이젠 얼굴이 빨개졌다.

사업가인 후원인들은 흥미롭게 지켜보기만 했다.

선수들은 이 경이로운 광경을 목격하며 귓속말로 속삭였다.

-저 둘은 뭐 하는 사람이야?

-둘 다 엄청난 재력가인가 봐?

오정훈은 통쾌함을 느꼈다.

오정원도 통쾌함을 느꼈다.

그 통쾌함은 오 남매뿐만이 아니었다.

선수 모두 삐룰로의 쩔쩔매는 모습에 통쾌함을 느끼고 있었다.

체스-960에 남달리 실력이 뛰어난 우고 선수를 내세우면서 너무 기고만장하여 개인적으로 베팅을 더 하자고, 나가는 선수단을 붙잡아 놓고 비열하게 히죽거리는 꼴이 보기 싫었다.

리그전에서 패가 많아 우승권에서 멀어진 후원인과 선수는 그의 안중에도 없었다.

선수들 여럿이 체스-960 리그전을 한 번만 열자고 한 의도 역시 삐룰로가 우고 선수 같은 특화 된 선수를 투입 시킬 것을 전혀 염두에 두지 않았었다.

“최 대표님. 자비드의 일백만 불과 미국에서 베팅한 해롤드의 일백만 불을 더하고 내가 삼백만 불을 베팅하여 그 오백만 불을 맞추면 안 될까요?”

삐룰로도 제법 배짱이 있었다.

본인이 삼백만 불을 베팅하겠다고 나왔다.

최창해는 그렇게 협상하고 나오는 삐룰로를 노려보고 있었다.
돈이 얼마가 들든 최 대표는 본인 회사를 가지고 놀은 삐룰로를 금전적으로 압박하며 혼내주고 싶었다.
베팅 금액이 얼마든 만일 철학자가 결승전에서 승리한다면 그런 철저한 설욕도 또 없을 것이다.

“그 정도밖에 안 되면서 삐룰로 이사님은 개인적으로 더 베팅하자고 했습니까?”
최 대표는 다시 한번 윽박지르고 있었다.
선수단 모두 보는 앞에서 은근히 깔보는 태도를 보였다.

-금전적으로 까불던 너도 수모를 당하니까 어때?

최 대표는 노골적으로 그런 태도를 나타내고 있었다.
최창해의 생각 같아서는 베팅액수로 삐룰로를 더더욱 농락하고 싶었으나 삭이고 있었다.
“오백만 불까지는 염두에 두지 않았습니다. 최 대표님.”
삐룰로는 본인의 삼백만 불과 자비드와 해롤드의 이백만 불을 합하여 오백만 불을 베팅하면서도 약간 주눅 든 태도였다.
그는 입을 앙다물고 눈에 힘을 주며 분함을 삭이고 있었다.

어쨌든 본인이 먼저 개인 대 개인의 베팅을 제안했다.

"좋습니다. 그럼 내일 오전 중 그 금액을 은행에 예치한 다음 결승전을 치르면 되겠습니까? 삐룰로 이사님?"

최 대표는 삐룰로가 헛짓 못 하도록 확실하게 못박았다.

"알겠습니다. 보스 내일 오전 9시까지 보스 계좌로 예치하도록 허락해주십시오."

삐룰로가 사태를 주시하던 보스에게 부탁했다.

"알겠소. 난 두 분에 대해 잘 알지도 못하여 좀 어이가 없지만, 이왕 이렇게 된 거 그렇게 진행하겠습니다."

보스는 어이없었으나 둘을 지켜보다 총괄진행자로서 허락했다.

하지만 아직 협상이 끝난 건 아니라는 의미로 보스는 선수단을 두루 살피고 있었다. 체스-960경기의 결승전만 남은 상태에서 우고 선수와 철학자에게 베팅하지 않은 후원인은 한 선수에게 개인적으로 베팅할 기회가 주어진 상황이 되었다.

지금까진 최창해의 오백만 불 베팅을 삐룰로가 받을 것인가로 흥정하듯 옥신각신한 상태였다.

지금부턴 후원인이 리그전 외 개인적으로 베팅할 수 있었다.

삐룰로가 제안하고 협의하고 그런 길을 열어놓았다.

모두 오백만 불에 놀라서인지 아무도 나서지 않았다.

*　　*　　*

오백만 불 베팅 비화

최창해가 카페에 오기 이틀 전 미국 지사에 근무하는 박 과장의 중간보고를 받았었다.

박 과장은 최 대표의 미국 대학 동문이며 한참 후배였다.

오 지사장한테 중간보고했지만, 지사장이 한국에 들어와 있다는 소리를 듣고 박 과장은 특별 지시의 조사 내용을 최 대표에게도 뒤미처 중간보고했다.

지시와 보고 체계가 명확하므로 그럴 리야 없겠지만 혹시 나중에 본사 대표에게 회사 일인데 보고 안 했다고 질책당할까 봐 같은 내용으로 보고했었다.

오 지사장 사태로 인하여 최 대표가 미국 지사에 직접 날아와 사태 파악을 했기 때문에 은밀히 특명을 내린 일을 최 대표가 모를 리 없다고 박 과장은 판단했다.

"박 과장. 지금까지 조사한 내용이 정말 사실이란 말이지?"

최 대표는 분노를 가라앉히며 확인했다.

"그렇습니다. 대표님. 진짜 마약류를 같이 다루고자 그랬는지는 지금 더 조사 중인데 일단 해롤드와 삐룰로가 서로 짜고 농간을 부리며 우리 회사와 무역 협정을 하는 것처럼 빙자하여 체스만 두었습니다. 그 과정에서 지사장님이 개인적으로 재산상 손실이

상당하다는 추론입니다. 금액은 지사장님의 불문입니다."

최 대표는 삐룰로의 무역협상을 빙자한 내기 체스에서 지사장이 상당한 재산 손실이 발생한 것을 확인했다.

최 대표는 박 과장에게 오 지사장이 내세운 선수와 우고 선수가 대국한 체스 기보를 입수하라고 지시했다.

그 기보는 그리 어렵지 않게 구할 것으로 짐작할 수 있었다.

최 대표가 알아본 바로는 미국 내에서도 최상급의 체스 선수가 선발되어 콜롬비아인 선수와 겨루었다고 했다.

최상급의 체스 선수가 본인 대국을 기억하는 건 쉬울 것이다.

미국 지사장이 움직이는데 지사장 혼자 다니지는 않을 것이고, 동행하며 직무를 도왔을 직원에게 물으면 체스 선수의 신상은 바로 파악될 것이다.

세계의 하늘을 날아다니고 거친 태평양·대서양 바다를 누비며 분, 초를 다투는 무역회사가 그 정도 일 처리는 여반장이었다.

-혹시 체스의 철학자로 통하는 김영하와 다른 외국 선수들과의 체스 기보를 구할 수 있는가?

강릉에 엄마와 함께 가 있는 딸 다은에게 은밀히 알아보았다.

마침 기정은 영하가 대국한 기보를 전부 소장하고 있었다.

둘은 틈나면 그 기보로 연구도 하면서 서로 의견 교환도 나누고 기정이 배울 것이 있으면 영하는 거리낌 없이 가르쳐주었다. 영하의 대국을 관전할 때는 미처 보지 못한 수도 기정은 기보를 복기하면서 알게 되는 기쁨을 누리기도 했다.

기정에게서 다은에게로 그리고 다시 최 대표에게 들어간 기보 몇 개는 미국의 박 과장이 입수한 기보와 함께 신속히 물색하여 찾아낸 미국의 체스 그랜드마스터에게 넘겨 분석을 의뢰했다.

정보기관의 정보전을 방불케 하는 무역회사의 처리능력이었다.

-사례는 충분히 지급하고 동문에게 검토를 맡길 수 있지?

최 대표의 엄중한 지시로 철저하게 대학 동문들끼리만 비밀리에 정보전으로 신속히 동문의 체스 그랜드마스터와 연결되었다.

최 대표는 사업가다운 기밀 유지와 체스 대국과 실력에 대하여 철저한 검토와 분석을 통해 한 치의 오차도 없이 알고 싶었다.

이번 일은 회사의 신뢰도에도 영향을 끼친다고 판단했다.

오 지사장이 한국을 다녀온 후 특별 지시를 내려 그 둘에 대해, 그들의 회사에 대해 비밀리에 조사하라고 지시한 것은 한국에서 뭔가 알아냈다는 의미였다.

마약이라니! 우리 회사를 상대로 그런 설계를? 어림없었다.

오 지사장이 특별 지시 결과가 나오면 보고할 테지만 한국에서 단지 1박만 했을 뿐이다. 아내를 통해 오빠인 오 지사장이 누굴 만나 어떤 정보를 얻었는지 최 대표는 궁금했다.

자유로움의 미학

"선배님. solo의 체스 기보는 정말 사람끼리 대국한 게 맞죠?"

대학 후배인 체스 GM 루카스는 대뜸 그렇게 묻는다.

한때 미국 체스를 주름잡았던 시절도 있으나 지금은 체스에서 손을 떼고 자기 사업하는 중년의 대학 후배이다.

나이 차이가 별로 없고 공부하던 과가 비슷하여 재학시절 가끔 여럿이 어울리기도 하던 사이였다.

아주 친한 사이는 아니었다는 최 대표의 기억이었다.

-사람끼리 대국한 게 맞죠?

최 대표는 바둑이나 체스에 대해선 문외한이었다.

휴대전화 저쪽에서 느닷없이 그렇게 질문한 저의는 무엇일까?

잠깐이지만 최창해는 고심할 수밖에 없었다.

“맞지. 내가 아는 후배야. 왜 수준이 떨어지나?”

최 대표는 잔뜩 긴장하고 있었다.

만일 solo의 체스 수준이 묻는 그대로라면? 가슴이 철렁한다.

“선배님. 고맙습니다.”

루카스는 다시 거두절미 고맙다고 인사한다.

“뭐야. 루카스. 왜 그래? 똑바로 말해 봐.”

답답한 최 대표가 소리쳤다.

“공방이 너무 자유자재로 신묘하여 인공지능인 줄 알았는데, 이런 수를 사람이 찾아내며 둘 수 있다니…”

루카스는 거기까지 혼자 말하고 혼자 감탄하다 또 침묵했다.

최 대표는 뭔가 언어적인 고급스러움은 감지하겠는데, 그 깊은 의미까지 알 수 없어 답답했다.

그리고 일단 높은 수준에 안도하고 있었다.

지금 아내와 딸은 처남인 미국 지사장과 함께 다 같이 강릉의 체스 경기장에서 며칠째 경기를 예의주시하며 머무르고 있었다.

-그저 그런 수준의 체스 기보는 왜 검토합니까?

기보를 맡긴 루카스 입에서 그렇게 나올까 봐 겁났다.

진즉 체스를 배워 둘 걸, 후회도 해본다.

“선배님. 체스 기물의 움직임이 멋지고 아름답기까지 합니다. 전 이렇게 두는 체스는 처음 봅니다.”

잔뜩 뜸 들인 루카스가 다음 말을 잠자코 기다리던 최 대표에게 그렇게 말했다.

최상의 칭찬으로 들렸다.

“수준이 높다는 말이지?”

체스를 모르는 최창해는 단순하게 확인해야 했다.

알기 쉽게 설명해주면 좋을 텐데, 높은 반열에 들면 늘 이렇다.

“그럼요. 선배님. 체스로 이런 경지에 오르기도 쉽지 않아요. 수준이 높다는 표현으로 부족해요. 그저 존경스러울 뿐이죠.”

루카스는 거듭 감탄하고 있었다.

최 대표는 흐뭇한 미소를 머금고 사무실 밖의 하늘을 보았다.

잠시 하늘에 감사하며 숨을 길게 내쉬었다.

-누가 더 높은 경지인가요?

그리고 간절함을 하나 더 가슴으로 가져왔다.

누구에게 묻고 있는지 본인도 알 수 없으나 묻고 있었다.

허공이 대답할 리 없었다.

본인이 가슴으로 본인의 마음에 들게 마음대로 답하고 있었다.

“그럼. 루카스. my의 체스는 어때?”

최 대표는 그렇게 묻고 숨을 죽여야 했다.

루카스가 해석하는 걸 침 넘김 때문에 듣지 못할까 봐.

혹은 심장 뛰는 것조차 소음으로 하나라도 놓칠까 봐 그랬다.

“my의 체스도 예술입니다. 표준체스의 solo는 그야말로 표준체스의 최상이고, 변형 체스의 my는 변형 체스에서 오프닝으로 따를 선수가 없다고 할 지경입니다. 선배님. 저는 복기하면서 제 가슴이 터지는 줄 알았습니다. 선배님은 어디서 이런 아름다운 체스 기보를 손에 넣으셨어요?”

터지려는 가슴을 움켜잡았다는 루카스.

이 정도의 감탄사도 드물 것이다.

-solo의 표준체스?

-my의 변형체스?

귀에 거슬린 체스 구분이었다.

체스는 다 똑같은 게 아니던가?

최 대표는 들으면서 이해할 수 없었다.

“루카스. 표준체스는 뭐고 변형체스는 뭐야?”

바보 같지만 그렇게 질문할 수밖에 없었다.

"아니, 선배님은 체스에서 그런 구분도 못 하십니까?"

어이없어하는 루카스의 외침이다.

지금까지 높은 경지의 체스 대국에 대해서 찬사를 아끼지 않는 표현으로 설명해주었는데……

어떤 외침이 루카스 질문 뒤를 소리 없이 크게 따르고 있었다.

-체스에 대해 아무것도 모르면서 왜 물어봐!

그런 외침이 최 대표의 가슴에 소리 없이 박혔다.

GM 루카스에게 미안하지만, 최 대표는 어쩔 수 없었다.

잠시 후회되는 건 대화하기 전 체스의 기본이라도 익힐걸……

"루카스. 미안하네. 자네처럼 체스에서 가장 높은 경지에 오른 명인에게 최소한의 규칙도 모르면서 긴급하게 검토를 부탁할 땐 다 그만한 사정이 있어서겠지. 이해하고 마저 설명 좀 해줘."

사과와 사정을 함께 하면서 중요한 부분을 마저 들어야 했다.

"아무리 급해도 표준체스와 변형체스의 구분과 체스의 기본적인 룰은 알고 대화를 시도했어야죠."

루카스는 못마땅한 부분을 말한 뒤 숨을 고르고 있었다.

최 대표는 가타부타 토 달지 않고 기다리고 있었다.

말해 봐야 변명을 늘어놓는 거나 마찬가지로 루카스의 불만만 더해질 뿐이다.

“표준체스는 일반인이 그냥 일반적으로 대국하는 체스입니다. 변형 체스란 처음 진형을 갖출 때 무질서하게 기물을 배치하고 대국하는 걸 말하는 겁니다. 그 변형 체스의 기물 배치 모양이 960가지라 하여 체스-960으로 불리며 1부터 960번까지의 번호를 무작위로 돌려서 나오는 번호대로 대국해야 합니다.”

루카스는 어이없음을 감추고 차분하게 설명했다.

그리고 질문을 기다리는 듯 침묵했다.

최 대표는 말도 없고 질문도 없었다.

“선배님. 이해가 되셨나요?”

최 대표는 이해하려고 애쓰고 있었다.

하지만 머릿속에서 충돌하는 부분이 있었다.

-표준체스와 변형 체스는 누가 더 강한가?

-부문이 다른 까닭에 그렇게 묻지 못한다는 건가?

묻는다면? 바보 소리 들을까?

“선배님. 이해가 안 되나요?”

루카스가 재차 묻는다.

“루카스. 정말 미안하네만, 바보 같은 질문 하나 더 할게. 그럼 표준체스와 변형 체스 고수가 대국하면 누가 유리한 거야?”

“하하하. 선배님. 그건 제가 대답할 사안이 아닙니다. 결국은 더 강자가 유리하겠지요.”

루카스도 어떻게 설명할 수 없는 부분이었다.

전투력이 뛰어난 선수는 체스-960이 유리하고, 수비력이 좋은 선수는 표준체스가 유리할까?

루카스는 대답해놓고 잠깐 생각해보았다.

루카스도 가끔 재미 삼아 체스-960을 둔다.

요즘 피데(FIDE)에서 유럽의 여러 나라를 돌아가며 공인 변형 체스대회를 개최한다는 걸 알고 있었다. 무방비로 거칠게 전투하는 걸 즐기는 선수라면 체스-960은 완전 체질에 맞을 것이다.

서로 각자의 생각에 잠겨 있다가 최 대표가 먼저 나섰다.

“루카스. 그럼 다르게 한번 물어볼게. solo와 my가 변형 체스로 대결한다면 누가 이길까?”

이 의문 때문에 결국 기보 검토를 부탁한 것이었다.

“변형 체스라… my의 변형 체스 대국은 복기하며 검토해봤는데, solo의 변형 체스 대국은 보질 못해서 좀 아쉽네요. 선배님. 제가 볼 때 서로 장단점이 있습니다.”

"그래? 그게 뭔데?"

설명을 이해하지 못하든 일단 물었다.

"변형 체스의 오프닝에서 my가 보여준 솜씨가 일품이었어요. 뒤로 갈수록 우리 같은 GM급 실력인데 역시 최상급이라 할 수 있어요."

"그럼 solo는 변형 체스 기보가 없어서 평가하기 어려운가?"

"그런 건 아닙니다. 변형 체스의 오프닝 실력은 보지 못해서 어떨지 알 수 없으나 중반·후반으로 갈수록 기물의 움직임이 아름다웠어요. 사실 체스에서 이런 표현 잘 안 쓰거든요. 그런데 너무 멋있게 승패를 가르고 있었어요."

"그러니까 둘 중 누가 더 유리한 건데?"

최창해는 살짝 조바심을 드러냈다.

"저 같으면 solo에게 조금이라도 더 점수를 주겠어요."

잠시 생각하던 루카스는 그렇게 말했다.

"그건 왜?"

"변형 체스에서 solo가 my의 오프닝 공격만 잘 버티면 뒤로 갈수록 유리해질 겁니다. 중반 이후 풀어가는 솜씨가 인공지능의 날카로움과 부드러운 비단 자락으로 휘감는 듯한 느낌으로 상대 선수를 현혹하여 질식시키며 이겨가더라고요."

8. 이집트 체스

자칼은 왜 폰인가?

K-OCEAN 최창해 대표는 비로소 우리 카페의 전시물을 하나씩 관심 있게 관람하고 있었다.

다은이, 아빠가 카페에 도착하셨다면서 잠깐 나가서 손을 잡고 들어와서 오 여사 옆에 조용히 앉아 리그전 대국을 관전했었다.

체스-960 리그 5회전이 모두 끝난 후 삐룰로의 개인적인 베팅 제안에 역 베팅하는 엄청난 후폭풍이 거짓말처럼 지나갔다.

나와 아내는 오후 영업을 위해 서둘러 대국장을 정리해야 했다.

기정과 영하, 다은까지 달라붙어 카페의 대국 탁자와 의자 등을 제자리로 정리하는데 한몫 거들고 있었다.

영하에게 대국하느라 힘들었을 텐데 앉아 쉬라고 누차 권해도 막무가내로 팔을 걷어붙이고 앞장서서 거들고 있었다.

이집트 신화 - 아누비스 체스

"여보. 우리 강릉의 맛집으로 점심 먹으러 갑시다."

오 여사가 며칠 만에 만난 남편인 최 대표에게 살갑게 말했다.

"그래요. 형님. 점심 식사하시러 가시죠?"

정훈도 뿌듯한 표정으로 회사 대표가 아닌 가족으로서 권했다.

"어, 무슨 소리야! 아직 사범님께 정식으로 인사도 못 드렸는데 우리끼리 그냥 밥 먹으러 가는 법이 어딨어. 이 사람들아!"

최 대표의 음성이 그리 크지는 않았으나 카페 안에서 정리하던 우리는 모두 또렷이 들을 수 있었다.

오 남매가 머쓱해서 정리하는 우리의 눈치를 살피고 있었다.

“아니, 바둑 고수라는 사람들이 나를 경우도 없고 예의도 없는 사람으로 만들어야 하겠어?”

최 대표는 오 남매를 향해 나지막하지만 따끔하게 한마디를 더 날렸다. 그 소리까지 안 들을 수가 없었다.

다은의 작은 웃음소리가 들렸다.

“아빠. 체스들이 너무 멋있지?”

다은은 카페 안의 정리가 어느 정도 마무리되자 최 대표에게 착 달라붙어 묻고 있었다.

“그래. 아빠는 어릴 때부터 바둑이나 체스를 대할 기회가 전혀 없었는데, 오늘 너무 멋진 작품들을 감상하고 있어.”

최 대표가 전시물을 주의 깊게 감상하다가 이집트 체스 앞에서 멈추어 서서 집중하고 있었다.

“여기 이 이집트 체스는 정말 화려하면서 정교하게 조각했네. 다른 체스하고 좀 비교되는데.”

최 대표가 멈춰서서 감상하는 건 이집트의 람세스 체스였다.

“그렇지. 아빠? 나는 여기에 전시된 특이한 작품들은 대부분 사범님께 설명을 들었는데, 아직 이집트 체스만 못 듣고 있었어. 우리 이따가 이 체스에 관하여 설명 부탁드리자. 어때, 아빠?”

다은이 아빠한테 말하는 소리가 내 귀에 들어왔다.

이집트 람세스 체스

기정이 내 눈치를 슬쩍 살피고 있었다.

"체스에 대해서 사범님이 설명도 해주시나?"

최 대표는 이쁜 딸의 얼굴을 쳐다보고 있었다.

"그럼. 아빠. 체스뿐만이 아니라 여기 전시된 바둑 관련 유물에 대해서도 역사적인 사건이나 사연을 다 상세하게 설명해주셔."

"그래? 그럼 조금 이따가 사범님께 부탁드리자."

최 대표는 딸과 함께 계속 사범이라는 호칭을 사용했다.

이집트 코발트블루 체스

우리 카페에 오기 전 다은과 여러 차례 통화하며 카페 사장보다 사범이라는 호칭이 귀에 익었으리라 짐작할 수 있었다.
영하는 선생님이라 부르지만, 기정과 다은, 오 여사는 다 같이 내게 사범이라는 호칭을 쓰고 있었다.
카페 안에서 정겹게 나누는 부녀의 은밀한 대화를 들으며 나는 웃지 않을 수 없었지만 미소만 머금고 있었다.
글에서 문장으로 풀이하면 서술어인데, 대화로서 풀이하면 용언이라고 해야 할 것이다.

내가 웃었던 이유는 사람이 무의식적으로 얼마나 환경의 지배를 받는지, 주변인의 언행에 녹아드는 기색이 얼마나 자연스럽고 발 빠른지 보였기 때문이다.

더구나 사랑스러운 딸이 입에 밴 듯한 언어를 구사하고 있어서 자신도 모르게 최 대표는 더 빠르게 적응하고 있었다.

부녀의 대화를 본의 아니게 엿들어 나는 둘에게 다가갔다.

"사범님. 아빠가 정식으로 인사드리고 싶대요."

다은이 나를 보더니 냉큼 말했다.

"오늘 예상 밖의 통쾌한 장면을 보여주셔서 고맙습니다."

나는 실례가 될지 모르지만 먼저 손을 내밀며 악수를 청했다.

"하하하. 별말씀을요. 제 아내와 딸애가 사범님께 폐를 끼치며 신세를 많이 지고 있는데도 인사가 늦었습니다. 사범님."

최 대표는 진심 어린 감정이 묻어나는 깍듯한 인사를 했다.

"아빠. 여긴 영하 오빠. 그리고 여긴 기정 오빠야."

다은은 영하와 기정이 머뭇거리다 다가오자 둘을 소개했다.

최 대표는 기정과 악수한 다음 영하의 손을 잡고 한참(?) 동안 그 얼굴을 쳐다보았다.

내가 옆에서 지켜본 최 대표는 무역회사를 운영하며 세파에서 겪은 만고풍상보다 더한 표정을 짓고 있었다.

"사범님. 지금 이집트 체스에 관해서 설명해주실 수 있나요? 지난번은 요기서 설명이 딱 멈춰서 궁금했어요."

다은은 아빠와의 약속을 지키려고 예전을 둘러댔다.

자연스럽고 거침없는 태도가 여러 문화적인 지식도 섭렵한다는 것을 다은은 요즘 젊은이의 언행으로 나타내고 있었다.

"아는 것도 많은 다은은 무엇이 궁금할까?"

“예전에 저쪽 누드 체스에서 파생되어서 로마 - 에트루리아로 이어진 후, 이집트 체스로 역사가 넘어갈 즈음 설명이 멎었어요. 헤헤. 오늘은 이집트 체스 설명 부탁드려요. 사범님.”

다은은 부모님과 외삼촌 앞에서 살짝 애교스럽게 부탁해왔다.

나는 기정을 돌아보며 웃음으로 이럴 때 어떻게 했으면 좋겠냐? 묻고 있었다.

-다은의 엄마에 외삼촌에 거기다 아빠까지?

점점 더 부담감만 커진 기정은 다은의 애교에 웃고만 있었다. 다른 때 같으면 한마디 거들었을 기정은 내게 웃음만 보냈다.

“체스가 없었다면 아마 세계사는 오히려 내가 여러분께 배워야 했을 거야. 여기 이 체스 기물이 무엇을 뜻하는지는 다은이도 알고 있지?”

나는 아누비스 체스의 동물형상을 손가락으로 가리켰다.

"글쎄요. 언뜻 보기엔 개 형상을 하고 있는데 명확한 명칭이나 역사는 잘 모르겠어요. 사범님은 카페에 전시된 이집트 체스를 구매하실 때 세계사적인 역사를 염두에 두고 구매하셨나요?"

다은은 다소 돌발적인 문의를 해왔다.

"바둑이 전문이고 바둑밖에 모르는 내가 세계사에 대해 뭘 알기나 하고 이런 체스를 구매했는지 다은인 그게 궁금한 거지?"

내가 아는 만큼 설명하기 전 웃고 넘어가자고 되물었다.

다 웃는데 최 대표는 대화가 재미있다는 듯 더 크게 웃는다.

"아유, 사범님. 그런 건 절대 아니에요. 제가 전에 왔을 때도 여기 전시된 바둑과 체스에 대해 손님한테 막힘없이 설명하시는 걸 지켜본 적이 있어요. 전 세계사를 아시고 체스 등 전시물을 구매하신 건지, 구매 후 체스나 바둑에 관해 문헌을 연구하신 건지 궁금한 것뿐이에요."

다은이 애교스럽게 손사래를 치며 변명하고 있었다.

"정말이지?"

나는 웃고 있었다.

"그럼요! 죄송해요. 사범님. 자꾸 옆길로 빠져서."

"하하하. 아니야. 죄송할 게 있나. 그저 한번 웃자고 한 건데. 물론 구매할 당시엔 바둑이나 체스의 특이한 형태가 마음에 들었지만, 조각이나 그림 등 그 작품에 따른 역사도 어렴풋이라도 알고는 있었지. 사실은 나도 요즘 손님한테 많이 배우고 있어. 전시물에 대해 자연스럽게 대화하다 보면 나하고 지식의 깊이가 다르다는 걸 느낄 수 있지. 그럴 땐 체면 불고하며 더 알아내고자 노력하고 있어. 전에 설명했던 에트루리아 체스도 그 지방을 여행 다녀오신 장년 부부와 대화하다 요즘은 '토스카나' 라는 지역이며, 세계적으로 유명한 관광지라는 걸 알게 되었어."

나는 거침없이 내달았다.

세계사적인 역사가 아닌 부분은 자신 있게 설명할 수 있었다.

"그럼… 사범님. 하나만 더… 외람된 질문이지만 용서하세요. 여기 전시된 작품들은 왜 구매하신 거죠?"

다은은 내친걸음으로 작정하고 부모님의 의문을 풀고자 했다.

-이런 경우 나는 다은에게 고마워해야 할까?

다은은 부모님과 외삼촌이 궁금해하던 기점에서 사방을 살피고 있었다. 묻고 싶던 궁금증을 다은이 풀어준다고 생각한 것일까? 숨소리조차 없이 물음표만 달고 있었다.

다은은 사실 영하와 기정, 그리고 나와 함께 내가 카페를 열게 된 경위에 관해 같이 대화한 적이 있었다.

“어차피 한번 왔다가는 인생이라 나는 기회를 만들어 세계인의 마음을 한번 훔치려고 한 거지.”

“네? 세계인의 마음을 훔쳐요? 어떻게요?”

다은의 놀라는 반응과 함께 다 같이 놀라움을 나타내고 있었다.

“세계적으로 바둑과 체스 유물이 함께 전시된 박물관은 아직 없어. 이런 박물관 형태의 카페도 물론 없지. 바둑과 체스에 대해 복합적인 글을 함께 쓸 수 있는 사람도 나밖에 없을 거야. 만일 여기 전시물 사진과 역사를 소개하는 기록들이 책으로 출간되고, 다시 영화나 드라마로 제작되면 세계적으로 알려지겠지. 세계인이 즐기는 바둑과 체스의 촬영 세트장을 그대로 보존하는 박물관으로 언젠가는 재탄생한다고 나는 내다보고 있어. 어때? 다은인 세계인의 마음을 훔칠 만하다는 생각이 들지 않나?”

나는 수십 년의 세월 속에 바둑과 체스 유물을 수집하고 책을 출간할 것이다. 언젠가는, 이라는 그 낱말도 따로 정해진 기간이 없다는 의미와 기다릴 수 있다는 의미가 공존하고 있었다.

“맞는 것도 같고… 아닌 것도 같은데, 그러나 사범님의 의도는 일단 바둑인과 체스인의 마음을 한 번쯤 동요하게 만들 수는 있겠어요. 책에서 바둑과 체스를 통하여 역사를 새로 읽는 의미는 확실하니까요. 그런데 영화나 드라마까지는 좀… 사범님 영역을 벗어난 느낌이라……”

다은은 긍정과 부정을 함께 드러내고 있었다.

"다들 아는 만큼 보인다고 말하지?"

"네? 아, 네."

"강릉에서 36년간 바둑학원을 운영하면서 아이들에게 바둑과 체스를 가르쳤어. 지금은 바둑·체스박물관 겸 카페를 운영 중이고. 나는 의미가 유사할 수도 있겠지만, 생각하는 만큼 보이고 보이는 만큼 얻는다. 라고 나는 다르게 외치고 싶어. 내가 생각했던 부분을 보여주려고 작품을 하나둘 수집했던 거고. 다가올 미래에의 기대감으로 가슴엔 커다란 희망도 간직하면서. 어때? 부정의 궁금증이 긍정으로 풀리나?"

나도 내친김에 나의 이상과 미래를 설명했다.

"네. 사범님. 설명 고맙습니다."

다음은 싹싹하게 끝맺었다.

젊음은 궁금한 건 풀고 가야 하는데, 영혼은 자유로운데 서로의 관계, 체면 때문에 마음 하나씩 자신의 감옥에 가두고 살아가는 사람이 의외로 많다. 먼저 말하기에는 자랑질한다고 비난받을까, 혹은 지적한다고 비난받을까, 망설일 때도 있다.

그런 경우가 살면서 의외로 많다. 때론 타인의 시선이나 평가에 눈치 살피지 말고 가슴이 시키는 대로, 생각한 대로 행동해야만 서로 바르게 소통하는 길일 수도 있다. 스스로에게도.

아누비스 체스의 구성

"그럼 이제 이 이집트 체스에 대하여 알아볼까?"

"네. 사범님. 이집트의 피라미드나 파라오에 관한 역사적인 것, 크레오파트라 이야기는 어릴 때부터 만화나 역사를 읽으며 많이 접했어요. 이집트 체스에 따르는 역사는 어떤지 궁금해요."

호연이가 문답하던 부분을 다은이 대신했다.

본인이 성급하게 약속한 부분을 아빠가 미안한 마음 없이 설명 듣게 하려는 의도도 얼마쯤은 물음에 들어있을 것이다.

“나도 그 얘길 먼저 하고 싶었는데, 이집트 역사는 여기 계신 분들이 나보다 더 잘 아실 테고, 내가 관심을 가졌던 부분은 왜 사람의 머리 부분이 동물의 형상인지 궁금하여 검색해보았지.”

내가 섣불리 이집트 역사를 설명할 필요는 없었다.

다만 전시된 이집트 체스의 내가 궁금하여 검색한 부분만 설명하고 싶었다. 하나를 깊이 있게 내가 더 많이 알 수도 있었다.

“이 아누비스(Anubis) 체스를 말씀하시는 거죠?”

다은인 세 종류의 이집트 체스 중 앞의 안내문에 아누비스 체스라고 쓰인 체스를 지목했다.

“그렇지. 검색하니까, 분명 개 종류인데 들개라고도 나와 있어. 개 종류 중 고대 이집트의 자칼이라는 동물이었어.”

“고대 이집트의 개 종류 중에 자칼이라는 건가요?”

“그래. 고대 이집트에선 이 자칼이 무덤가에 자주 출몰한 동물이었대.”

“아, 그럼 들개일 수도 있고, 늑대일 수도 있겠네요.”

다은은 들판의 무덤을 연상하며 추리하고 있었다.

-들개일 수도 늑대일 수도 있다?

"맞아. 역사학자들도 매머드가 생존해 있던 고대 이집트의 개 종류를 나열하면서 들개나 늑대에서 파생했다는 추측도 했어."

나와 다은의 문답과 다 함께 아누비스 체스의 폰-자칼을 유심히 들여다봤다.

"다은인 이 아누비스 체스 기물 중 저렇게 새 형상도 있는데, 라이트를 나타내는 저게 어떤 새인지 알겠어?

나의 질문에 다은인 기물을 주시하며 골똘히 생각에 잠겼다.

우리 카페에 전시된 이집트 아누비스 체스의 킹과 퀸은 이집트 신왕국의 대표적인 파라오였던 람세스의 형상으로, 이집트 하면 흔히 떠올릴 수 있어서 따로 설명이 필요 없었다.

룩은 유럽의 성 대신 파라오의 무덤 피라미드 형상이다.

폰은 방금 설명한 고대 이집트의 개 종류였던 자칼이다.

아누비스 체스의 킹과 퀸, 룩과 폰은 체스의 형태가 분명하다.

그런데 비숍과 라이트가 어떤 동물의 형상인지 불분명했다.

"기물을 처음 볼 때 독수리인지 매인지 구분이 잘 안 되었어. 다은인 둘 중의 어떤 새라고 생각해?"

새 기물을 들여다보는 다은의 생각이 길어져서 나는 두 종류로 압축하여 실마리를 주었다.

"음, 독수리 아닐까요?"

"왜 독수리라고 생각하지?"

"독수리가 '매' 보다는 몸집이 훨씬 크다고 배웠어요."

"음. 그건 맞는데 생태적으론 독수리는 사냥을 안 하고 죽은 고기만 먹는 종 벌처(Vulture)가 있고, 사냥하여 먹이를 구하는 종 이글(Eagle)이 있어. 그러나 매는 먹이를 사냥하여 먹는다고 나와 있어. 그래서 저 체스 기물의 새를 나는 매라고 판단했어. 실제 고대 이집트에서는 독수리도 매도 신성시한 건 맞지만."

나는 거기까지 설명 후 카페 안에서 아누비스 체스를 주시하는 일행을 찬찬히 살펴보고 있었다.

-당시 이집트인들은 매는 용기와 지혜로 상징하기도 했어.

내가 검색했던 그 상징성도 설명하려다 멈추었다.

각자 독수리와 매의 차이를 잡음 없이 상상하는 시간을 주었다.

아누비스 체스 기물은 역사 속 신화가 건축물과 동물을 통하여 공존하는 형상으로 구성되어 있었다.

여기까진 기물의 형상이 밝혀졌지만, 아직 하나가 남아있었다.

다들 주시하고 추측한 후 나름대로 설명하던가, 나에게 묻던가 그 시간을 벌어주고 있었다.

다른 때 같으면 다은에게 조금쯤의 도움을 보태기 위해서라도 기정이 나설 법한데 그 가족들에게 살짝 기가 눌린 분위기였다.

“선생님. 저 동물이 기물 중 비숍이라는 건데 어떤 종류인지 검색해서 알아내셨나요?”

영하가 침묵을 깨고 조용한 음성으로 질문했다.

“물론 알아냈지. 김 박사는 어떤 동물이라고 생각하나?”

문답 형식의 대화가 여러 상상을 일깨워주리라 믿었다.

나 혼자 일방적으로 설명하는 건 듣기에 지루할 수 있었다.

“제 상상력이 워낙 빈곤하여 비난받겠지만 전 앞에서 설명한 개 종류로 보이는데… 어쩌면 고양이일 수도 있고요.”

나의 되물음에 영하는 좀 당황하며 버벅거리고 있었다.

개나 고양이는 분명 아닐 텐데, 떠오르는 형상이 그것밖에 없어 괜히 질문했다는 얼굴이었다.

“틀렸다고, 못 맞혔다고 비난받을 게 뭐 있어. 그저 내 느낌을 얘기하는 건데. 그런데 어쩌나, 김 박사가 정확하게 맞혔네.”

“네? 그럼… 정말 고양이인가요? 선생님.”

영하는 전시장 유리에 코를 박으며 큰 소리로 되묻었다.

영하는 순간적으로 앞의 자칼과 다른 부분은 동물의 주둥이가 뾰족함과 달리 뭉툭한 특징을 찾아내어 소리쳤다.

“응. 고대 이집트의 바스텟(Bastet) 여신은 사랑과 아름다움을 상징하는 여신이었어. 그 여신은 고대 이집트의 도시 델타 하부 지역의 부바스티스(Bubastis) 라는 지역의 수호신으로 고양이를 특히 신성한 동물로 여기며 숭배했다고 나와 있어. 그런데 실은 나도 저 비숍을 상징하는 형상의 동물이 반드시 고양이라고만 주장할 수 없어."

"그건 왜죠? 선생님."

"저 형상이 호전적인 암사자의 모습일 수도 있다는 거지."

"암사자의 모습도 띠지만 결국은 고양이라는 거죠?"

"맞아. 나도 그렇게 결론 내렸어."

고양이 여신, 암사자 여신 등 고대 이집트 지역 여신의 계보에 따라 그렇게 불리기도 했다고 검색되었다.

지금 저 아누비스 체스의 비숍 형상은 고양이라고 주장할 수 있으나, 암사자일 수도 있다는 견해도 있을 것이다.

킹과 퀸은 람세스 파라오와 왕비.

폰- 자칼(아누비스 체스의 주 형상)

룩- 피라미드

비숍- 고양이

라이트- 매

이집트 아누비스 체스의 기물 형상은 이렇게 정리되었다.

비숍은 성직자를 가리키며 고양이를 수호신으로 숭배했다.

현생에선 강력한 권력을 누리고 사후 세계에선 영생을 꿈꾸던 것이 이집트의 신화이며, 사람은 육신과 영혼의 합체인데, 사후 영혼이 되돌아오도록 육체는 미라로 만들었다. 미라만으론 무언가 미흡하다고 느껴서 무덤이 서서히 발전하게 된 건데 그래서 이집트 파라오들의 무덤인 피라미드가 점점 더 웅장하게 세워지는 계기가 되었다.

"머리는 자칼이고, 몸은 인간의 형상으로 묘사되는 이 독특한 신 아누비스(Anubis)를 왜 아누비스 체스에선 가장 신분이 낮고, 점수가 1점밖에 되지 않는 폰(Pawn)으로 자칼을 형상화했을까? 여기 기물들을 모두 검색한 후에 곰곰이 생각해봤어."

나는 다시 여기까지 독백처럼 말하고 모인 이들을 둘러보았다.

지금까진 체스 기물 형상의 정체에 관하여 설명했었다.

-죽음과 안식을 상징하는 아누비스라는 신은 왜 자칼일까?

-이 체스에서 8개의 폰(Pawn)으로 왜 자칼을 형상화했을까?

지금까지 문답형으로 대화도 하고 설명도 했으면 이젠 자기만의 견해를 내놓을 때도 되었다.

오 남매와 최창해, 기정까지 시종일관 침묵하며 대화체의 설명을 듣기만 했고, 다은도 갑자기 입을 닫고 있었다.

보다 못한 영하가 내게 미안한 마음에 나서서 대화를 이끌었다. 적어도 한 사람이 하나 정도 견해나 궁금한 질문을 던져야 각자 미처 생각지도 못했던 부분도 알게 되는 재미가 따라붙는다.

그것이 내가 바라고 끌어내려는 대화체의 발전적 본질이었다.
체스도 상대가 있어야 하듯 대화도 상대가 있어야 했다.
독백 같은 내 말에 누구도 선뜻 의문도 그리고 질문도 드러내지 않는다는 것은 아누비스 신의 역할에 대해서 하나같이 모른다는 의미로 나는 받아들여야 했다.
"아누비스는 고대 이집트에서 죽은 자의 영혼을 인도하는 신, 미라를 만드는 장례의 신으로 알려졌지. 아누비스 신을 자칼로 형상화하며 8개의 폰으로 제작한 건 그의 신으로서 역할 때문이라고 나는 보고 있어. 체스에서 화려하게 퀸으로 변신할 수 있는 기물은 폰밖에 없잖아."
내가 파고들어 생각해낸 부분이었다.
모두의 침묵 속에 설명을 이어갔다.
"진리와 정의의 상징인 마트의 깃털에 죽은 자의 심장 무게를 저울에 달았을 때 깃털보다 가벼우면 사후 세계에서 환생할 가치가 있다는 것에 착안하여 그렇게 보신다는 거죠?"
영하는 조심스럽게 부분들을 연결하고 있었다.

“그래. 바로 그거야. 폰이 상대의 1선까지 살아가서 퀸 등으로 변신하듯 깃털보다 가벼우면 사후 세계에서 환생도 가능하다는 의미부여를 폰에 했다고 봐. 물론 마음의 죄가 무거워 깃털보다 무거우면 영혼을 삼킨다는 ‘암미트’에게 먹히겠지.”

나만의 이론을 그렇게 완성했다.

마트(Maat) - 이집트 신화에 나오는 여신.

정의, 진리, 지혜, 율법을 관장하며 머리 위엔 진리의 상징으로 타조의 깃털을 꽂고 있다.

-마트의 깃털과 심장의 무게를 다는 저울은?

대한민국의 대법원 앞에 있는 정의의 여신상은 저울과 법전을 들고 있는데, 고대 이집트 저울은 대법원 저울보다 좀 더 크고 끈이 길었다. 저울 한쪽에 마트의 깃털을 올려놓고 다른 한쪽에 고인의 심장을 올려놓아 무게를 다는 것으로 이해하면 된다.

아누비스의 이미지가 자칼인 것은 고대 이집트인은 자칼이 무덤을 지키는 수호자로 인식했다. 죽음이라는 가장 외로운 순간에 가장 먼저 손을 내밀어 죽음이 두렵지 않게 존중과 보호를 상징하는 신으로 믿었다. 그러므로 죽음의 문턱에서 품위 있게 삶의 마지막을 지켜낼 수 있도록 인도한다고 여겼다.

-깃털과 심장의 무게?

심장이 깃털보다 가벼우면 사후 세계에서 환생도 가능하다?

9. 필로소퍼 vs 마에스트로

금요일

오늘 드디어 체스-960경기의 결승전이 열리는 날.

아내와 난 다른 날보다 더 일찌감치 카페 문을 열었다.

결승진출자 2인의 대국 자리를 위한 세팅과 후원인들의 자리를 적절하게 배열하기 위해서였다.

직접 경기에 참여한 선수단, 그리고 해외 후원인 모두 예상하고 기대하던 두 선수의 겨루기가 벌어지는 날이다.

처음엔 8명의 선수가 리그전으로 출발하여 4명으로 줄었다가, 이제 토너먼트처럼 단둘이만 마주 보게 되었다.

-삼천만 불이 넘는 상금을 가져가느냐?

-빈털터리로 돌아가느냐?

결승전 겨루기 한 판만 남았다.

-삐룰로의 우고 선수에 대한 과잉 기대일까?

-최창해 대표의 과잉 반응일까?

오백만 불을 한화로 환전하면 칠십 억 원 정도이다.

-오늘 심장의 싸움일까?

-체스 실력의 싸움일까?

-표준체스의 필로소퍼+콘트라딕션 vs 변형체스의 마에스트로

세계적인 체스 선수가 체스 실력을 공경하며 헌정한 별칭이다. 동양적 사고로 한 손에는 막강한 창, 한 손에는 막강한 방패를 들고 싸운다는 모순(矛盾)= 콘트라딕션은 말로만 설명을 들어도 무적의 불패 신화가 느껴진다.

그보다 앞서서 발상의 자유로움이 철학적으로 돋보인다, 하여 체스의 필로소퍼(철학자)라는 별칭도 헌정했다.

체스-960의 '마에스트로'는 불규칙한 체스 기물을 자유자재로 지휘한다고 하여 붙여진 별칭이지만, 누가 별칭을 헌정했는지는 밝혀진 바 없으나, 이번 리그전에서 우고 실력은 인정받았다.

빼룰로는 그동안 개인적인 내기 체스를 벌인 결과 우고 선수의 체스-960경기 불패 신화만 믿고 너무 나간 느낌도 가져왔다.
넘치는 자신감과 너무나 높은 기대가 화근으로 재산상 엄청난 손실을 보게 될지, 커다란 이익으로 돌아올지 알 수 없었다.
예상에 전혀 없던 K-아세안 최창해 대표가 느닷없이 나타나서 거액의 역 베팅을 제안하는 바람에 곤혹스러웠다.
당장 끌어모을 수 있는 자금, 그리고 은밀한 사업 동반자 둘의 도움으로 그 베팅금액을 맞추면서 체면치레는 하면서 넘어갔다.

-빼룰로가 결승전에 오백만 불을 입금할 수 있을까?

나는 그 부분이 너무 궁금하여 내 일도 아닌데 밤잠을 설쳤다.
빼룰로는 검은 사업의 꽤 높은 자리의 책임 있는 임원일 뿐으로 분명 사업가는 아니었다.
케빈(CIA)-보스의 조사 내용 등을 토대로 기정을 통하여 들었고, 미국 지사의 오정훈을 통하여 직접 들은 바 그런 직책이었다.
이미 리그전에 거액을 베팅한 후, 다시 개인적으로 부담스러운 거액을 하루아침에 마련하여 입금할 수 있을까?
해롤드, 자비드의 각 일백만 불은 가볍게 느껴질 지경이었다.
미국과의 시차도 걸림돌이 될 수 있었다.

삶과 죽음의 문턱에서

기정과 영하는 여덟 시 조금 넘은 시간에 카페에 들어왔다.

영하는 커피잔을 들고 아누비스 체스를 집중해 보고 있었다.

어제 최 대표가 이집트 체스에 관심을 보여서 내가 문답형으로 설명해준 체스 중 하나였다.

우리 카페엔 이집트 관련 체스가 모두 3점 전시되어 있다.

다른 체스에 비해 좀 특이하고 고급스러운 면이 있었다.

이집트는 기원전 문명도 삼천 년이 넘는 역사 · 전통이 있다.

장구한 세월에 신화 속의 신, 그리고 여신도 각양각색이다.

-심장의 무게를 재고 있을까?

-마음의 무게를 재고 있을까?

나는 홀로 유심히 아누비스 체스를 들여다보고 있는 영하에게 다가가 대화할까, 하다가 잠자코 지켜보았다.

영하 모습에서 어제 설명한 심장과 깃털의 무게에 대한 사고가 심연 깊이 내려간 분위기를 감지할 수 있었다.

기정도 그런 친구 영하를 가만히 지켜보고만 있었다.

-깃털과 균형을 이루면 사후 세계에서 신들과 살 수 있다고?

선수의 심장 무게

영하는 어제 설명 듣던 이집트 체스에 심취하여 시선을 자칼에 고정하고 신화 속 신들과 사후 세계에서 함께 하는 생활은 어떤 것일까?

수천 년을 넘나들며 제멋대로 하는 상상은 가히 비약적이었다.

-마트 여신은 타조의 깃털을 진리의 상징물로 삼았다?

죽은 자의 심장을 저울에 올려놓고 타조의 깃털로 저울질하며 영혼의 순도를 가벼움으로 판단했다고 하는데… 타조의 깃털을 마트 여신은 왜 진리의 상징물로 삼았을까?

미라를 만들기 위해 꺼낸 사자의 심장이 정말 타조의 깃털보다 가벼울 수 있을까?

사자의 심장 무게는 그 자체보다 영혼의 순수함, 즉 심장 속의 마음의 무게를 타조의 깃털로 재는 것인데… 왜 하필 타조일까?

일전에 미니 골프 치면서 설명을 듣던 타조-오스트리치(ostrich)와 어떤 연관성이 있을까?

아프리카에 서식하며 날지 못하지만, 달리기는 엄청 빠른 타조.

골프에서 (6홀-661m)를 한 번에 홀인 하면 '오스트리치' 라고 평가하며, 인간의 능력으론 불가능하다는 설명이 문득 떠올랐다.

가벼움과 무거움

"좋은 아침입니다!"

다은이 쾌활한 음성으로 아침 인사를 하면서 카페에 들어섰다. 뒤미처 다은의 아빠인 최 대표와 오 남매가 함께 들어왔다. 부모와 외삼촌의 긴장된 얼굴의 어른들 속에서 일부러 분위기를 반전시키려는지 다은의 언어가 통통 튀어 다니는 가운데 함께 차를 마시며 담소를 나누고 있었다.

"엄마. 죽은 자의 심장이 정말 깃털보다 가벼울 수 있을까?"

내가 주문한 차를 날라다 주고 있는데 다은이 엄마에게 그렇게 어제의 이집트 체스를 소환하며 묻는다. 영하가 들어서는 일행에게 가볍게 인사 후 다시 이집트 체스에 심취하여 골몰하는 모습을 다은이 포착한 후 질문이었다. 다은 뿐만이 아니라 일행은 모두 영하의 그런 모습을 지켜보며 가까이 다가가지 않고 거리를 두고 창가에 모여앉아 있었다. 오 여사는 찻잔을 들며 남편과 오빠를 한 번씩 살피고 있었다. 가벼움을 논하지만 무거운 신화적인 허상도 담겨 있었다. 대화 분위기는 잠시 경중의 저울질에 갇혀 있었다.

오 여사나 누군가가 의견을 제시해야 할 즈음 보스가 앞장서고 뒤를 10여 명의 선수단이 느릿하게 따라붙고 있었다.

카페로 들어서는 선수단을 내가 어림짐작으로 살펴보았을 때 단 한 명도 빠짐없이 모여들고 있었다. 이제 리그전 결승전 승패와 관련 없는 후원인과 선수는 짐을 싸도 되는 형편이었다.

아니면 강릉 관광이라도 나섰다가 승패만 전해 들어도 될 듯한데, 선수단 대부분 강릉을 한 번 이상 방문했던 터라 관광엔 별 흥미가 없을 것으로 짐작되었다.

그리고 오늘 리그 결승전의 승패 못지않게 그 대국 내용도 무척 궁금할 터였다. 선수 대부분 비록 세계체스대회 불참 등 최일선에서는 물러나 있지만, 그들 모두 체스 GM의 승부사들이었다.

다른 곳으로 발걸음이나 마음이 결단코 움직이지 않았으리라.

그리고 결승전 관전에 집결하는 가장 큰 비중은 뭐니 뭐니해도 그들에겐 숨겨진 머니(money)가 걸려있었다.

보스도 최 대표도 서로 눈길로 찾다가 마주쳤다.

보스는 그런 듯 안 그런 듯 살짝 고개를 주억거리고 있었다.

서로 알게 된 지 불과 하루만 지났으나, 같은 편끼리 말없이도 소통할 수 있는 눈빛과 몸짓의 나눔이었다.

그건 삐룰로가 오백만 불을 입금했다는 신호였다.

삐룰로는 일행 중 맨 뒤에서 자비드와 함께 들어왔다.

선수단 틈에서 삐룰로가 겉도는 느낌을 주면서 수군거림의 주요 대상이 되어가는 분위기가 조성되었다.

"아직 대국 개시까지는 시간이 좀 남았지만 다들 차를 마시고, 대국자는 대국 번호를 무작위 추첨부터 해볼까요?"

보스는 따돌림과 좀 어수선한 분위기를 진정시키려는 의도인지 대국 진행을 서두르고 있었다.

"저희는 좋습니다."

기정이 손을 들며 찬성했다.

"우리도 좋습니다. 진행하시죠."

삐룰로가 살짝 위축된 모습으로 최 대표를 한번 살피더니 손을 들어 찬성한다고 소리쳤다.

대국자와 후원인의 관전을 위해 미리 세팅해놓은 자리에 각자 찾아가는 광경을 지켜보던 보스는 노트북을 열었다.

삐룰로와 자비드는 미리 보스 뒤에서 지켜보고 있었다.

"대표님. 무작위 추첨하는 거 한번 보시겠어요?"

기정은 최 대표의 동향을 살폈다.

이런 광경을 한 번도 대하지 못했을 최 대표를 배려했다.

오늘 전체적으로나 개인적으로나 베팅으론 가장 큰 손이었다.

"오. 추첨하는 걸 볼 수도 있나요?"

최 대표는 그렇게 말하면서 몸을 일으키고 있었다.

"후원인의 출전 선수 차례에선 볼 수 있습니다."

앉은 인원보다 보스 뒤에서 지켜보는 인원이 조금 더 많았다.

"결승전은 대국자의 흑백을 다시 결정해야 하는데 어떡할까요? 무작위 추첨할까요? 재래식 즉 원시적으로 할까요?"

보스는 뒤의 열 명 남짓한 사람들에게 선택할 기회를 주었다.

오늘 결승전 치르는 두 대국자의 후원인들이므로 대국이 끝난 후, 일말의 잡음도 없도록 총괄진행자 보스는 진행 절차에 세심하게 신경 쓰고 있었다.

지금까지의 대국은 매일 순번으로 흑백을 교차하며 대국했으나 중간에 기권한 선수도 여럿이었다.

결승전은 다수 의견으로 흑백을 결정하는 방법이다.

"무작위 추첨은 알겠는데 재래식은 무엇이죠?"

삐룰로가 알 듯하면서 모르겠다는 얼굴이었다.

"우리가 처음 흑백을 결정할 때 종이에 번호를 적어서 뽑았던 걸 재래식이나 원시적이라고 합니다."

"여기 카페 주인이 했던 방법을 말하는 겁니까?"

"그렇습니다. 대국자 스스로 흑백을 뽑는 겁니다."

보스는 웃고 있었다.

경기가 끝난 후 잡음의 꼬투리가 없을 거라는 자신감이었다.

"좋습니다. 그렇게 진행하시죠."

"그럼 흑백의 기록지를 뽑는 순서부터 정하겠습니다. 대표님. 바둑알 좀 잡아주십시오."

보스는 이미 염두에 두었던 절차를 속행하고 있었다.

내가 주먹에 바둑돌을 한 움큼 쥐었다.

"카페 대표님 주먹 안 바둑돌의 홀짝을 맞추는 대국자가 저기 준비된 기록지를 먼저 뽑는 겁니다. 아시겠죠?"

보스는 철학자와 우고 선수에게 선택하라고 했다.

철학자가 우고 선수에게 손으로만 선택권을 양보했다.

"짝."

우고는 바로 결정했다.

"자 그럼 철학자는 자동으로 홀이 되었습니다."

보스의 말이 끝나고 나는 주먹을 펴서 바둑돌을 두 개씩 짝을 맞춰나가자 마지막도 돌 두 개가 붙어있었다.

내가 준비된 위로 길쭉한 통을 내밀자 우고 선수는 조금 상기된 얼굴로 기록지를 뽑았다.

나는 바로 앞의 철학자 · 우고, 그리고 카페 안을 휘둘러보았다.

카페 안의 인원이 이십 명이 조금 넘었는데 숨소리조차도 내지 않고 우고 선수를 주시하고 있었다.

우고는 두 번 접은 길쭉한 종이를 편 후 보스에게 보여주었다.

“결승전 대국은 우고 선수가 백이며 철학자가 흑입니다.”

보스는 두 장의 접었던 종이를 흔들며 모두에게 알렸다.

삐룰로와 자비드는 드러내고 웃었으며 우고는 입을 앙다물었다.

보스가 본인의 노트북 앞에 앉자 웅성거림이 잦아들었다.

“결승전에서 대국할 번호를 무작위로 추첨합니다. 돌아갑니다. 여러분 결승 대국 번호는 344번입니다.”

보스는 노트북 조작과 동시에 화면 속의 내용을 크게 외쳤다.

뒤에 선 사람들이 자리를 바꿔가며 노트북을 확인하고 있었다.

-우고(콜롬비아) vs 철학자(대한민국) **344번(NBRKBQRN)**

우고는 체스판 위에 미리 백 폰 여덟 개를 올려놓고 기다리다가 344번을 들은 후 잠깐 생각하더니 a1에 나이트를 올렸다.

“나이트. 비숍.”

기물 두 개를 연거푸 올리며 명칭을 나지막이 말하고 있었다.

“룩. 그리고 킹. 비숍.”

우고는 어제까지와 다르게 빠른 속도로 말하며 자신감 넘치게 기물 배치를 하고 있었다.

“퀸?”

우고는 그 장면에서 자문하며 퀸을 들고 잠깐 망설였다.

“룩. 나이트.”

우고는 마지막 나이트까지 배치를 마쳤다.
철학자는 우고 선수의 기물 배치를 묵묵히 지켜보고만 있었다.
보스가 확인 후 철학자와 눈길을 마주치고 고개를 주억거리며 기물 배치를 인정했다.

-그럼 퀸 부근에서 잠깐 망설인 건 쇼맨십인가?

선수 중 누군가 희미한 음성으로 중얼거리며 의문을 드러냈다.
우고 선수의 기물 배치는 이미 며칠간 지켜봤으므로 선수단의 놀라움도 잦아들고 있었다.

"그럼 지금부터 결승전을 시작하겠습니다."

보스의 대국 개시 선언과 동시에 우고는 체스판 위 양쪽 끝에 나이트가 배치된 진형에서 킹 앞의 폰을 빠르게 두 칸 올렸다.
기선을 제압하려는 것인지 삐룰로에게 강한 피드백을 받았는지 다른 때와 달리 좀 거친 동작이었다.
그게 아니라면 약간 흥분한 상태인지도 모를 지경이었다.
우고 선수가 좀 세다 느꼈을 정도로 폰을 올린 후 초시계의 백 꼭지를 퍽하고 눌렀기 때문에 흠칫 놀라는 관전자도 있었다.

오백만 불의 무게

우고는 본인 차례에서 눈을 감고 명상에 들어간 철학자 얼굴을 쳐다보며 어제의 선수들 대화를 떠올렸다.

“체스 한 게임에 오백만 불이 말이 돼?”

우고는 카페를 빠져나가 한옥마을 방향으로 걸어가는 선수단의 후미에서 천천히 따라가며 그런 소리를 들었다.

우고는 영어가 원활하진 않았으나 어느 정도는 알아듣는다.

삐룰로가 체스-960을 AI 인공지능으로 공부하도록 지원하면서 틈틈이 영어도 익히라고 지시했었다.

체스대회 참가 등 체스 관련하여 세계적으로 활동하려면 영어로 소통할 정도의 능력을 갖춰야 한다고 강조했었다.

“그러게 말이야. 여기 참여한 후원인들도 지하 체스 세계에서 우리들의 리그에 1년에 한 번 정도 맥시멈으로 일백만 불 베팅하는 것도 조금쯤 부담스러워하는데… 체스 대국 한판에 오백만 불은 너무 심한 거 아니야?”

“저 사람 누구야?”

그렇게 묻는 사람의 뒷모습은 프랑스인 앙리라고 여겼다.

우고는 그들과 조금 더 거리를 벌리며 맨 뒤에서 걸어갔다.

삐룰로는 붉어진 얼굴로 자비드와 뭔가 소곤거리면서 궁리하며 걸어가느라 우고가 어디쯤 가는지도 모르는 것 같았다.

따라오겠거니 하며 거리를 두고 발등의 불을 끄려고 자비드와 상의하느라 여념이 없었다.

"K-아세안이라는 무역회사 대표라고 제프리가 말해 줬어."

미국인 벤자민이 대답했다.

"리그전에 일백만 불 베팅도 좀 살 떨리는데… 체스 단 한판에 오백만 불이 뭐야?"

앙리가 본인과 격차가 너무 심해서인가 불만을 토하고 있었다.

"그러게. 아까 큰 소리 땅땅 치던 삐룰로가 얼굴이 빨개지며 당황하는 모습은 볼만하더라."

우고는 삐룰로의 지시로 개인적인 내기 체스 대국하며 출전료 형식으로 받는 화폐가 달러였다.

달러와 콜롬비아 페소의 가치는 엄청난 차이였다.

삐룰로에게 출전료, 승리 수당, 상여금 등을 달러로 받던 우고는 오백만 불이 얼마나 어마어마한지 잘 알고 있었다.

"이번 체스-960 리그전에 베팅한 금액이 예상 밖으로 이천만 불이 훨씬 넘는다고 제프리가 귀띔해줬는데 거기다 각각 오백만 불씩 일천만 불을 더 얹으면 합계가 삼천만 불이 넘는 거잖아. 앙리는 이런 큰 판을 대국한 적 있어?"

벤자민은 입가에 웃음을 머금고 있었다.

우고는 삼천만 불에 귀청에서 천둥소리가 들렸다.

"없어. 내가 참가한 리그전에 일천만 불 정도 실리는 건 가끔 듣긴 했어. 체스 한판에 삼천만 불을 상회한다는 게 말이 돼? 벤자민 넌 그런 판에서 대국한 적 있어?"

"리그전인 걸 고려해도 없어. 우승 배당금이 짭짭하겠지?"

벤자민은 옆에서 걷는 앙리를 웃으며 쳐다봤다.

앙리도 벤자민과 눈을 맞추며 즐거워하고 있었다.

둘은 패자의 울분도 없이 소리 내지 않고 웃고 있었다.

돌발적으로 벌어진 개인적인 베팅은 리그전 베팅과는 번외로서 둘과는 아무 연관이 없었으나 벤자민과 앙리는 즐거웠다.

대부분의 승부는 상금이 크면 클수록 심장 싸움에 결판이 났다.

철학자는 세계적인 체스 GM과 겨룰 때 포커페이스를 유지하며 마치 사이보그처럼 대국하는 태도를 보여왔다.

우고는 리그전 첫날 긴장된 모습을 보이며 제 기량을 발휘하지 못하고 디마와 무승부가 되었다.

체스-960 지휘자라는 별칭으로 불리지만 누가 우고에게 별칭을 헌정했는지도 드러나지 않았다. 하지만 실력은 분명 인정받았다.

그러나 큰 판에서 결승전을 치르기는 아직 애송이에 불과하다는 내심을 둘은 웃음으로 드러내고 있었다.

우고는 우연히 대화의 내용을 뒤에서 들으면서 걸어갔다.

그 둘은 앞뒤 가림없이 대화에 열중하며 걸어갔다.

전무후무한 기록

대국자 2인은 카페 한가운데 앉아 있었고, 입회인들은 양옆으로 나뉘어서 대국자의 옆 모습을 보면서 체스-960 결승전 대국을 관전하는 대국장 풍경이었다.

보스는 늘 입회인들의 한가운데 자리 잡고 앉아서 대국자들과 입회인들을 한눈에 살필 수 있었다.

오늘 대국은 여러 가지로 의미 있는 대국이 될 것으로 예상하며 결승전 기보를 노트북에 채보(기록)하고 있었다.

다른 입회인이 노트북의 그 기록을 얼마든지 볼 수 있었다.

우고 선수가 결승전이라 흥분한 건가?

흥분이 아니라면 긴장감이 고조된 건가?

다른 대국에 비교하면 첫수를 두고 초시계 꼭지를 매우 거칠게 두드렸다. K-아세안 최창해 대표의 무지막지한 배포와 엄청난 베팅에 경험이 부족한, 젊다 못해 어린 선수가 충격을 받아서 체스 대국에 중압감을 느꼈을까, 한편으론 염려스럽다.

보스의 기록을 처음 대하는 기정이 궁금하여 보스 뒤에서 잠깐 엿보듯 살폈을 때 보스는 노트북에 그런 관전평을 쓰고 있었다.

철학자가 본인의 시간이 흘러가는 중 명상에 들었으며, 상대인 우고 선수가 철학자를 정면으로 쳐다보고 있었기에 가능했다.

가벼운 게 좋은가?

미라로 만들기 위해서 꺼낸 사자의 심장을 저울에 달아 여신의 깃털보다 가벼우면 사후 세계에서 환생할 수 있다고?

그렇게 사자를 좋은 곳으로 인도한다는 아누비스의 체스는 내게 무얼 암시하며 전달하려고 하는 걸까?

심장이 무겁다거나 가볍다는 건 어떤 의미일까?

그럼 나는 마음이 무거울까?

아니다. 마음의 죄가 무거울까?

죽어서 심장이 깃털보다 무거울까?

내가 오늘 체스-960의 결승전에서 마에스트로에게 실력보다도 명성이나 심리적으로 밀리면서, 패배하는 걸 두려워한다면 나는 우고 선수에게 밀리고 말 것이다.

죽음에 이르렀을 때 사자에게서 꺼내는 심장 무게보다 오늘은 승부의 심장이 승패를 가를 것이다.

-나는 지금 승부의 심장이 깃털보다 가벼울까?

-오늘은 심장이 가벼워야 이길 수 있는 걸까?

-오늘은 심장이 무거워야 이길 수 있는 걸까?

체스를 사랑하라

어제 오후의 점심과 저녁 사이에 다은의 가족은 경포 바닷가를 거닐러 간다고 할 때 기정과 둘만 다시 카페에 들렀었다.

아누비스 체스가 낸 숙제를 풀지 못한 기분 때문이었다.

"내일 결승전에 최 대표님이 갑자기 개인적으로 엄청난 고액을 베팅해서 김 박사도 부담되지?"

아누비스 체스를 주시하며 생각에 잠겨 있을 때였다.

"조금은요… 하지만 선생님. 전 대국 중엔 대국 외적인 일들은 그 어느 것도 머리에 담아두지 않아요. 오늘 일은 좀 부담감도 따르지만 제가 부담을 느낀다고 더 나아질 것도 없어요."

담담하게 심경 그대로 드러냈다.

"그럼 천만다행이고. 나 혼자만 쓸데없이 걱정했나 봐."

선생님은 보란 듯이 숨을 길게 내쉬고 있었다.

"선생님. 좀 엉뚱한 상상인데… 그냥… 문득… 생각난 건데요. 만일 이천오백 년 전의 피타고라스가 이집트에서 사자의 몸으로 심장을 꺼내 저울에 달았다면 그의 심장은 마트 여신 깃털보다 가벼웠을까요? 무거웠을까요?"

느낌은 오지만 어떻게 정의할지 꼭 집어 머릿속으로 정리가 안 되어 외람된 질문을 했다.

"난 피타고라스의 심장이 가벼웠을 것으로 단정할 수 있어."

"왜요? 선생님. 어떤 면에서요?"

"김 박사. 피타고라스가 뭐라고 설파했어?"

"질문이 너무 광범위하고 제가 아둔해서… 어느 부분인지 갈피를 잡을 수 없습니다. 선생님."

"어떤 능력을 키울 때 부분이야."

"그럼… 누굴 이기려고 하지 말고 자신이 강해지려고 단련해야 한다는 부분인가요?"

"그래. 그건 자신을 사랑하고 다른 이도 사랑한다는 의미야."

피타고라스의 그 말이 그렇게 연결되는 건가?

지금까지 깨닫지 못했던 것에 대한 깨달음?

그런 느낌에 전율을 느끼며 소름이 돋았다.

누구를 이기려는 것이 아니라 나를 다스리는 삶을 살았다면 그 마음은 깃털보다 가볍다는 의미 아닌가.

마트 여신은 사자의 심장에서 그런 마음을 재보았던 건가?

"김 박사가 내일 대국에 본인 베팅이나 다른 이의 베팅 액수에 별 부담이 없다면 오직 체스를 사랑하는 마음으로 임해 봐."

"선생님. 체스를 사랑하는 마음으로 대국하라고요?"

예전에 누군가와 카페에서 대국할 때 그날 관람했던 체스들이 명상시간에 통통 튀면서 자길 사랑해달라고 부탁했었다.

-나를 사랑하는 마음으로 나를 아름답고 쓸모 있게 운용해줘.

여러 체스 기물이 그렇게 말하며 웃고 있었다.

그때 나도 웃으며 그렇게 하겠다, 약속하며 명상을 끝냈었다.

이기겠다는 마음보다 즐기겠다는 마음이 더 크게 작용했었다.

그래선가 그 대국은 다른 대국보다 비교적 잘 풀어나갔었다.

"그래. 방금 김 박사가 피타고라스의 심장 무게를 물었지?"

"네. 선생님."

"난 피타고라스의 철학적 정신과 마음가짐을 높이 사는 거야. 철학이라는 philosophy(필로소피)에서 philo(필로)를 분리하면 사랑한다 좋아한다는 의미라는 건 영하도 알고 있지?"

"네. 선생님."

"sophy(소피)는 지혜라는 의미잖아. 철학(필로소피)이란 곧 지혜를 사랑한다는 의미라는 건 두 사람도 잘 알 거야. 불교에서는 착한 마음을 해치는 세 가지 번뇌를 삼독(三毒)이라고 하는데, 탐욕, 성냄, 어리석음을 뜻한다는 건 알고 있지?"

"네. 선생님. 들어봤습니다."

"철학자-philosopher(필로소퍼)는 지혜라는 빛을 학문으로 찾는 사람을 우리가 일컫는데 체스에서의 철학자는 영하잖아?"

"네. 부끄럽지만 그렇게 불리고 있습니다. 선생님."

"(철학-哲學) 지혜를 사랑하라고 설파한 피타고라스에게 불교에서 말하는 삼독이 있겠어? 없겠어?"

"당연히 없겠지요."

"아누비스 체스에 나오는 마트 여신의 깃털은 사자의 심장에서 어떤 무게를 쟀을까?"

"착한 마음, 곧 순수한 마음을 심장을 통해 무게를 잰 것으로 생각됩니다. 선생님."

잠시 생각한 후 그렇게 답했다.

"그렇지?"

가끔 선생님은 반어법을 사용하여 대화 상대를 깨우치려고 하는 경향을 보였다.

-너 스스로 묻고 너 스스로 답을 내어라.

그런 의미였는데 신통하게도 선생님과 대화하다 보면 내 질문에 내가 스스로 해답을 찾아내는 경우가 요즘 들어 종종 있었다.

-체스를 사랑하는 마음으로 대국하라?

이 시점에서 뜬금없이 선생님은 왜 체스를 사랑하는 마음으로 대국에 임하라고 하셨을까?

나는 누구보다 더 체스를 사랑한다고 자부하고 있었다.

얼마 전 대화에선 자꾸만 자신을 낮추어라, 라고 하셨다.

처음엔 그 의미를 다 이해하지 못했으나 이젠 알 것 같았다.

나는 지금 수천 년 전의 전설 같은 케케묵은 신화에 나 스스로 갇히는 것일까?

“이창호 9단이 전성기에 강릉에 가끔 왔었어. 그때 절친이던 프로 9단이 인터넷 바둑을 두고 있었어. 지금도 기억이 생생해. 서로 (ID)만으로 대국하는데 나라를 상징하는 국기로 어느 나라 사람인지 알 수 있었어. 상대는 중국의 프로기사였어. 어느 장면에서 이 9단이 말했지. 지금 이 장면에서 여기다 두면 누구, 이렇게 두면 누구다, 하는 식으로 중국의 일류 프로기사들의 특징이랄까, 기풍을 몇 가지 예상하는 걸 옆에서 지켜볼 수 있었어. 그게 뭘 뜻하는 거지?”

선생님은 체스에서 바둑으로 방향을 틀어 세계적으로 초일류의 전성기 시절 알아맞히기식 언행으로 그 의미를 묻고 있었다.

어쩌면 예를 든 이 이야기와 질문은 바둑에 비유하여 반어법의 질문일 것으로 예상했다.

“당시 중국의 일류 기사에 관한 연구가 깊었던 건가요?”

“맞아. 그것도 분명 정답 일부인데 내가 원하는 답은 아니야.”

나는 다시 생각에 잠겼다.

“너무 자신의 기풍을 고집하여 상대방의 다음 수를 예상할 수 있다는 것에 선생님은 중점을 두신 건가요?”

“맞아. 고착화라고도 할 수 있지. 물론 좋은 면도 있겠지. 어느 장면에서 평소 자기 고집대로 둔다면 장고할 필요가 없으니까. 그런데 상대는 그 수에 앞서서 한 수 더 내다볼 수도 있다는 걸

간과한 자기 고착화일 수 있어. 미리 다 읽힌다면 그런 수법은 오래도록 장점이 될 수 없는 거야."

선생님의 해석은 분명 의미심장한 면이 있었다.

"만일 선생님 말씀대로 제가 체스 기물을 사랑하며 대국한다면 어떤 현상이 일어날까요?"

나는 한 번 더 우문 할 수밖에 없었다.

건힐 듯하면서 걷히지 않는 안개 속을 걷는 기분이었다.

"그럼 우고 선수의 장점은 뭘까?"

선생님은 나의 질문엔 대답 없이 오히려 반문하셨다.

"체스-960의 장단점을 모두 파악하고 있다는 걸 겁니다."

"그럼 반대로 우고 선수의 단점은?"

"AI 인공지능이 찾아낸 수들을 암기하여 그대로 두려고 하지 않을까… 아 그러니까 고착된, 다시 말하면 굳어진 수를 둘 것으로 예상할 수 있다는 거죠? 선생님."

"그래. 바로 그거야. 체스-960의 그 960가지 장단점의 대응책을 전부 암기하여 AI가 가르쳐준 수법으로만 나올 거란 말이지."

"전 기물을 사랑하는 마음으로 순간마다 저의 장점인 감성의 AIQ로 대응하란 말씀이죠?"

"그렇지. 물론 영하도 며칠간의 대회 진행으로 파악했겠지만, 우고 선수는 체스-960에 최적화된 AI 인공지능이라고 보면 돼.

그걸 역이용하는 수법은 자유로운 발상으로 AI가 미처 예측하지 못한 수로 혼란스럽게 만든다는 거지.”

-체스-960에 최적화된 인간 AI 인공지능?

우고 선수는 수년간 어쩌면 십 년 이상 오직 체스-960의 운용에 대하여 AI와 씨름하며 장단점을 암기했으리라 추정할 수 있다.

자유롭게 기물을 운용하려면 체스를 사랑하라? 특별하진 않지만 일리 있는 대응으로 한 수마다 창의성을 발휘하라는 의미였다.

하지만 체스를 사랑하는 마음으로 대국에 임한다고 한들 나의 대국 수법이 크게 달라지는 게 있을까? 그런 의문이 들었다.

“내가 저번에도 얘기했듯 우고 선수는 체스-960의 기물 위치와 인공지능이 알려주는 수법만 암기하느라 본인의 창의력은 이미 상실한 거와 마찬가지야. 암기력도 매우 훌륭하고 대단하지만, 그만큼 엄청난 시간을 암기에 뺏긴 것도 사실이야.”

내가 스스로 의문을 품을 때 선생님 해석이 이어졌다.

암기력은 돋보이지만, 창의력은 떨어진다는 관찰이었다.

“저도 며칠간 우고 선수의 대국 시간과 기보를 통해 그런 느낌을 받고 있었습니다. 선생님.”

“물론 그러하겠지. 나는 비정형의 자유로움이 고착되어 버린 정형을 물리칠 수 있다고 정의하고 싶어. 그리고 그러기 위해선 체스를 사랑하는 마음으로 대국에 임해야 한다는 거고.”

선생님은 한 번 더 체스 사랑을 강조하셨다.

“음. 영하는 체스를 사랑하는 마음으로 대국해야 한다는 말을 아직 이해하지 못하는 얼굴이네?”

“네. 선생님. 전 사실 아직 이해가 되질 않아요. 전 늘 체스를 사랑하는 마음으로 체스를 대했고, 체스 대국 중에도 자유로운 발상을 할 수 있었다고 자부합니다. 선생님.”

“맞지. 그래. 나도 그 부분은 인정해. 내가 말하려는 건 우리 삶에서 어떤 대상을 사랑한다는 건 아름다움을 찾았다는 거야. 대중적인 아름다움, 개인적인 아름다움으로 나눌 수도 있는데 AI 인공지능은 그런 기능이 아예 존재하지 않아. 지금 장면에서 가장 최선의 수를 그간의 인간적인 축적된 데이터를 통해서 빨리 찾아낼 뿐이지.”

-AI 인공지능은 아름다움을 찾을 수 없다?

“오직 체스를 사랑하는 마음 하나로 대국하라는 건 선생님은 아름다움을 그 대국 안에서 찾으라는 거죠?”

조금은 역설적인 물음을 할 수밖에 없었다.

“그래. AI는 심장이 없어. 데이터만 있을 뿐이지. 사람의 가장 강력한 무기는 오감이야. 물론 감성으로 바꿔 말해도 무방하지. 아누비스 체스 신화 속 마트 여신이 사자의 심장 무게를 저울에 다는 건 곧 아름다움을 찾는 행위라고도 할 수 있어. 물론 내 생각이지만, 살면서 아름다움을 많이 찾았다면 심장의 무게는 가벼울 수밖에 없었을 거야."

나는 선생님 해석을 들으며 어디선가 환한 섬광(閃光)이 터졌고, 뇌 속이 맑은 기운으로 들어차는 느낌을 받았다.

공격은 공격으로

철학자는 눈을 뜨고 무심한 듯 c7 폰을 중앙으로 두 칸 올렸다. 오른쪽에 자리 잡은 룩 앞의 폰이다.

그리고 약 5분여 소비한 시간을 초시계에서 확인했다.

마트 여신의 저울은 본의 아니게 피타고라스의 심장도 재보면서 그의 심성까지도 파악했다.

여신의 마음 무게는 삶에서 아름다움의 많고 적음에 의한다는, 확인할 길 없는 심정적 결정에 이르기까지 살피느라 다른 때보다 시간이 약간 초과 되었다.

명상시간은 이전 대국 때보다 조금 더 소비했지만, 머릿속은 그 어느 때보다 맑다는 느낌이었다.

우고는 흑 폰을 잡을 수 있었으나 흘낏 쳐다본 후 a1 라이트가 b3로 나가서 백 폰을 지키면서 방금 올린 흑 폰을 공격했다.

철학자는 c5 폰을 한 칸 더 올리며 백 라이트를 공격했다.

우고는 라이트를 폰이 중앙으로 나가기 전 자리 d2로 후퇴했다.

철학자는 킹 앞의 폰을 두 칸(d5) 올리며 중앙의 폰도 보호하며 공격적인 전진 배치했다.

우고는 이에 질세라 e2 폰을 중앙으로 두 칸(e4) 올리며 막 올라온 흑 폰을 공격했다. 흑 폰이 백 폰을 잡으면 라이트로 그 흑 폰을 되잡겠다는 심산이었다.

철학자는 폰 두 개가 중앙으로 올라오면서 왼쪽으로 캐슬링은 가능하나 이제 오른쪽으로는 캐슬링이 거의 불가능했다.

344번(NBRKBQRN) 기물 배치가 처음부터 그런 진형으로 짜였다.

철학자는 e8 비숍을 c6 중앙으로 나가면서 폰도 보호하고 다음 퀸만 빼면 캐슬링을 할 수 있었으나, 할지는 미지수이다.

철학자와 우고 선수의 흑백은 공방을 벌이며 기물들은 한 치의 양보 없이 중앙으로 나가는 오프닝을 구사하고 있었다.

우고는 체스-960의 마에스트로답게 시간을 거의 사용하지 않고 척척 두어나가고 있었다.

숨죽여 관전하는 참관인들은 우고는 변형 체스만 연구하였기에 그럴 수 있지만, 철학자는 이 오프닝을 다 알고 있다는 태세로 빠르게 착수하는 대국 자세에 모두 놀라워하고 있었다.

-철학자에게 저런 면이 있었나?

보스를 비롯하여 선수단 모두 그런 눈빛이었다.

거의 똑딱이 수준으로 대응하며 서로 심리전 양상이었다.

기보를 노트북에 기록하는 보스의 놀란 눈빛과 빠른 손놀림을 기정은 그 뒤에서 지켜보고 있었다.

체스-960 대국이 빠르게 진행된다면 누가 더 유리할까?

대국의 즐거움

영하는 우고 선수와의 체스-960 대국이 너무 즐겁다.

우고 선수, 후원인 삐룰로는 체스-960 실력에 자신감 넘치므로 AI 인공지능을 사용하지 않을 것이라고 굳게 믿었다.

선수끼리 실력 vs 실력으로 마음 놓고 싸울 수 있다.

영하는 본인이 개발한 AI 인공지능 체스프로그램과 대국하며 얻은 피드백이 대국 상대에게 통한다는 것에 매료되었다.

인공지능에 당할 땐 당하더라도 낭만적인 수도 두어보고, 지금 장면에서 어울리지 않는 전혀 엉뚱한 수도 두면서 인공지능의 대응법을 배워나갔다.

AI 인공지능은 왜 체스에 왔을까?

인공지능 위에 인간지능을 더 즐기라는 의미로 받아들였다.

인공지능은 인간처럼 사고할 수 없다.

내가 입력한 데이터에서 장면마다 최선의 수를 찾아낼 뿐이다.

인공지능은 멀리 보지도 않고 오직 지금 장면에서 최선의 수를 찾아내는 연산 기계일 뿐이었다.

당장 불리해지더라도 체크메이트 당하지 않는다면 두세 수 정도 엉뚱한 곳에 착수하며 후일을 도모하면서 우위를 점할 수 있는 수를 영하는 모색할 수가 있었다.

영하는 수년간 인공지능과 대국하며 터득한 AIQ 결정체였다.

지난해 초여름

다은이 운전하는 오 여사 차를 타고 강릉에서 출발하여 서울에 도착한 영하는 일행과 헤어지고 귀가 후 체스-960 프로그램부터 컴퓨터에 장착했다.

체스-960으로 대국할 것이 100% 분명한데 예전처럼 맛보기로 한 번씩 연습만 할 때가 아니라는 생각이 들었기 때문이었다.

일단 1번부터 960번까지 한 번씩은 오프닝을 해보았다.

캐슬링이 좀 까다로운 번호는 두 번 세 번 그 특성이 무엇인지? 장단점은 반드시 연구하고 오프닝을 어떻게 풀어가야 하는지?

대국을 반복하며 마음에 들 때까지 연구를 거듭했다.

어쩌면 내일이라도 곧 열릴 것처럼 긴박하던 분위기는 계절이 두 번 바뀌도록 소식이 없었다.

1번부터 960번까지 여러 번 AI 인공지능 프로그램의 체스-960과 대국하며 본인이 개발한 프로그램 안에서 연구를 거듭하였다.

체스-960경기 리그전에서 만난 우고 선수처럼 1~960까지 번호만 알아도 배치할 수 있는 수준까진 아니어도 장단점은 파악했다.
우리들의 리그에 참여하자는 연락이 와도 전부 거절했다.
한국과 미국을 오가며 오직 박사학위 논문 준비와 체스-960에 몰두하며 시간을 최대한 아껴 쓰며 지냈다.
변형 체스 리그전이 미뤄질수록 오프닝 수준은 높아졌다.

우고 체스 기보

체스-960경기 리그전이 벌어지기 전 영하는 이미 우고 선수의 대국 기보를 여러 개 확보하고 연구를 마친 상태였다.
오정훈이 그간 본인이 선수를 내세우며 우고 선수와 겨룬 모든 체스 기보를 영하에게 건네준 것이었다.
영하는 우고의 기보를 건네받아 본인의 AI 체스프로그램에 여러 번 돌려보았다.
우고는 AI 인공지능과 거의 흡사할 정도로 수들이 유사했다.
-인공지능과 연구하여 암기한 대로 두고 있다는 의미인가?
리그전 첫날 영하는 본인 대국을 마친 후 서서 관전했다.
디마 vs 우고 대국을 그 전의 절차를 유추해 볼 수 있었다.
전체의 수 절차를 모두 유추해낼 순 없었다.
그러나 디마 vs 우고 체스-960 대국 번호를 듣고 알고 있었다.
첫수부터 어떻게 전개되었는지 현 장면에서 체스판 위의 체스 형태를 관찰하면서 어느 정도 짐작할 수 있었다.

늘 느끼지만, 인공지능은 〔사고〕하지 않는다.

우고가 인공지능의 최상의 공식을 암기하고 둔다면 역이용하여 엉뚱한 수로 회로의 이상을 초래하면 승산은 충분했다.

순수한 아름다움

고착되어 있다는 건 창의성이 부족하다는 걸 증명하는 것.

AI 인공지능은 현 국면에서 빠르게 최상의 수를 찾을 뿐이다.

그러나 다음 수를 예측하는 사고력은 없다.

나는 AI에 IQ을 더하여 상대방의 마음도 어느 정도 읽어낼 수 있기에 다음 수를 예측할 수 있었다.

AI의 연산 기능에 IQ를 더하면 AIQ의 감성으로 아름다움을 찾아낼 수 있었다. 누구라도 쉽게 입으로 아름다움을 말하지만, 누구나 쉽게 아름다움을 찾을 수는 없다.

순수가 결핍된 마음에는 쉽게 눈에 띄지 않는다.

-인공지능은 사고가 없고 물론 사랑도 없다?

다음 수는 없고 오직 그 장면뿐이다.

나는 그 뒤의 서너 수까지도 찾아내는 거다.

내 말을 듣는 이는 이해할지 모르지만, 아니 조금만 생각해도 이해하겠지. 다만 나처럼 그렇게 하기 힘들 것이다.

체스의 AIQ 감성을 단시일 내 습득하거나 이룰 수는 없다.
바둑이나 체스는 상대의 마음을 읽는 것이다.
그리고 나의 마음을 다스리는 것이다.

흔들리는 아름다움

바람이 불어오면 갈대처럼 때로는 풀잎처럼 흔들리고 눕혀지며 바람이 먼 곳에서 실어나르며 거칠게 전하는 말을 들어야 한다.
그리고 다시 잠잠해지면 내 안의 소리를 스스로 들어야 한다.
들으려는 마음의 문이 닫혀있으면 알고 있는 것만 주절거린다.
고여 있는 물은 신선함이 없으면서 자신을 믿으라고 외친다.
잘 안 풀리는 장면에서 스스로 질리도록 이해가 될 때까지 나는 엉덩이로 깔아뭉갰다. 엉덩이로 연구해낸 결과라고 할 수 있다.
천재는 1% 재능과 99% 노력으로 성과를 이뤄낸다는 것도 맞다.
그러나 그 1%의 재능을 어떻게 살리느냐가 성패의 갈림이다.
-재능은 누구에게나 다가오지만 각기 다르게 다가온다?
나는 여기 카페에 와서 선생님께 그 해답을 얻었다.
한 번 더 되뇌지만 그게 개인적으로 오감일 수 있다.
그리고 영감일 수도 있으며, 감성일 수도 있는 것이다.
내게 어떻게 다가오느냐가 중요한 게 아니라 어떻게 받아들이며 어떻게 살리느냐가 개인적으로 어떤 일의 성패를 결정한다.

안개 속의 폰 하나

서로 기 싸움하듯 빠르게 중앙을 선점하는 오프닝으로 전개하다 어느 순간 바꿔치기가 여러 차례 벌어졌다.

흑백 서로 전진이 잘 안 되는 상황이라 그럴 수밖에 없었다.

마치 10분 타임아웃제처럼 속도전으로 진행하던 대국은 수차례 바꿔치기가 일어난 후 느릿하게 흘러갔다.

미들게임 중반에 접어드는데, 우고는 체스-960 마에스트로라는 별칭에 어울리는 현란한 수법을 보여주지 못하고 있었다.

진행 속도면 속도, 공격이면 공격, 방어면 방어, 여러 방면에서 철학자는 체스-960 오프닝에서 조금도 밀리지 않았다.

한쪽에 한가한 듯 슬쩍 한 칸씩 위로 올라가는 철학자 흑 폰을 유심히 쳐다보며 오히려 우고 선수가 장고에 들어갔다.

-마에스트로가 어딘지 위축된 거 아니야?

빠르게 기록하던 손을 멈추고 보스는 그런 생각을 하며 좌우의 입회인 겸 관전자들을 둘러보았다.

실망스러운 삐룰로의 얼굴이 보스 눈에 들어왔다.

그때 기정이 혼자 고개를 몇 번인가 주억거리는 모습이 보였다.

철학자가 승리하는 수를 찾아낸 홀로 긍정의 몸짓인가?

장고에 들어간 우고, 그 앞에 사이보그처럼 무표정의 철학자.

그리고 무언가 알아낸 듯한 느낌을 전해오는 기정.

이제야 엄청난 상금이 걸린 리그전의 결승전 같은 분위기였다.

숨 막히는 시간을 멈춘 건 우고 선수의 한 수였다.

모두의 예상 밖으로 우고는 그 폰을 경계하는 수를 두었다.

*　*　*

영하는 문득 선생님의 가르침이 떠올라 눈을 감았다.

"1회 응씨배 우승자 조 국수님은 홀로 독주할 때 도전 5강이란 신예들의 도전을 받는 시기가 있었어. 촉망받는 신예의 실력과 전관왕의 격차가 얼마인지 파악하려는 시도의 시험 대국이었어. 나는 지금도 초일류의 천재와 일류의 차이라고 생각해."

"선생님. 초일류와 일류의 차이라는 말씀인가요?"

"그래. 그때 조 국수님은 포석이 끝나가는 장면에서 어디부터 바둑의 실마리를 풀어가야 할지 보여주는 발상이었어. 도전 5강 대부분 복기할 때 한쪽에 치우쳐 문제를 풀었는데, 조 국수님은 초점이 달랐어. 도전 5강의 발상과 달리 다른 곳에서 실마리를 찾은 거야. 난 그걸 보면서 초일류와 일류의 차이라고 느꼈어."

바둑은 흑백이 3~4선에서 터를 잡으면 포석이 끝나고 중반전에 돌입하는 것으로 간주한다. 체스는 흑백 서로 캐슬링을 마치면 오프닝이 끝나고 미들게임(중반전)에 돌입했다고 할 수 있다.

영하는 눈을 떠 대국 중 처음으로 정면에서 우고 선수의 얼굴을 지그시 쳐다보았다.
지금 국면은 체스-960이라는 거칠고 기묘한 변수가 사방에 깔린 변형체스에서 벗어나 표준체스와 다름없었다.
우고는 중반전의 실마리를 시나브로 올라가는 철학자의 흑 폰을 견제하는 의미에서 찾는다고 짐작할 수 있는 정황이었다.
철학자 기보를 단단히 검토한 선수의 조심성이라 할 수 있었다.
지금껏 세계적인 체스 GM들이 나가떨어지는 장면은 슬금슬금 오른 철학자의 폰 하나에 의해서 몇 수 뒤에 벌어졌다.

-우고. 내 기보를 열심히 검토한 거야?

철학자는 그렇게 묻는 얼굴이었다.
우고는 체스판에 얼굴을 파묻고 폰을 주시하고 있었다.
이젠 우고 선수의 장점인 체스-960 형태는 사라졌다.
누가 봐도 누구의 수읽기가 더 깊은가, 거기에 승패가 걸렸다고 할 수 있었다. 대국 시간도 엇비슷하게 많이 남아 있었고, 누가 더 유리한지 선불리 점칠 수도 없는 국면이었다.
우고의 머릿속에 암기된 체스-960의 인공지능 수법은 지금부턴 무용지물에 불과했다.

노래의 의미

국면은 서로 불리할 것도 유리할 것도 없이 흐르고 있었다.
영하는 우고의 얼굴에서 시선을 옮겨 스치듯 초시계를 살폈다.
넉넉한 시간을 확인하고 일어섰다.
관전자 모두 그 대국을 주시하다가 놀라고 있었다.
체스 철학자는 사이보그처럼 대국하던 중 상대 선수와 초시계를 번갈아 살피더니 일어선 것이다.

-차를 주문하려고?

모두 그런 눈길로 살피는데 철학자는 시선을 내리깔고 천천히 카페 밖으로 걸어 나갔다.
보스는 철학자의 표정을 주시하고 있었다.
그의 눈빛과 미세한 주름까지도 세밀하게 관찰하고 있었다.

-설마, 우고 선수가?

아닐 것이다, 단정 지으며 철학자의 옆모습이 보일 때 자리에서 일어서서 같이 따라 나갔다.

선수단 대부분 스쳐 갔던 철학자 행동을 재생하듯 따라나섰다.
기정은 영하의 뒷모습이 현관을 나설 때 일어섰고, 다은은 그 옆에 꼭 붙어서 따라 나갔다.
선수단이 짐작한 대로 영하는 늘 노래 부르던 그 자리에 섰다.
철학자는 잠시 호흡을 가다듬고 혼자 노랠 불렀다.
보스는 기정 팔을 툭 치면서 철학자가 왜 노랠 부르는지 얼굴로 묻고 있었다. 그럴 리는 없지만 설마?
그런 얼굴로 혹시 불미스러운 일인가, 묻고 있었다.
기정은 아니라고 고개를 가로저으며 영하에게 다가갔다.
삐룰로는 처음 대하는 광경에 놀라면서 자비드를 쳐다보았다.
자비드는 현관 앞에서 철학자의 모습을 유심히 살피고 있었다.
마치 철학자의 수상한 행동은 없는지 관찰자의 눈매였다.

놀랍게도 이번엔 기정과 다은이 팝송을 부르기 시작했다.
그 둘은 노래를 마친 철학자의 뒤에 서서 듀엣으로 불렀다.
기정은 철학자의 매니저로 대부분 익히 알고 있었다.
다은은 이번에 처음 참여한 오 여사 딸로서 카페에서 인사할 때 소개했으며 같이 참관한다고 말했다. 철학자가 가요로 노래할 때는 못 알아듣던 선수단은 듀엣으로 팝송을 부르자 그 의미를 알아챘다. 기물 명칭은 없지만, 체스 행마의 가사가 들려왔다.

체스의 고백

한 발씩 앞으로만 걸어가 나만이 할 수 있는 멋진 변신은 꿈의 나라에 들어서는 마법의 탄생.

앞으로도 옆으로도 못 가고 삐딱하게 달리지만 밝음과 어둠의 세계를 멀리서도 지배한다네.

너의 손길에서 네모 위에 흐르는 낭만적인 음률에 맞춰 춤추며 나만의 노래를 불러.

멀리까지 단숨에 갈 수는 없지만 걸림도 막힘도 없이 뛰어넘는 자유로움에 나는 행복해.

화려하게 꾸며지는 아름다움은 그 존재만으로 만인의 부러움과 두려움으로 주위가 빛나네.

다 가진 것처럼 늠름해 보이지만 지켜주던 소중한 친구를 눈앞에서 잃는 슬픔이 너무 커.

이기기 위한 건 가장 아래야.

즐기기 위한 건 그다음이야.

내 안의 나를 찾아가는 과정이 최고야.

내 안에 가득한 아름다운 별세계에서 함께 춤추며 함께 놀다가 나를 찾아 내가 떠나온 곳으로 돌아가고파.

나는.

Confession of Chess

Step forward, one step at a time—
The wonderful transformation only I can achieve
Is the birth of magic that leads me into the land of dreams.

I cannot move forward or sideways,
But I stride diagonally,
Ruling over the worlds of light and darkness from afar.

With the touch of your hand,
I dance to the romantic melody flowing across the squares,
Singing my own song.

I cannot reach far in a single bound,
But I am free, leaping over obstacles without hindrance,
And that freedom makes me happy.

The beauty adorned in brilliance,
Its mere existence draws admiration and fear,
Illuminating everything around it.

I may seem dignified, as if I own everything,
Yet the sorrow of losing a cherished friend
Who once stood by my side is unbearable.

Winning comes from the lowest rank,
Enjoyment follows after.
But the greatest journey is the one of finding myself within.

Dancing and playing in the beautiful world of stars within me,
I long to find myself and return to where I once came from.

"철학자가 노래도 잘하네."

누가 그렇게 소곤거리고 철학자가 노래를 끝내고 막 돌아설 때 가사를 번역한 팝송을 듀엣으로 화답하듯 부르기 시작했다.

정오로 가던 햇살이 철학자의 얼굴을 유난히 빛나게 비추고 있었다. 참관인들은 노래하는 철학자 뒷모습을 보다가 노래하는 기정과 다은의 뒷모습과 철학자의 정면을 보게 된 상황이었다.

"저 노래가 원래 발표된 곡이었어?"

제프리가 케빈을 쳐다보며 나지막이 물었다.

"몰라. 나도 팝송으론 오늘 처음 들어."

신기한 듯 쳐다보며 귀 기울이는 사람도 있었다.

"보고 또 봐도 신비스럽네."

디마는 혼잣말로 그렇게 중얼거렸다.

나는 서너 번은 경험한 적이 있어 철학자 노래를 들으면 마음이 안정되었다. 노래가 끝나면 철학자는 승리를 가져올 테니까.

내가 그런 생각을 할 때 갑자기 기정과 다은이 팝으로 노래를 부르기 시작하여 나는 깜짝 놀랐다.

-내가 쓴 시(詩)가 언제 팝송이 되었지?

한 번도 들어본 적 없는 나의 시가 번역된 팝송 가사였다.

다은과 기정이 선창하는 것으로 보아 다은의 작품 같았다.

둘의 화음으로는 한두 번 부른 솜씨가 아니란 느낌이 왔다.

-그런데 이건 무슨 정경인가?

영하의 얼굴이 환하게 빛나고 있었다.

후광이 아니라 빛이 잠깐 머문 것처럼 그렇게 보였다.

숲속의 좁은 나뭇잎 사이로 햇살이 한 곳에 비출 때 나타나는 그런 빛줄기처럼 강렬한 빛이었다.

마치 노래 가사에 나오는 기물들이 정령이 되어 환한 기운으로 머무르는 그런 마법 같은 현상이었다.

마음으론 킹부터 퀸, 룩, 비숍, 라이트, 폰에 이르기까지 기물 형상으로 빛의 모양이 굴절되며 순서대로 나타나 주면 좋겠다는 바람이었다. 물론 말도 안 되는 바람이지만, 모두 놀라워 두려움에 떨게 만드는 신비한 형상의 빛.

철학자가 노래하려면 돌계단을 두어 개 내려가야 하는데 계단 옆 단풍나무 잎새 사이로 햇살이 철학자 얼굴에 비추고 있었다.

그런데 다시 더 놀라운 일이 눈앞에 펼쳐졌다.

평소 영어가 어눌하기만 하던 체스의 철학자가 그 팝송을 따라 같이 부르는 것이었다. 듀엣에서 트리오로 화음을 이뤄내었다.

기정과 다은 뒤에서 철학자도 뒷모습을 보이며 팝송을 불렀다.

놀라워하는 건 나뿐만이 아니었다.

평소 별로 말이 없고 영어도 서툰 듯한 체스의 철학자가 저토록 팝송을 잘 부르다니. 다들 그런 얼굴이었다.

보스는 놀라움의 연속이지만 한편으론 시간이 염려되었다.
지금도 카페 안 철학자의 대국 초시계는 돌아가고 있었다.
그런데 대국자와 매니저까지 나서서 노랠 부르고 있다니.
보스가 그간 지켜본 철학자의 노래 부르는 행위는 상대에 대한 불순한 기운을 걷어내고 스스로 한 점의 불순물도 남기지 않고 모두 토해내는 요식 행위로 비쳤다.
지금까지 체스 진행 과정이나 심리적인 부담을 모두 걷어버리고 지금 장면부터 오직 순수한 내면으로 새롭게 체스판을 대한다는 의미로 받아들였다. 기정은 확신할 수 있으며, 다은은 어렴풋이 느낄 수 있었다. 후광이 우리의 등 뒤를 비추고 있다는 것을.

작년 초여름

영하가 체스의 고백을 부른 후 "가사를 어디서 구했냐?"
기정이 물었을 때 카페 안의 시라고 말해주었다. 기정은 시를 휴대전화로 사진 찍은 후 가끔 영하를 흉내 내며 흥얼거렸다.
그때 체스를 제법 둘 줄 아는 다은이 "완전 체스 기물이 춤추며 움직이는 것 같아. 가사가 너무 멋지다." 라며 그 가사를 기정의 휴대전화에서 자신의 휴대전화로 공유했다.
얼마 후 다은은 그 가사를 번역하여 팝송으로 만들었다.
다은은 기정과 둘이 혹은 영하와 셋이 함께 흥얼거렸다.

그 팝송은 묘하게도 솔로로 부르는 것보다 듀엣 혹은 트리오로 화음을 넣으며 부를 때 더 감칠맛과 여운을 남기고 있었다.

노래는 영하가 대국 중 부르면 늘 승리의 수를 부르는 행운의 노래였기에 둘 혹은 셋이 걸어 다니거나 차를 타고 갈 때 가끔 콧노래처럼 흥얼거리면 다 같이 부르게 되는 노래였다.

어느 한 사람이 기분이 처져 있을 때 그 노래를 흥얼거리면 다 같이 따라 부르게 만드는 매력이 담겨 있었다.

기운을 부르고, 승리를 불러오며, 행운까지 부르는 노래였다.

둘 혹은 셋은 팝송으로 한 번 부르고 흥이 솟으면 가요로 한 번 더 부르기도 했는데, 서로 절차가 바뀌는 경우도 비일비재했다.

체스를 아는 사람이라면 솔깃하여 귀담아들을 만했다.

체스를 사랑하는 힘

솔로, 트리오로 가요와 팝송을 부른 철학자는 돌아섰다.

누구와도 시선을 마주치지 않고 들어와 대국 자리에 앉았다.

초시계의 소비시간을 확인하며 불현듯 '체스의 고백'이 처음 눈에 들어오던 순간이 떠올라 영하는 눈을 감았다.

"선생님. 이건 시인가요? 노래인가요?"

가사를 모두 암기하고 밖에서 처음으로 노래를 부른 후 다음날 선생님께 그렇게 질문했었다.

“시도 노래도 아니야. 그건 체스에 대한 사랑이야.”

그런 담담한 대답이 돌아왔었다.

-체스에 대한 사랑?

-체스를 사랑하는 마음을 담은 글?

“다시 말하면 체스는 그저 체스다. 지금 그대로, 있는 그대로 체스를 사랑해. 어렵게 가든 쉽게 가든 걸어가야 해. 가시밭길만 헤쳐나가면 잠시 후 네가 늘 걸어가던 길이 나타날 거야. 미리 두려움을 가질 필요 없어.”

다시 선생님의 음성이 들려왔다.

“선생님. 전 두려운 게 아니라 길을 찾는 거예요.”

“그래. 그게 길이든 빛이든 지금 눈앞에 보이든 보이지 않든 결국은 한 발씩 걸어가. 체스를 사랑하는 너의 힘을 믿어봐.”

-체스를 사랑하는 힘?

영하는 순간 섬광처럼 지나가는 한 줄기 빛을 볼 수 있었다.

처음부터 겁먹은 것도 아니요, 패배를 두려워한 것도 아니다.

늘 한 번쯤 겪는 어둠 속에서의 한 걸음.

-나를 가장 낮은 곳으로 이끌어 고요하게 만들 수 있을까?

그리고 나를 낮추라는 말을 처음엔 이해를 못 했었다.

온갖 것들이 모두 다가오는데, 왜 나를 낮추어야 하는가?

그 낮춤은 심연과도 같은 깊은 고요함을 일컫는 낮춤이었다.

심신의 미세한 갈등조차 없을 때 창조적 오감이 열린다.
그런 걸 나에게서 내가 스스로 꺼내올 수 있어야 한다.
그게 얼마나 극대화되는지 느껴본 사람만 알 수 있다.
말이나 글로는 길어지지만, 생각은 섬광과도 같다.
찰나에도 여러 갈래 수만 가지 생각이 스쳐 간다.

성동격서(聲東擊西)

체스를 사랑하는 힘- 아름다움을 찾는 길.
감은 눈으로 불필요한 모든 것들을 시야에서 지워버렸다.
앞에서도 뒤에서도 양옆에서도 모두 사라졌다. 체스판 위에서도 눈에 익은 부분들이 모두 사라졌다. 눈에 익은 것만이 아니다. 지금까지 마음에 담고 있던 미세한 분노라든가 염려 등, 그런 심적 갈등도 모두 사라졌다. 미세한 분노란 좋은 위치를 선점한 상대의 기물을 미워하는 것. 그리고 새롭게 다가온 사랑스러운 기물이 영하의 아름다운 눈빛을 기다린다.
영하는 새로운 창조의 눈으로 체스판을 머리에 떠올렸다.
평소 AI 인공지능과 체스 연구하는 우고 선수는 앞서간 GM의 실패 전철을 밟지 않으려고 장고 끝에 한가하게 위로 올라오는 철학자의 폰을 견제하는 수를 둬놓고 있었다.
-통하였는가?

철학자는 그런 눈빛으로 우고를 쳐다본 후 밖으로 나갔었다.

철학자의 흑 폰이 적진으로 슬그머니 더 올라간다면 프로모션 때문에 귀중한 기물과 바꿔치기해야 할 상황이 도래할 수 있다.

우고는 대국 자리에 그대로 앉아 철학자가 노래 부르는 광경을 통창으로 바깥을 지켜보았다.

우고는 체스-960 오프닝이 끝나면 라이트나 비숍 하나의 우위를 점하던가 아니면 최소한 폰 하나 이상 우위를 차지했어야 미들 게임으로 들어가면서 균형을 맞출 수 있는데, 현 국면이 너무 팽팽하여 카페 밖으로 나가 구경할 기분이 아니었다.

영하는 먼 미래를 내다보며 가장 좋은 수를 찾아내야 했다.

AI 인공지능은 현 국면에서 최선의 한 수를 찾는다.

AIQ의 감성은 앞으로 다가올 미래의 수까지 예측하며 기계적인 흐름이 아닌 감성적인 심안으로 생각해낸다.

그것이 본질을 꿰뚫는 AIQ 감성 지능의 능력이다.

철학자는 아닌 듯하면서 성동격서의 전술로 우고를 유도했다.

성동격서란 동쪽에서 공격하는 척 요란스럽게 함성을 지르지만, 실제 공격은 서쪽을 치는 전술이었다.

우고 선수가 조금이라도 앞설 것이라는 체스-960 오프닝이라는 험난한 강을 무사히 건넜으니 이젠 철학자가 공격할 차례였다.

우고는 철학자의 기보를 입수하여 연구를 거듭하고 왔을 터.

예전처럼 폰을 활용하는 척 신경 쓰이게 하는 수법이었다.
백 퀸으로 중앙의 흑 라이트를 대각선으로 노리며 e3에 두었다.
중앙 라이트 외에 딱히 위험 요소가 없다고 판단한 우고는 다른 라이트로 전진하여 흑의 퀸을 공격하며 본인의 퀸으로 다음에 체크메이트를 노리는 멋진 수를 두었다.
이제 철학자가 흑 퀸을 피하면, 룩이 뒤에서 보호하며 백 퀸이 흑 킹 옆에서 체크 한다면 그대로 메이트가 되는 상황이었다.

지금부터 어둠 속에서 꺼내온 절차대로 기물을 희생하며 체크를 연속으로 외치지 않으면 퀸이 쓸모없이 희생되거나 체크메이트 당하는 국면이었다. 이래도 패배 저래도 패배의 길로 들어선다.
철학자는 흑 퀸을 움직여 대각선으로 체크했다.
-헉 저게 뭐야?
-퀸을 저렇게 죽이면서 먼저 체크메이트 하는 수가 있나?
관전자 모두 놀라자빠질 정도로 흑 퀸은 백의 기물을 아무것도 잡지 않으며 체크 하면서 잡히는 수였다.
당장 백에게 어떤 위험한 수가 닥치지 않는 장면이었다.
우고는 그 퀸을 백 폰으로 잡았다.
철학자는 흑 퀸을 잡은 백 폰을 비숍으로 잡으며 체크 했다.
백은 방어할 기물이 없으므로 가장 구석으로 킹이 피했다.

철학자는 하나 남은 라이트로 구석의 킹을 체크 했다.
우고는 폰으로 그 체크 한 라이트를 잡았다.
철학자도 앞에 있던 폰으로 백 폰을 잡으며 뒤에 있던 룩으로 체크 했다. 그런 진행이 이어지며 철학자의 룩까지 희생한 후 멀리서 비숍 두 개가 번갈아 체크 했다.
우고의 킹은 철학자의 폰이 b6에 자리 잡고 있으므로 위로 올라갈 수도 없었다. 우고의 백 퀸은 체크메이트를 노리고 있었지만, 방어에는 활용할 수 없는 위치에 있었다.

-저렇게 멀리 까지 한 치의 빈틈도 없이 수읽기를 했다고?

관전자들이 제각기 감탄을 쏟아내고 있었다.
기정은 영하의 실전에서 퀸을 아무 대가 없이 죽이며 승리하는 대국을 두 번째로 목도 했다. 친구를 믿었지만, 이번 대국은 흑 퀸을 그렇게 죽이는 순간부터 손에 땀이 날 지경이었다.
긴 절차의 수읽기에서 한 수의 오차라도 생긴다면 절망적이다.
우고는 마지막으로 폰을 갖다 대면서 체크를 막았지만, 비숍이 날아가 룩을 잡으며 체크메이트를 피할 방법이 없었다.
어둠 속에서 하나씩 나타난 아름다움이 빛을 발하고 있었다.

10. 개인전

우고 선수는 침통한 얼굴로 구석의 기물을 응시하고 있었다.
한쪽 귀퉁이에 갇힌 채 꼼짝달싹할 수 없는 킹을 고개 숙이고 내려다보면서 울고 있는 게 아닌가 싶을 정도였다.
아직 대국 중이고, 서로 대국 시간은 많이 남아 있었다.
엄청난 우승 상금이 걸려있는 결승전이 너무 속도전으로 가는 것이 아닌가, 우려의 눈총을 받으며 중반까지 달려왔다.
철학자가 노래 부르고 온 뒤 급전직하의 지경으로 치달았다.
참관인 모두 체스판에서 체크메이트를 두 눈으로 확인하였지만, 아무도 움직이지 않았고 입도 열지 않고 숨만 쉬고 있었다.
체크메이트를 모르고 대국자의 분위기만으로 승패를 파악하는 사람이라면 이 경기에 개인적으로 오백만 불을 베팅하며 가장 큰손인 최 대표뿐이었다.

우고는 대한민국에 입국하기 전 전달받은 철학자의 체스 기보를 연구하면서 적어도 폰 하나에 의한 절망이나 어처구니없는 퀸의 희생 플레이에는 당하지 않을 것이라고 다짐했었다.

그러나 지금 결국은 폰 하나에 의하여 장고하였고, 주춤거리다 양 비숍에 의하여 체크메이트 당했다.

청소년기를 다 바쳐서 심혈을 기울이며 오로지 초지일관 10년 이상 연구해온 체스-960경기에서 상대를 체크메이트로 승리하기까지 단 한 수만 남긴 상태에서.

우고는 불그스레한 얼굴을 들어 말없이 철학자를 쳐다보았다.

-이런 수는 언제부터 읽고 있었나요?

우고는 그렇게 묻고 있었다. 눈빛만으로.

나는 알고 있었다. 기정도 보스도 알고 있을 것이다.

이런 분위기를 여러 번 접했으므로.

그 눈빛에는 허탈이 오고 경이로움도 함께 들어있었다.

그리고 무엇인가, 매우 아쉬운 눈매를 나타내고 있었다.

내 눈에만 그렇게 보이는 걸까?

그런 생각이 들 때 우고는 오른손으로 킹을 들고 만지작거리다 체스판 위에다 옆으로 눕혔다.

《우레와 같은 박수 소리》라는 표현은 이때 어울릴 것이다. 침통한 우고, 사색이 된 삐룰로와 자비드. 그 3인 외 20여 명은 모두가 아낌없는 박수로 축하하고 있었다.
경기가 진행되는 기간 삐룰로의 거만한 행동에 기분이 상했던 선수단은 패자에 대한 배려가 전혀 보이지 않는 행동이었다.

보스가 철학자의 우승 확정 발표 후 선수단은 대국 내용에 대해 각자 의견을 내며 시끌벅적한 잡담으로 이어지고 있었다.
보스는 한바탕 웃고 싶었으나 참느라고 얼굴을 씰룩거리기까지 하면서 애쓰는 표정이 역력했다.
"케빈. 일주일간 총괄 진행하느라 고생했어. 그리고 철학자의 우승 축하해. 나중에 본부로 영전하면 크게 한턱 쏴!"
제프리가 위로와 함께 기꺼이 축하해주었다.
그리고 곧 CIA 본부로 복귀한다는 소문을 기정사실처럼 말했다.
"자네 덕분에 체스-960경기가 열린 거야. 나야말로 진심으로 고마워. 제프리. 내가 본부로 가면 기대해도 될 거야."
보스-케빈은 제프리에게 고마워하는 마음이 진심이었다.
제프리가 미국에서 전폭적으로 지원하지 않았다면 이 체스-960 경기는 성사되기 어려웠을 것이다. 제프리는 지난 강릉 경기에 참여했던 후원인 모두에게 한 번 이상 전화하여 설득하였다.

“철학자. 진심으로 축하합니다. 정말 경이로운 실력입니다.”

제프리는 보스 옆에서 선수단에 축하 인사를 받는 철학자에게도 경의를 표하며 축하해주었다.

“고맙습니다. 제프리.”

영하는 제프리에게 허리 숙이며 깎듯이 예를 표했다.

선수들은 철학자에게 축하 인사를 짧게 건네고 물러나 있었다.

본인들이 주장하여 체스-960경기가 열렸고, 모두 패배했으므로 짐짓 즐거운 표정을 짓지 못하고 있었다.

선수들은 본인 패배의 아픔보다 철학자 우승의 기쁨을 드러낼 수 없는 속내를 감추느라 웃음을 삼키고 있었다.

후원인에게 미안함과 두 배 이상의 배당이 어른거렸다.

최창해 대표 부부와 오정훈, 다은과 기정은 일찌감치 무리에서 빠져나와 카페 밖의 미니골프장 테이블에 앉아 있었다.

다른 때 같으면 기정은 영하 옆에서 마무리했을 테지만, 지금은 다은 가족을 챙기며 궁금증을 풀어주는 걸 비중 있게 여겼다.

하얗게 질린 삐룰로, 풀죽은 자비드, 중죄인처럼 얼굴을 똑바로 들 수 없었던 우고, 셋이 미니골프장 한쪽에서 심각한 대화를 나누는 모습을 기정은 멀지 않은 위치에서 지켜보고 있었다.

"보스. 잠깐 대화할 수 있나요?"

자비드의 요청. 보스는 카페 밖 현관 앞에서 대화를 시작했다.

"경기 진행에 무슨 문제라도 있나요?"

보스는 혹시나 불미스러운 점이 나타났는가 살짝 긴장했다.

"아, 보스. 그런 건 아니지만 우고 선수가 억울하다는 심정을 토로하길래 대화 후 제안 하나 하고자 합니다."

"그래요? 진행 과정에 문제가 없었다면 다행이고… 어떤 제안을 한다는 겁니까? 자비드."

"우고는 처음부터 많은 인원이 좁은 장소에서 차를 주문하며 어수선한 분위기에서 대국할 줄은 정말 몰랐다고 털어놨습니다. 더구나 여덟 명의 선수 외 열 명이 넘는 참관인이 어수선하게 관전할 줄도 미처 예상하지 못했다고 합니다. 그리고 그렇게 큰 금액의 베팅이 걸리는 줄도 몰랐답니다. 오늘도 이십 명이 넘는 참관인으로 인해 대국 집중에 어려움을 겪었다고 합니다."

자비드는 우고의 대국 때 고충을 늘어놓고 있었다.

진행상에 아무런 문제도 불거지지 않은 것에 안도한 보스지만, 종국 후 우고 선수의 고충을 길게 듣는 것도 탐탁지 않았다.

"자비드. 우고의 경험 부족으로 인한 고충을 충분히 알겠는데, 요점만 정리해서 말씀하시면 안 될까요?"

보스는 다른 이들과 기쁨을 꾹꾹 누르며 대화하고 싶었다.

“우리 셋이 상의한 내용인데 철학자와 우고 선수가 개인적으로 한 번만 더 대국하고 싶습니다. 보스.”

“음. 우고 선수가 억울하다는 건 많은 참관인으로 인해 대국에 집중할 수 없었다는 거고, 참관인을 물리고 체스 한판을 조용히 더 두자는 겁니까? 자비드.”

보스는 가장 점잖은 단어로 물었다.

-우고 선수가 철학자에게 설욕전을 하자는 겁니까?

케빈이 현 상황에 대해 이렇게 노골적으로 물을 수도 있었다.

-(설욕전)도 우고가 「복수」하고 싶어 합니까?

이렇듯 거칠게 반문할 수도 있었으나, 밀당하는 대화에 노련한 케빈은 최대한 점잖은 단어 선택과 말투로 일관했다.

“맞습니다. 보스.”

“음. 대국 조건은 상의했습니까?”

“네. 내일 선수단이 철수하면 모레 일요일 오전 간소한 인원만 입회하여 철학자와 우고 선수가 체스-960으로 대국하는 겁니다. 베팅 액수는 각각 삼백만 불이 적당할 것입니다.”

자비드 쪽에서 삼백만 불 준비할 테니 이쪽도 그 금액을 맞추어 개인전을 벌이자는 제안이었다.

“그럼 대국자 간의 대국 진행 조건은 나왔습니까?”

“그렇습니다. 보스. 오늘 대국에서 우고가 백번이었으니 다음 대국은 우고가 흑번이며, 대국 시간은 오늘처럼 각 1시간 30분 타임아웃제이며 대국 번호는 무작위로 뽑는 조건입니다”

자비드는 선수 간 미묘한 신경전으로 갈 수 있는 흑백 차지를 공정하게 내걸었다. 불공평을 핑계로 거절하는 구실을 없앴다.

“그럼… 베팅하는 삼백만 불은 어떻게 할 예정입니까?”

“철학자 쪽에서 오늘 개인 대국을 승낙해준다면 내일 오후까지 보스의 계좌로 입금하겠습니다.”

자비드는 개인전을 성사시키기 위하여 비교적 공정하고 짜임새 있게 조건을 제시했다.

철학자 쪽만 상의하여 승낙한다면 일사천리로 개인전이 진행될 조건이었고, 조짐이었다.

“자비드. 알겠습니다. 일단 철학자 쪽에 의사 타진을 해보도록 하겠습니다. 잠시 기다려주십시오.”

보스는 카페 안의 철학자를 데리고 나와서 최 대표와 그 일행이 앉아 있는 자리로 갔다.

보스의 제안을 듣고 있는 철학자 일행은 자비드 쪽을 살폈으며, 자비드 일행은 이쪽을 힐끔거리고 있었다.

"전 늘 철학자를 존경합니다. 저에게도 개인전 대국에 기회를 주신다면 얼마든지 베팅할 각오가 되어 있습니다. 그럼 다 같이 상의해보시고 결정되면 말씀해 주십시오."

설명을 마친 보스는 그렇게 당부하고 돌아섰다.

그리고 몇 발자국 걸어가다 되돌아왔다.

"아, 제가 빠뜨린 게 하나 있었는데… 이번 리그전의 배당금은 정산 후 내일 오후까지 각자 입금해 드리겠습니다."

"고맙습니다. 보스. 선수단 출국은 언제 예정되어 있나요?"

기정이 어찌 보면 가장 중요한 질문을 던졌다.

기정, 영하는 수중에 실탄이 들어와야 베팅할 수 있었다.

"선수단은 오늘 오후와 내일 오전 중으로 출국할 예정입니다. 오늘 오후에 공항으로 바로 가는 팀도 있고, 내일 오전에 가는 팀도 있습니다."

선수단 일정을 다 파악하고 있는 보스는 개인전 의사만 있다면 모레 대국은 저쪽 조건으로 무난히 치를 수 있다는 의미였다.

"개인전이라 보스도 한발 물러나서 영하의 결정에 따르겠다는 의도인데… 어떡할래?"

카페 안으로 들어가는 보스의 뒷모습을 보면서 기정이 영하의 눈치를 살피며 묻는다.

영하는 삐룰로 일행을 물끄러미 바라보다 시선을 거두었다.

참새 크기의 작은 새 한 마리가 짹짹거리며 날아와 나무 위에서 뭔가 쪼아먹는 광경을 처음 보는 것처럼 영하는 신기한 듯 눈을 떼지 못하고 있었다.

그런 영하의 모습을 모두 주시하고 있었다.

"만일 개인전을 한다면 베팅은 어떡하지?"

영하가 새를 쳐다보며 불쑥 내뱉는다.

"이번에 개인전이 벌어지면 이왕 발 담근 김에 나도 오십만 불 베팅할 기회를 얻을 수 있을까요?"

최 대표였다.

"아빠. 뭐야. 베팅에 재미 들었어? 사실 난 지난번 아빠 때문에 심장이 멎는 줄 알았어."

다은이 퉁명스럽게 치고 나왔다.

"아니. 왜 우리 이쁜 딸 심장이 멎을 뻔했을까?"

최 대표는 능글맞게 대응한다.

"아무리 아빠가 돈이 많아도 그렇지. 정상이라면 체스 한판에 오백만 불 베팅하는 게 정상이야, 비정상이지."

"오, 하마터면 우리 이쁜 딸 심장을 마트 여신의 저울에 올려놓을 뻔했구나. 하하하"

최 대표는 이집트 여신을 끌어와 크게 웃는다.

“아빠. 그렇게 시대에 뒤떨어지는 장난 같은 농담은 그만하고, 지금 닥친 문제를 좀 진지하게 생각하자고요.”

“아빠가 이번 개인전에 전처럼 오백만 불이 아니라 오십만 불 베팅한다니까 좀 쩨쩨하게 보여?”

최 대표는 입가에 웃음을 머금고 딸과의 대화를 이어갔다.

“아빠. 지금 다들 당면한 문제를 진지하게 생각하는데 아빠만 불성실하게 대한다는 걸 아세요?”

“아니야. 다은아. 아빤 지난 결승전에서 오백만 불을 베팅했던 사람으로서 최소 단위의 베팅 액수를 책임지겠다고 나선 거야. 아빤 삼백만 불 몽땅 베팅하라고 요구하면 할 용의가 있어.”

최 대표는 진지한 태도로 말하며 일행의 얼굴을 둘러보았다.

그 말은 진심일 것이다.

누가 들어도 우고와 개인전 베팅에 부담 갖지 말라는 의도인 걸 알 수 있었다. 대국자 영하가 개인전 의사 결정에 앞서 베팅을 먼저 꺼낸 것에 대한 책임감의 발로였다.

“저도 자격이 되면 오십만 불 베팅할 수 있을까요?”

오정훈이 편안한 웃음을 지으며 기정을 보고 있었다.

“오빠가 된다면 저 역시 오십만 불 베팅하겠습니다.”

오 여사도 미소를 지으며 제안했다.

“아니, 외삼촌이나 엄마까지 왜들 그래?”

“다은아. 생각해봐. 엄마 아빠나 외삼촌은 개인전을 불러오게 한 책임이 있는 거야. 김 박사가 리그전에서 우승하여 우리도 상당한 배당금을 받을 텐데, 2차는 모르쇠 한다는 건 원팀으로 도리가 아닌 거야. 돈 욕심은 더욱 아닌 거고.”

오 여사는 차분하게 설명했다.

다은에게만 특정하여 말하는 것이 아니었다. 다 함께 책임지고 마무리하자는 의도라는 것에 모두 공감하고 있었다.

“영하야. 이렇게 하면 어떨까? 세 분이 오십만 불씩, 너와 나도 오십만 불씩, 보스도 오십만 불 베팅한다면 누구나 불만 없이 그리고 부담 없이 개인전을 치를 수 있지 않을까?”

기정은 공평하게 같은 금액을 베팅하면서 불만과 부담을 없애고 평등한 조건으로 개인전을 받아들이자는 의견이었다.

“오, 선수와 매니저도 같은 액수로 베팅한다면 어떠한 잡음도 없겠네. 난 찬성.”

최 대표가 가장 먼저 기정의 의견에 손을 들어주었다.

“나도 거기에 한 표.”

“나 역시 한 표.”

오 여사에 이어 오정훈도 기정의 의견에 한 표를 얹는다.

“그게 가장 평등하겠지? 네가 보스에게 우리 의견을 전달하고 보스가 동의하면 저쪽 제안대로 진행하라고 해.”

기정이 카페 안으로 들어서자 선수들이 우르르 몰려왔다.

"진. 철학자가 개인전 한다고 했어?"

디마가 기정의 팔을 붙잡으며 묻는다.

기정은 직감으로 보스가 자비드의 제안을 선수단에 밝혔다는 걸 알 수 있었다. 어쩌면 내일까지도 남을지 모를 선수단을 확인하면서 드러났을 것으로 짐작할 수 있었다.

"그래. 잠깐 보스와 베팅 문제로 상의해야 해."

"진. 나도 삼백만 불 중 삼십만 불 정도 배팅하면 안 될까?"

디마가 애원하듯 말했다.

"그건 안 돼. 베팅은 이미 다 결정되었어."

기정은 그렇게 대꾸하며 보스에게 다가갔다.

"진. 정말 좋은 의견입니다. 나는 대찬성입니다."

카페 한쪽에서 기정의 설명을 들은 보스는 흔쾌히 수락했다.

"내일까지 여러분이 강릉을 떠나야 할 중대 사안이 방금 탄생했습니다. 하하하. 모레 오전, 최소한의 입회인만 참석한 가운데 철학자와 우고 선수의 개인전이 열립니다. 저쪽의 조건이었는데 철학자가 방금 수락했습니다. 여러분."

"아, 아깝다. 나도 베팅할 수 있었는데……"

보스의 설명을 듣고 디마는 매우 아쉬워했다.

디마의 뒤를 이어 다른 선수들도 한결같이 아쉬움을 토했다.

개인전

일요일

우고 쪽에서 부탁처럼 세부적으로 추가 요구한 내용은 보스가 진행 겸 심판으로 참여하고, 매니저 진, 자비드, 삐룰로, 그리고 철학자 vs 우고, 이렇게만 카페에 입장하는 것이었다.

선수와 입회인의 편의를 제공하기 위하여 카페 주인만 출입을 허용하였으며, 심지어 카페 안주인조차도 움직이면 거슬린다고 대국 시간엔 출입금지시켰다.

대국장 분위기에 까탈스럽고 예민한 편인 우고 선수의 기분을 최적화로 끌어올려 유지하기 위하여 부탁 아닌 요구를 철학자는 모두 수용했다.

-대국 중 밖으로 나가 노래 부르는 것도 금지인가?

그 부분도 요구 조건에 들어가는가 기다렸으나 별말이 없었다.

자기 제한시간 까먹는 것에 대한 행동은 눈감았다.

대국 중 커피 등 마실 차도 대국 자리에 한 잔씩 주문하여 미리 갖다 놓도록 요구하여 그것도 승낙했다.

대국 규정은 리그전과 동일.

오전 8:50.

마주 앉은 철학자 vs 우고 옆 모습과 체스판을 바라볼 수 있는 자리에는 보스가 가운데 앉았다.

오른쪽 기정, 왼쪽 삐룰로, 자비드가 참관인으로 앉아 있었다.

"그럼 대국 번호를 무작위로 추첨하겠습니다."

보스가 말하며 노트북을 손으로 작동했다.

입회인은 앉은 자리에서 고개만 돌려 확인할 수 있었다.

카페 주인인 나만 보스 뒤에서 지켜보는 특별함이었다.

흑번의 우고와 백번 철학자는 체스판 위에 본인 앞의 2선에 폰 여덟 개씩 올려놓고 기다렸다.

"대국 번호 183번."

보스는 간결하게 번호만 불렀다.

지난 리그전에선 보스가 대국 번호를 부르면 매번 척척 기물을 배치하던 우고는 오늘 가만히 앉아 있었다.

정적 속에 1분 정도의 기다림이 흘러갔다.

"그럼 백 a1부터 기물을 부르겠습니다. 나이트, 룩, 비숍."

보스는 거기까지 부른 후 철학자가 기물을 정확하게 배치하는지 확인하면서 잠시 멈추었다.

"나이트, 킹, 룩, 퀸, 비숍."

철학자는 보스가 부르는 순서로 백 기물을 하나씩 올려놓았다.

오전 9시.

단출한 인원이 긴장 속에 대기하고 있었다.

"대국 개시합니다."

보스의 개시 선언과 동시에 우고는 초시계의 흑 꼭지를 눌러 백 시간이 가도록 했다.

철학자는 본인의 시계가 작동하는 걸 확인한 후 명상에 들었다.

*　　*　　*

최 대표 가족은 개인전에 베팅했으나 입회인 자격으로 참관하지 못한 채 밖에서 차를 마시며 조용히 미니 골프를 치고 있었다.

카페 바체프에서 미니 골프 치는 방법은 두 가지였다. 하나는 한 지점에서 홀에 넣을 때까지 다섯 번 기회가 주어진다. 다른 하나는 한 번 친 후 공을 따라가서 홀에 넣는 방법이다.

18홀까지 치고 점수로 순위 결정. 그리고 순위가 역전될 기회로 특별코스에서 -10점을 놓고 오목 만들기 시도.

두 방법 모두 다섯 번의 기회가 주어지며, 다섯 번의 퍼팅에도 홀인 못하면 벌점 1점을 더하여 6점으로 기록지에 적는다.

가족들은 대국에 방해 없이 골프를 즐기기 위해 같은 자리에서 다섯 번 치기로 합의하고 움직임을 최대한 줄였다.

우고 선수가 대국 중 작정하고 일어나서 보거나 듣지 않는 한 최 대표 가족의 골프 치는 모습을 볼 수 없었다.

블라인드 폴드(Blindfold)

어제는 다은네 가족과 소금강을 산책 걸음으로 다녀왔다.

가는 길에 율곡 선생이 새겼다는 유상대 바둑판도 소개했다.

저녁 무렵 카페에서 대화 중 화제가 되었던 명상이 떠올랐다.

“조금 전 이집트 체스를 다시 보면서 문득 생각난 건데, AI는 사랑하는 마음의 느낌을 측정할 수 있을까요?”

다은이 엉뚱한 화제를 불쑥 꺼내들었다.

“사랑하는 마음의 느낌? AI가?”

기정이 이상한 듯 되물었다.

“아, 느낌보다는 그냥 사랑하는 마음이라야 맞겠지요?”

“AI가 아직 거기까지 도달하지 못했을걸.”

다은과 기정이 그런 대화를 주고받고 있었다.

최 대표 부부와 오정훈도 그저 재미있다는 표정만 지었다.

-AI 인공지능은 인간적 사랑? 인간적 느낌? 그런 건 인간지능을 갖추기 전 아직까진 측정 불가라고 생각했다. 측정 가능하다면 내가 체스를 얼마나 사랑하는지 AI는 무게나 부피, 느낌 따위를 수치로 나타낼 수 있을까?

옆에서 둘의 대화를 들으며 그런 생각을 했다.

“아까 영하 오빠가 소금강을 다녀오면서 하던 말이 생각나서 그냥 말해 본 거예요.”

“그래? 어떤 말이?”

기정이 다시 묻는다.

“사범님과 대화 중 오로지 체스를 사랑하는 마음으로 대국하라는 말씀을 들었고, 그런 마음가짐으로 우고 선수와 대국했다는 대목이요.”

“등산하면서 힘들었을 텐데, 그런 대화할 여유가 있었네. 맞아. 나랑 영하와 그런 대화를 했었어. 어떤 대상을 사랑한다는 건 그 대상에게서 아름다움을 찾는 행위라고 내가 말했었지.”

선생님 설명이 따른다.

“앞으로도 AI는 사랑하는 마음은 나타낼 수 없겠지요?”

“내가 확답할 영역은 아닌 것 같아.”

선생님은 잠시 생각 뒤의 물음표 같은 대답이다.

“AI는 사랑하는 마음을 가질 수 없어 아름다움을 모를 텐데, 체스에서 인간보다 더 좋은 수를 찾아내잖아요. 그냥 막연하게 그런 의문이 들었어요. 영하 오빠 얘기를 들으면서.”

다은의 의문은 계속되었다.

“그건 그렇게 풀어가는 게 아니야. 인공지능은 축적된 데이터를 가동하여 현 국면에서 좋은 수를 찾아내는 거고, 인간지능은 사고로서 좋은 수를 찾아내잖아. 영하가 우고 선수에게 승리할 수 있었던 건 인공지능을 역으로 이용할 수 있었기 때문이야. 아름다움을 찾아내는 건 우주 크기의 사랑이 필요할 거야. 정말 너무 벅차서 심장이 멎을 정도의 크기로. 그런데 AI는 앞으로 진화하더라도 그 느낌을 느낄 수 없을 거야. 누가 그런 느낌을 AI에게 데이터로 축적할 수 있을까?"

"그렇긴 한데 AI는 진화하고 있어서 가능하지 않을까요?"

"사랑이란 우리 눈으로 식별이 안 되는 미세한 틈으로 우주를 바라볼 수 있어야 해. 기계는 그런 마음을 가질 수 없다는 거지. 영하가 체스 대국을 시작할 때, 중간에 눈을 감고 명상에 들 때, 체스를 두 눈으로 살피는 게 아닌 머리로 수읽기 하는 거잖아. 만일 컴퓨터를 끄면 AI 인공지능이 작동이 안 되겠지?"

"히히. 네. 사범님."

"그럼 영하가 체스 대국할 때 눈을 감는 건 어떻게 생각해?"

"영하 오빠 얘기로는 체스 대국에 불필요한 모든 것들을 지워 버리는 시간이라 그랬어요."

"그것뿐만이 아니야. 영하는 불필요한 모든 것을 지워버리면서 가장 아름다운 부분을 찾으려고 노력하는 거야."

"저는 그 부분이 들으면서도 잘 이해가 안 가요. 체스판을 두 눈으로 보면서 생각해도 잘 모르겠는데, 어떻게 눈을 감고 멋진 수읽기를 하며 아름다움을 찾아낸다는 거죠?"

"다은인 체스를 곧잘 둔다고 했지. 혹시 체스의 블라인드 폴드 경기라는 말을 들어본 적이 있나?"

"블라인드 폴드··· 라고 하셨어요? 사범님?"

"그래. 체스의 블라인드 폴드."

"전 잘 모르겠어요."

"눈으로 보지 않고 말로 체스를 두는 행위를 그렇게 불러."

"눈으로 보지 않고 말로 체스를 둔다고요? 사범님. 그게 정말 가능한가요?"

"다은이 놀라며 되묻는 걸 보니 아직 모르고 있었네. 체스의 고수들은 그런 방법으로 체스 공부를 하기도 해."

"영하 오빠. 정말인가요? 오빠도 그런 방법으로 공부했어요?"

다은이 놀라워하며 물어왔다.

"응. GM 정도 실력이면 대부분 한 번쯤 시도해봤을 거야."

영하는 대수롭지 않다는 느낌을 주며 응답했다.

"그럼 기정 오빠도 블라인드 폴드 경기를 해봤어요?"

"영하랑 해봤어."

"어디까지요? 설마 체스를 끝까지 둔 건 아니겠죠?"

"훈련만 쌓으면 승부가 날 때까지 둘 수 있어."

다은은 놀라움에 말을 잇지 못하고 있었다.

“그 정도 갖고 놀랄 일이 아니야. 기록에 의하면 체스의 GM 미구엘 나이돌프(Miguel Najdorf)는 1947년 45개 블라인드 폴드 경기를 동시에 진행했다고 나와 있어.”

“헉, 한 대국도 아니고 45국을 한 사람이 눈을 감고 한 번에 상대했다고요? 1947년도예요?”

“그래. 그런데 그 블라인드 폴드 경기의 기록도 2011년에 FM 마크 랑(Marc Lang)은 46개 경기를 동시 진행하며 이전 기록을 깨뜨리는 신기록을 세웠어.”

“체스에서 FM이면 GM보다 두 단계나 아래의 실력인데, GM이 세운 45국 대기록을 FM이 46국의 신기록으로 갈아치웠다고요? 정말인가요? 사범님?”

-기록은 깨지기 위하여 존재한다?

-블라인드 폴드 경기 세계 신기록은 48국?

“그래. 더 놀라운 건 우즈베키스탄 출신으로 미국에서 대학을 다니며 체스 경기하던 GM 티무르 가라예프(Timur Garayev)가 2017년에 블라인드 폴드 경기로 48국을 진행하며 세계 신기록을 다시 갈아치웠어. 48국은 총 19시간 동안 진행되었다고 해. 현재 기네스에 세계 신기록으로 올라있어.”

선생님의 연이은 기록 경신 설명에 다은도 연신 놀라워하면서 질문 공세를 멈추지 않았다.

다은 뿐만 아니라 둘러앉은 가족 모두 놀라움을 감추지 못하고 자세를 고쳐앉으며 귀담아듣고 있었다.

한결같이 대화를 경청하며 나름대로 상상하는 모습들이었다.

"우와. 단 1국도 놀라운데, 45국, 46국의 기록에 이어 48국의 세계 신기록이 불과 얼마 전에 세워졌다고요?"

다은은 한 번 더 확인했다.

"그렇다니까. 인간의 한계가 어디까지인지 상상이 잘 안 되는 기록들이지."

체스 마스터

그랜드 마스터(Grand master, GM) 2500

인터내셔널 마스터(International Master, IM) 2400

피데 마스터(FIDE Master, FM) 2300

FIDE(세계체스연맹) 클래시컬(스탠더드) 공인 경기 레이팅-2500점 이상이면 GM. 2400점 이상이면 IM. 2300점 이상이면 FM.

클래시컬 체스(Classical Chess) 혹은 스탠더드는 체스 경기에서 각자 1시간 이상의 긴 제한시간이 주어진 체스 대국이다.

“사범님. 전 정말 기록적인 설명을 들으며 상상이 안 가는데, 혹시 블라인드 폴드 경기 말고 다른 체스 경기도 있나요?”

다은의 끈기가 의문을 풀어내고 있었다.

표준체스의 기술적인 면만 익히던 다은은 체스-960을 두 눈으로 경험하면서 경이로움을 느꼈다. 그런데 두 눈을 감고 대국하는 블라인드 폴드가 나타났다. 그럼 다른 변형 체스는?

“그럼. 상당히 여러 가지가 있는데 공식화되지 않았다뿐이지. 예를 들면 바둑에서도 흑이면 흑, 백이면 백, 같은 색깔만으로 연습 대국하기도 하거든.”

“아, 그 대국은 사범님 책에서 읽은 기억이 있어요.”

듣고 있던, 다은 외삼촌(오정훈)이 문득 생각난 듯이 말했다.

“맞습니다. 저의 예전 책을 읽다 보면 원생 중 도장에 다녀온 제자와 그런 일색 바둑을 두는 장면이 나올 겁니다.”

“바둑에선 그런 대국을 일색 바둑이라고 한다고요? 그럼 체스에서는 뭐라고 하죠? 사범님.”

“바둑에서 일색 바둑이라고 하는진 나도 명칭은 잘 모르겠어. 체스에선 일색 체스를 (One-Color Chess)라고 명칭이 나와 있어. 높은 기억력이 요구되며 난이도가 상당한 체스지.”

여기쯤에서 잠시 대화가 멈추었다.

체스의 세계에서 상상의 나래를 펴는 몽환적인 얼굴도 있었다.

크리에이티브(Creative) VS 크리에이티비티(Creativity)

“사범님. 블라인드 폴드와 영하 오빠의 명상과 어떤 연관성이 있어서 대국 중 눈을 감는 걸 말씀하신 건가요?”

“하하. 연관성이 분명히 있지. 미국 대학의 졸업반인데 미안한 질문 하나, 크리에이티브(creative) 의미를 다은인 알고 있지?”

“네. 알고 있어요. 창의적인 행위나 그 결과물 등을 나타내는 의미 아닌가요?”

“맞아. 그럼, 크리에이티비티(Creativity)가 어떤 의미인지도 잘 알고 있겠지?”

“사범님. 둘 다 창의성에 관하여 유사한 의미가 아닌가요?”

“그래. 맞아. 하지만 내가 해석했을 때 차이는 엄청나다고 봐. 크리에이티브는 창의적인 산물이고 크리에이티비티는 창의적인 사고력에 중점을 두고 있다는 거야. 그럼, 여기서 생각해 볼 때 영하와 우고 선수의 차이는 뭘까?”

선생님의 반어법적인 대화랄까, 질문이었다.

문화적인 면에서 다양한 지식을 갖춘 다은, 경험이 다방면으로 풍부한 선생님의 대화가 점입가경으로 흘러가고 있었다.

한 가지 특이한 점은 선생님은 대화에서 영어를 잘 쓰지 않는데 지금 다은을 배려하는 것인지 영어 단어가 나타났다.

-누구 아는 사람 있습니까?

그런 눈빛과 얼굴로 다은은 가족을 한 번씩 쳐다보고 있었다. 그러나 아무도 도움을 주지 않고 각자의 생각에 잠겼다.

“사범님. 제가 공부가 부족해서 차이를 잘 모르겠어요.”

다은은 답을 빨리 듣고 싶은 얼굴이었다.

“다은의 공부가 부족한 게 아니라 내 관심 밖이어서 그렇겠지. 남이 찾아낸 뿌리를 암기하여 내 것처럼 사용하는 것과 내가 그 뿌리를 찾아가며 분석한 건 엄연히 상당한 차이가 나는 거야. 우고 선수는 앞, 영하는 뒤와 같다고 보면 무리가 없을 거야.”

선생님은 또 아리송한 해석을 내놓는다.

-남이 찾은 뿌리의 암기? 내가 분석하며 찾은 뿌리의 차이?

나는 그 낱말을 곱씹으며 이제 어렴풋이 이해되었는데, 다은이 그 차이를 어떻게 해석하며 찾아내는지 궁금했다.

“사범님. 혹시… AI 인공지능과 연구한 내용 그대로 체스판에 퍼 나르는 행위와 독창적인 감성으로 한 번 더 사고하는 행위의 차이를 말씀하시는 건가요?”

선생님은 기어코 다은이 스스로 해답을 찾도록 할 것이라 믿었는데, 다은은 내가 이해한 정답에 가까운 이론으로 묻고 있었다.

“다은이는 내가 원하는 차이의 정답을 찾아낼 줄 알았어. 타인이 뭐라 해도 난 그렇게 생각해. 인공지능 최상의 대국 수법을 결과로 암기하여 두는 것과 인공지능을 통한 내용으로 인간의 감성과 조합하여 새로운 형태로 능력을 발휘하는 차이 아닐까? 즉 고착과 유연의 차이라고도 할 수 있겠지.”

선생님은 설명하면서 다은을 그윽한 눈으로 바라보고 있었다.

가족들 앞에서 대놓고 대학졸업반을 칭찬하기에는 낯간지러운 면이 있기에 참고 계신다는 걸 느낄 수 있었다.

“고등학교를 졸업할 즈음 두 단어를 접하면서 어원의 뿌리도 알게 되었어요. 사범님 해석을 들으며 창의적 문제 해결 능력에 대해 지금 막 명확하게 느끼게 되었어요. 어느 부문이나 통할 수 있다는 것에 놀랍기도 하고요.”

다은은 창의성의 구분과 쓰임새에 대해 말하고 있었다.

그 이면엔 내가 우고 선수보다 간발의 차이로 앞서가는 이유도 알겠다는 의미도 내포되어있었다.

우고보다 체스-960을 인공지능과 대국하며 연구, 분석의 기간은 훨씬 짧을 테지만, 컴퓨터를 다루는 솜씨는 월등하다고 믿는다. 창의적인 면에서 조금이라도 앞설 것이라는 믿음까지도. 나는.

사색(思索)

영하는 입가에 때아닌 미소가 번지며 눈을 떴다.

여유로운 표정으로 첫수는 중앙 d2의 폰을 두 칸 올렸다.

초시계의 백 꼭지를 누르며 4분 정도의 명상시간을 확인했다.

-개인전 철학자 vs 우고 183번 NRBNKRQB

흑도 빠르게 d7 폰이 두 칸 올라오며 폰끼리 부딪혔다.

백 d1 나이트가 c3으로 나가며 흑 중앙 폰을 노렸다.

영하는 최대한 표준체스처럼 포진하려는 전략을 세웠다.

흑은 a8 나이트가 b6으로 나오며 폰을 방어했다. 백 e2 폰 e4로 두 칸 올라가며 흑에게 폰을 잡으라고 압박했다. 초반 오프닝은 누가 봐도 표준체스와 엇비슷하게 백의 의도 대로 흘러갔다.

흑 e7 폰 한 칸 올림. 백 c비숍 f4 진출. 이제 백은 캐슬링도 할 수 있으며, 중앙의 요소도 선점하는 중이었다. 우고가 자랑하는 체스960의 무질서를 현란하게 지휘할 여지를 좁혀 나갔다.

우고 선수는 빠르게 몇 수 진행하다가 여기서 잠깐 멈추었다.

이렇게 진행되면 중후반에서 괴력을 보이는 철학자를 당할 수 없다는 위기의식을 이르게 깨달은 것일까.

보스는 리그 결승전과 달리 개인전 기보를 기록하지 않았다.

기계는 아름다움을 찾고자 하는 인간의 감성을 느낄 수 없다.
단지 인간이 경험적으로 찾아낸 아름다움이 축적된 엄청난 양의 데이터에서 장면마다 그저 한 수만 추출할 뿐이다.
인공지능과 인간지능의 결합체인 〈AIQ〉 그건 곧 지혜이다.
인공지능의 그 장면에서 뽑아낸 수는 단지 지식이다.
인공지능은 상대의 그 수가 왜 은은하게 아름다운지 모른다.

꼭 이겨야 한다는 호승지심은 나의 유한대의 뇌 능력 발휘에서 이미 일정 부분 스스로 갉아먹고 들어가며, 그건 수읽기 능력을 그런 생각의 부분만큼 저하시키는 행위이다.

커피를 한 모금 마신 우고는 얼굴이 약간 어두운 빛이 드리우고 있는 듯 보였다. 성큼 앞서간 백 발자국을 몇 걸음 따라가다가 '이건 아닌 것' 같은 느낌으로 고개를 들어 주변을 살펴보는 어린아이의 긴장된 눈길과 두려움의 몸짓으로 보였다.

내가 지켜보는 우고 선수는 지금 극한 외로움을 느끼고 있다는 생각이 들었다. 우리 카페에서 매번 체스 리그전을 벌일 때마다 지켜본 체스 고수들의 갈등이 빚는 표정으로 짐작할 수 있었다.
어디로 가야 할지 모를 때의 그 표정과 눈빛.

“어느 철학자. 외로움은 홀로 있는 괴로움을 표현하는 말이며, 고독은 홀로 있는 영광을 표현하는 말이다.”

나는 이 표현을 여러 곳에서 즐겨 인용한다.
나는 그 말이 멋지다고 거기에 그치는 게 아니라 외로움을 떨쳐 버리고 그게 무엇이든 고독하게 연구한 것으로 내가 만족한다면 그 고독했던 마음도, 흘러간 내 시간도 충분히 보상받을 것이란 의미가 내포되었기 때문이라고 말하고 싶은 것이다.
성과는 홀로 선 즐거움으로 다가온다.
우고 선수는 고독이 아니라 외로움을 느끼는 것이 아닐까?

10여 년을 오로지 체스960만 연구한 그의 체스 수들이 상대에게 읽히고 있다는 느낌이 들 것이다. 마음을 읽히듯이, 수법이 미리 읽히면서 한 발짝 뒤에 걸어가는 느낌을 받았을 것이다.
그렇게 힘없이 패배한 것이 마치 대국장 분위기의 영향을 받은 것처럼 패배에 대하여 변명하며, 대국 환경을 바꿔서 한 번 더 겨루어보고 싶다고 간청했을 것이다.
그러나 콧김 쐬며 겨루어본 체스 철학자의 막강한 체스 실력을 불인정하는 건 아니었다. 미세한 억울함이 가슴속 작은 멍울로 남아 있기에 털고 싶었을 것이다.

*　　*　　*

결승전이 끝난 날 미니골프장에서 바라본 하늘이 떠올랐다.

구름은 하늘에서, 내 가슴에서 여러 형태로 떠가고 있었다.

잠시 쳐다보는 구름에서 청량함도, 새털 같은 가벼움도 보이고, 그리고 묵직한 비구름이 몰려온다면 대지를 적시며 온갖 나무를 살찌우고, 이름 모를 꽃들을 화려하게 피우고, 목말라 누워버린 세상의 잡초를 일으켜 세울 것이다.

그토록 자신하던 체스960 승부에서 분명 패배했는데, 왜 어떻게 패했는지 모르고 그저 아픔만 남았었다.

체스960 모든 오프닝과 중후반까지 정답 같은 좋은 수만 암기한 대로 두지 않는다면 내가 생각해낸 수를 둘 수 없다는 건가?

체스의 정답을 꼭 인공지능에서 찾아야 하는 걸까?

지금 내 앞의 상대는 매우 자유로운 착상으로 즐기면서도 좋은 수를 찾아간다. 그런데 나는?

쥐어짜듯 암기력에 의존하여 인공지능적인 수만 찾고자 한다.

이런 수로 한 번 패배를 맛봤는데 또 같은 길을 걸어야 할까?

지금부터 나만의 수를 찾는다면 난 과연 그런 수련으로 실력을 다져온 상대를 이길 수 있을까?

*　　*　　*

정적으로 세상이 멈추었다.

그러나 우고 선수의 초시계는 돌아가고 있었다.

그리고 우고 선수의 심장은 불규칙하게 뛰고 있었다.

아무리 괴로워도 결국 나 혼자 헤쳐가야 하는 체스판이다.

내가 내 걸음으로 나아가지 않으면 어디라도 갈 수가 없다.

가치도 느끼지 못하고, 내 마음도 다스리지 못하고, 내 속내를 드러내지도 못하고, 또 패한다면 앞으로 체스를 둘 수 있을까?

나는 우고 선수가 극한 외로움과 전의를 불사르려는 마음에서 갈등을 일으키고 있다는 것을 짐작할 수 있었다.

우고 선수의 체스960 특징이 전혀 보이지 않는 오프닝 몇 수에 드러난 형태가 나로 하여금 그렇게 지레짐작하게 했다.

-체스960 귀재로서 판 전체를 휘저으며 지휘한다는 마에스트로.

-AIQ 개념을 장착한 감성의 표준체스 필로소퍼+콘트라딕션.

둘의 겨루기에 오로지 수읽기만으로 체스 대결이 벌어진다면 그 승부는 과연 누가 우세할까?

*　*　*

이외수 작가는 인간은 네 가지의 눈을 가지고 있다고 설파했다.

육안(肉眼), 뇌안(腦眼), 심안(心眼), 영안(靈眼).

어떤 눈을 개안하느냐에 따라 사랑의 크기도 달라진다.

육안. 가장 저급한 단계에 머물러 있는 눈이다.

육안으로 사과를 바라보는 인간에게 사과는 단지 둥글고 붉은 빛깔의 음식물에 불과하다.

뇌안. 육안과 비교하면 천양지차로 진화된 눈이다.

뇌안으로 사과를 바라보는 인간은 만유인력의 법칙을 떠올린다.

그에게는 탐구가 곧 사랑이다.

그러나 본성에 이르지 못하고 현상에만 머물러 있다.

심안, 현상을 떠나 본성에 이른 눈이다.

심안을 가진 인간은 사과에 감동한다.

그야말로 내일 지구 종말이 오더라도 오늘 한 그루 사과나무를 심는 인간이다.

영안으로 사과를 바라보는 인간은 깨달음을 얻은 자다.

신의 본성과 우주의 본성과 자신의 본성과 사과의 본성이 하나로 보인다.

비로소 삼라만상이 사랑으로 가득 차 있음을 깨닫게 된다.

이외수 작가는 그의 소설과 수필집 등에 그렇게 표현했다.

* * *

“영하 오빠는 꼭 대국 중간에 나가서 노랠 불러야 해요?”

결승전이 끝난 후 다은이 물었다. 본인도 팝송을 부른 날이다.

“나는 마음과 마음이 연결되는 신경망의 씨줄, 날줄에 극미세한 불순물이라도 닿지 않도록 명상에 드는 거야. 순수한 마음이 정신에 닿으면 정신은 다시 불순물을 여과시키고 오염이 하나도 없이 초 섬세한 상태로 변화하거든. 씨줄 날줄 어디에도 하나의 흐트러짐이 없다는 의미야.”

영하의 설명이었다.

영하는 이틀 전 대화하며 체스의 철학자답게 본인은 평소에도 사색을 즐긴다고 했다. 그리고 체스판 위에서도 사색을 즐기며, 고귀하고 경이로운 한 수를 찾아내는 것으로, 사색 하나의 끝을 맺는다고 했다.

영하의 그 말을 들으며, 대국 중간에 밖으로 나가 노래 부르고 들어오는 행위가 사색의 끝맺음으로 대국을 끝내는 단계라는 걸 느낄 수 있었다.

인공지능은 당장 눈앞의 이득만 추구하는 한 수를 찾아낸다.

체스의 철학자는 AIQ 감성으로 더 멀리, 깊이까지 생각해내는 심모원려(深謀遠慮)의 한 수를 찾아낸다.

나는 인공지능과 인간지능의 당장-멀리, 그 차이가 체스 승부를 가른다고 생각하며, 영하는 창의적 사색의 천재라고 결론지었다.

철학자의 명상보다 더 시간을 소비하며 체스판을 주시하던 우고 선수는 이후 좀 갈팡질팡하는 듯 보였다.

시간도 최대한 사용하며 수읽기 후 두었고, 엔드 게임까지 가는 끈질김도 보였으나, 결국은 기물 부족으로 항복하기에 이르렀다.

소비시간도 철학자보다 더 사용하여 시간도 얼마 남지 않았다.

아무 부담 없이 관전하던 나만 그렇게 느꼈을지 모르지만, 우고 선수는 인공지능과 인간지능의 사이에서 오락가락한 게 아닌가, 하는 생각이 지배적이었다.

"체스의 필로소퍼. 체스의 지니어스."

우고는 수줍은 얼굴로 지니어스(genius-천재)라고 짧게 말했다.

며칠간의 체스 대국으로 성숙해졌는지, 우고 선수도 패배감이나 죄의식보다는 하나의 문제를 풀어서 홀가분하다는 얼굴이었다.

"우린 인공지능에 따르느냐, 인공지능 위에 감성을 얹느냐의 차이입니다. 인공지능을 지배하느냐, 인공지능에 지배당하느냐의 차이라고 봅니다. 우고 잘 두었습니다."

우고의 내민 손을 잡으며 철학자는 그렇게 말했다.

삐룰로는 침통한 표정으로 카페 바닥을 보고 있었고, 자비드는 창밖을 바라보는 얼굴이 흙빛이었다.

나의 신호로 카페 밖 의자에 앉아 있던 아내, 미니 골프를 치던 다은 가족이 모두 들어와 나직하게 승자를 축하해주었다.

11. 체스960 복싱

체스960-복싱

기정은 디마의 초청으로 런던 히스로공항에 도착했다.

공항에서 기다리고 있던 디마가 운전하는 차를 타고 가서 잠시 후 내린 장소는 런던 외곽의 저택이었다. 런던 중심가에서 좀 떨어지고 공항과 가까운 위치의 저택을 경기 장소로 선택하여 복싱 경기할 링, 체스 대국장을 신설한 것으로 판단되었다.

기정은 런던으로 출발 전 중심가와 히스로공항과의 거리라던가 위치에 대해 검색해보았었다.

미국뿐만이 아니라 유럽 각지에서 도박사들이 모여든다고 했다.

2년여간 준비한 끝에 첫 체스960-복싱 경기가 열리게 되었으며, 디마는 내일 본인의 경기 일정이 잡혀 있다고 했다.

다행히 오늘은 시간이 비어서 마중 나왔다며 반갑다고 했다.

디마는 잠시 후 프랑스 선수 앙리가 출전한다며 체스960-복싱 경기 규정에 대해 말하기 시작했다.

“현재 유럽에서 성행하는 공식적인 체스 복싱에서 상당 부분 모방한 건데, 특이한 건 표준체스가 아니라 변형 체스라는 거야. 그래서 체스 공인 레이팅이 어느 수준 이상을 요구하지도 않아. 복싱의 글러브도 지금 체스 복싱에서 사용하는 16온스가 아닌, 복싱 전문 경기의 12온스 글러브를 사용하여 타격감을 높였어. 저쪽보다 충격이 더 크다고 할 수 있지.”

디마는 그렇게 말하며 웃었다.

기정은 체스960-복싱이란 걸 알고 있었으나, 듣고만 있었다.

12온스 글러브에 관해 흥미를 느꼈으나, 살짝 미간이 좁아지는 모습을 디마는 눈치채지 못하고 있었다.

복싱 선수나 거리의 파이터만큼 충격이 크지 않을지는 몰라도 제대로 맞으면 서로 복싱에서 KO로 끝날 수도 있는 상황이다. 그건 체스 복싱이 아니라 복싱 체스 아닌가 하는, 복싱 먼저인 느낌이 들었기 때문이었다.

더 충격적인 건 다음이었다.

-공인된 체스 복싱 공식경기에 출전하려면 어떤 종목이든 50회 이상의 운동 경기 출전 경험이 있어야 한다.

여긴 그런 규정이 없다. 라이트급-60kg까지, 미들급-70kg까지 두 체급만 출전 가능하며, 그 체중 내 복싱으로 싸워야 한다.
이번 경기는 두 체급만 시범적으로 운영한다는 것이었다.
체중이 60kg 조금이라도 초과한다면 이하로 감량해야 체급에서 유리하며, 70kg이 넘으면 그 이하로 감량해야 출전할 수 있었다.
가령 62kg이면 70kg과 같은 체급에 속한다. 10kg 가까운 체중은 체급을 감안하여 싸우든 감량하든 출전선수 몫이었다.

체스 1라운드 5분으로 4라운드, 복싱 1라운드 3분으로 3라운드 경기라고 했다. 체스는 각 10분의 소비시간이 주어졌고, 4라운드 중 10분을 넘기면 타임아웃 시간패이다. 체스는 매 라운드 15수 이상 착수해야 하며, 그 규정을 어기면 실격패. 선수가 시계를 한 손만 사용해야 한다. 체스 4라운드, 복싱 3라운드로 겨루어 승부가 나지 않을 경우, 아마겟돈 체스 5분으로 승부 결정.
오후 2시, 3시, 4시, 5시 정각 4번의 경기. 16명의 선수가 5일간 토너먼트로 진행하여 상금은 우승자 독식이었다.
그렇게 좀 더 야성적으로 기본 규정이 정해졌고, 기타의 경우 복싱·체스 심사위원들 협의에 따라 결정한다고 했다.
출전료가 선수당 10만 불이며, 무제한 베팅이었고, N 분의 1로 우승 상금을 배분한다고 했다.

오후 정각 2시.

링 위 체스판에서 프랑스 앙리 SV 독일 필릭스, 첫 체스 대결이 벌어졌다. 한 라운드 5분 경기로 일단 5분 경과 후 체스 경기는 멈춰지고, 체스판은 링에서 내려지며 복싱 경기 3분이 이어졌다. 기정은 앙리의 복싱 경기를 보면서 강릉에서 왜 복싱 스타일로 영하와 기정을 위협했었는지 알게 되었다.

"나도 러시아에서 체스를 배우며 운동으로 복싱했는데, 앙리도 프랑스에서 체스와 복싱을 같이 배웠다고 했어."

디마가 속삭이듯 말해주었다.

전문 복싱장보다 낮게 설치된 링 주변엔 약 30여 명의 후원인이 두 줄로 둘러앉아 관전하고 있었다. 앞줄엔 체스·복싱 경기 진행 및 심사위원들이 앉아있었으며, 뒷줄엔 후원인이 앉아있었다.

관계자 외는 들어갈 수 없었으나, 기정은 디마와 함께 입장하여 경기를 관전할 수 있었다. 체스 대국은 위에서 카메라가 체스판 정면을 찍고 한쪽 옆면에서 빔으로 보여주는 형식이었다.

우리들의 리그에 참가하며 이런 경기가 열린다는 정보를 미리 알고 있던 중 참가 의지가 있는 선수는 체스960, 그리고 복싱을 2~3년 전부터 훈련하며 연마해왔다.

준비한 선수, 덜 준비한 선수는 실력 차이가 날 수밖에 없었다.

앙리가 체스 1라운드 후 복싱에서 몰아붙이자 필릭스는 그로기 상태에서 체스 2라운드에서 시간도 많이 사용하면서, 연속으로 실착하며 아슬아슬하게 버티고 있었다.
기정이 보기에 안쓰러울 지경이다. 체스 2라운드 후 링 위에서 체스판이 내려지고 다시 복싱 2라운드가 바로 시작되었다.
체스960-복싱 경기는 오픈형 헤드기어를 착용하고 경기하므로 안면 보호에 취약하였다. 앙리의 스트레이트가 안면에 여러 번 작렬하자 필릭스는 결국 주저앉아 일어나지 못하였다.
기진맥진한 필릭스는 벌겋게 변한 얼굴을 일그러뜨리며 링 위에 드러눕고 말았다. 일어나도 체스 대국은 불가능해 보였다.

체스도 10분으로 네 번 대국하는데 한 번에 15수 이상 강제하는 초속기였다. 물론 IM, GM 정도의 실력은 충분히 한판의 체스를 둘 정도는 되지만, 저렇게 14온스 글러브로 3분간 싸운 후 바로 체스 경기에 들어간다면 제정신으로 바른 수읽기가 가능할까?

강인한 체력과 신체, 두뇌가 가장 비상한 인간을 뽑는 경기로 체스 복싱이 인기가 높다. 유럽을 필두로 세계적으로 유행한다.
-늘 대하던 표준체스도 아닌 체스960에 14온스 글러브로?
-우리들의 리그 팀이 새로이 추구하는 건 한술 더 떠 맨 싸움의 영역까지 끌고 와 억지로 도박사들의 구미에 맞추려는 건가?

디마가 링 가까이 다가가 앙리의 승리를 축하해 줄 때 기정은 디마에게 바람 좀 쐬겠다, 말하고 저택에서 밖으로 빠져나왔다. 구토가 날 듯하여 잠시 걸으며 속을 진정시키고 싶었다. 주택과 마당 넓은 저택이 드문드문 세워진 동네로 인적이 드물었다.

잠깐 걸어갈 때 주택 사이에서 두 명의 사내가 반대편에서 걸어 오다가 한 사내가 어깨를 툭 치며 지나간 후 돌아섰다.

"뭐야! 너 왜 그래?"

영어 발음이 좀 이상하다 느끼게 만들며 한 사내가 소리쳤다.

"아, 죄송합니다."

어깨는 저쪽이 쳤는데, 둘의 느낌이 좀 서늘하여 기정은 먼저 사과하고 지나가려고 했다.

"야. 이게 사과만으로 될 일이야?"

어깨를 먼저 친 사내가 말이 끝나며 주먹을 휘둘렀다.

기정은 일단 그 주먹을 피하면서 사내를 쳐다보는데, 그 사내는 싸울 태세를 취했다. 누가 봐도 일부러 시비 걸고 있다는 것을 느끼게끔 했다. 어깨 사내가 몇 번 주먹질하였고, 기정은 피하기만 하다가 심상찮은 분위기에 결국 공격도 하게 되었다.

기정은 어릴 때 바둑과 태권도를 익히고, 고교 때부터는 검도로 10여 년 단련된 몸이라 호락호락 당하지 않았다.

싸움 공방을 벌이며 본인이 표적이었다는 걸 기정은 느꼈다.

"빨리 끝내버려!"

옆에 있던 사내가 소리쳤는데, 영어가 아니라 러시아어였다.

그 소리에 어깨 사내가 안주머니에서 권총을 꺼내 들었다.

뭔가 단단히 잘 못 되었다는 걸 느끼며 순간적으로 도망갈 수 있는지 기정은 주변을 살펴보았다.

어깨 사내가 기정을 향하여 권총을 겨눌 때, 디마가 근처까지 뛰어오며 "멈춰. 멈춰." 러시아어로 소리치고 있었다.

"넌 뭐야?" 옆의 사내가 권총을 디마에게 겨누며 물었다.

기정을 찾다가 러시아어를 듣고 부리나케 소리 난 장소로 뛰어오며 디마가 러시아어로 소리친 것이었다.

"그러는 너희 둘은 왜 총까지 들고 그래?"

디마도 다급하게 러시아어로 소리쳤다.

"우린 이 친구한테 볼일이 있어서 그래."

"그럼 이 친구를 노리고 여기 왔단 말이야?"

"그래. 넌 빠져 있어."

어깨는 아무래도 디마가 누군지 아는 눈치였다.

"이쯤에서 그만두면 안 될까?"

"왜? 왜 그래야 하는지 설명해 봐?"

"대충 알겠는데… 더 진행되면 국제적 큰 문제가 될 거야."

"우린 그런 거 몰라. 그저 윗선의 지시만 따르는 거야."

“너희 윗선이 혹시 세르게이-7507 아닌가?”

“뭐라고? 디마. 네가 그걸 어떻게 알지?”

디마와 어깨 사내는 러시아어로 계속 대화하고 있었는데 갑자기 디마의 이름이 그의 입에서 튀어나왔다.

이미 두 사내는 디마를 알고 있었다는 의미이며, 기정의 존재도 알고 접근하여 위해를 가하려고 했던 게 드러났다.

“음. 역시 나를 알고 있었네. 그럼, 코드명 cdm-930416 요원이 긴급으로 현 작전을 변경 요청한다고 연락해 봐. 빨리!”

디마는 기세 좋게 소리치고 있었다. 언뜻 보기에 마치 그들의 상관처럼 느껴질 분위기였으며, 품에서 작은 수첩과 펜을 꺼내 아주 짧게 무언가 적어 사내에게 한 장을 찢어주었다.

사내는 그 쪽지를 유심히 보더니 휴대전화를 꺼내 들고 옆으로 이동했다. 아주 잠깐 통화한 후 다시 돌아와 동료에게 고개를 두어 번 주억거리며 둘 다 총을 가슴에 집어넣었다.

“디마. 다음에 또 만납시다.”

둘은 디마에게 그런 말을 남기고 총총히 사라졌다.

생사가 오락가락하던 차에 디마가 나타난 것도 놀라운데 그가 기정의 목숨을 구해주었다는 게 믿기지 않은 순간이었다.

“디마… 당신… 혹시… 러시아 마피아?”

기정이 놀란 가슴으로 더듬거리며 물었다.

러시아 마피아로 추정되는 사내 둘이 기정을 특정하고 권총을 빼 들었는데, 안 놀랄 수 없었다.

"마피아? 아니야. 서로 협력하는 처지 정도로 알고 있어. 진."

"내가 듣기론… 믿을 수 있는지 모르겠지만 당신은 러시아에서 체스 대국에 부정행위를 저지르다 발각되어 러시아 마피아에게 쫓기고 있다는 소문이 있던데…?"

극도의 공포에서 긴장이 풀리며 기정은 좀 버벅거렸다.

"진. 놀랍게도 그 소문도 듣고 있었네. 사실 그 말은 마피아가 슬그머니 흘린 거야."

"왜 그런 건데, 디마?"

"세계 체스계 동향을 알기 위해서야. 러시아에서 그런 소문 속 추방당한 듯 쫓기듯 우리들의 리그에도 참가할 수 있었어. 리그에서 우승도 할 수 있었던 거고."

디마는 웃지 않았다. 일촉즉발의 상황에서 벗어났다고 알려주는 따듯한 얼굴을 하고 있었다.

"이런 극비 사항을 왜 나한테 말해주는 거지? 디마. 난 이해가 안 돼. 중요한 경기에서 철학자에게 계속 패배했는데?"

기정이 묻고 있지만 좀 불안했다.

-너는 너무 많은 걸 알고 있기에 이대로 둘 수 없다.

그렇게 무서운 뒤끝이 도사리고 있을 수 있는 상황이었다.

"그건… 대한민국 강릉에서 철학자에게 감명받았기 때문이야. 난 러시아에서 체스 실력이 뛰어나 조직에 조종당하고 있지만, 비슷한 나이의 내게 그동안 느낄 수 없었던 밝은 빛을 주었어. 내가 정신적으로 방황하던 때 체스 철학자가."

기정은 이 상황이 이해될 듯하면서 뭔지 모를 상태였다.

"하하하. 열 대여섯 명이 막대기 들고 린치를 가하려고 할 때 진이 어떻게 했어? 소신껏 설명하더니 이해가 안 돼? 대한민국 강릉에서 내가 그만한 러시안을 어떻게 모으겠나? 진."

"뭐라고? 그럼 그런 것도 모두 마피아의 소행?"

"철학자와 진의 보스 케빈이 CIA에 근무하듯, 러시아 마피아와 정보기관이 음양으로 상호 도움을 주고받는다고 보면 돼."

디마는 지극히 당연한 연결고리라고 담담히 말했다.

듣고 보니 그럴 수 있었고, 어쩌면 그럴 수밖에 없는 건가?

-디마. 두 번의 승부에서 패배한 후 어떻게 행동했나?

강릉 거주하는 러시안을 소집하여 성능이 더 우수한 인공지능(AI) 프로그램을 넘기라고 협박하며 폭력을 행사했다. 러시아는 체스 강국으로 군림해왔다. 체스를 개인적으로 연구하는지 국가에서 지원하는지 파악하려고? 세계적인 체스 흐름을 파악하려고 디마를 불순분자처럼 만들어 세계를 떠도는 척하는 것일까?

요즘의 세계적인 일류 체스 선수는 다국적이었다.

“체스-960경기를 주장하며 철학자에게 왜 부탁했겠어?”

디마는 하나만 더 알려줄게. 그런 얼굴로 묻는다.

“체스 복싱에 나서지 못하는 세계적인 체스 선수들의 퇴직금 정도로 생각한 것 아닐까?”

체스-960경기가 끝난 후 바로 체스 복싱 경기가 열리고 있었다. 우리들의 리그 참가 선수가 도태되는 상황에 직면하며 기정은 그렇게 생각하고 있었다.

“예전엔 그런 말조차 나오지 않았는데, 느닷없이 대한민국에서 체스 몬스터 등장으로 여럿이 패퇴하며 상금이 엉뚱한 쪽으로 쏠리자 분개한 후원인 누군가 AI 인공지능을 꺼내 든 거야.”

디마는 먼 과거를 회상하듯 덤덤하게 말했다.

“철학자는 AI 인공지능도 교묘한 AIQ 감성으로 이겨간 거고 현장에서 직접 체험한 알렉산드르가 체스 필로소퍼라는 별칭을, 캐나다 헨리 선수가 체스의 콘트라딕션을 헌정한 거야. 선수가 선수를 공경하며 진정에서 우러난 별칭 헌정은 지금껏 수많은 체스 대회에 참가했었지만, 난 본 적이 없었어.”

-내 말을 이해하겠나?

디마는 말을 마친 후 그런 눈빛이었다.

디마 설명대로라면 깨끗한 선수 이미지를 더럽힌 후원인들에게 설욕하는 의미로 그런 설계를 했다는 것이었다.

-일류 선수의 상한 자존심을 설욕하는 의미의 공모?

-인간관계 혹은 사회관계는 받는 게 있으면 주는 게 있다?

디마는 선함은 선함으로 악함은 악함으로 반드시 되돌아온다는 인과응보를 상기시키고 있었다.

1은 그렇고 2는 체스 복싱에 뛰지 못하는 선수들의 퇴직금이고, 기정은 이제 어느 정도 이해되었다.

"마약은 인간의 아름다움을 파괴하고, 두뇌와 감정을 망가뜨리는데, 인간의 존엄성을 지키기 위해 강대국은 협력하기도 하고, 자기 나라만의 이익을 찾아가기도 하지. 영국, 미국, 러시아 등등 공조해야 하는 일엔 정보력을 공유하잖아. 그게 드러나는 건 빙산의 일각이야. 체스 지하세계의 후원인도 다들 마찬가지야. 강한 자들끼리 서로 우승을 주고받으며 정보력이 약하고 정보를 공유하지 못하는 약체 국가의 후원인 등을 후려친다고 봐야 해. 이따금 모든 걸 뛰어넘는 괴물 같은 존재가 툭 튀어나와 그런 시스템을 한 번씩 흩트려 놓을 때도 있지만 말이야."

기정이 듣고만 있었고, 디마의 설명은 의미심장하다.
세계에서 정보력이 강한 영국 MI6, 미국 CIA, 러시아 KGB 등 강대국의 정보기관을 들먹이며 마약, 체스 지하세계를 설명하는 건 어떤 의미가 있는 걸까?

기정은 강릉에서 카페에 전시된 체스의 전설 같은 설명 들으며 정보력에 의하여 국가 간 전쟁이 승패를 가른다, 알게 되었다.
007 영화만으로도 영국의 정보력이 세계적인지 알 수 있었다.
사면 바다인 섬나라 영국이 오래전 막강했던 스페인과 해전에서 승리하고 해가 지지 않는 나라의 명성을 얻으며 부강한 나라가 된 이면엔 다 정보력 때문이었다는 해설을 들었다.

“난 나라를 위하고, 어떤 사명감으로 일하는지 다 중요하지만, 철학자의 인공지능과 인간지능의 결합이라는 (AIQ). 요약하자면 인공지능이 인간을 지배하게 하지 말고 인간지능이 인공지능을 감성으로 지배해야 한다는 의미일 거야. 그 말에 감명받았어.
세계 혹은 한 나라의 거대한 기획으로 작은 도구로 쓰일지언정 인간다움은 상실하지 말아야겠지. 철학자의 말대로 인공지능을 지배해야지 인공지능에 지배당하면 안 되잖아. 인간이 아름다운 건 인간은 아름다움을 느낄 줄 안다는 거야. 인공지능은 그런 감정을 느끼지 못해. 즐기는 과정, 아름다움을 느끼는 과정이나 감정 없이 오로지 결과만 있는 거야. 그게 가장 무서운 거지."

다시 저택까지 되돌아오면서 디마는 설명을 이어갔다.

"영국 판사들은 모두 재판할 때 가발을 쓰고 있어. 왜 그럴까? 범죄자에게 중형 선고 후 보복을 피하기 위한 하나의 방편으로 오랫동안 내려온 전통이야."

여기가 영국이라서 그런가, 이 나라 전통을 디마가 설명한다.

디마는 산전수전을 다 겪은 어른처럼 설명을 이어갔다.

디마는 잠시 후 더욱 놀라운 얘기를 전했다.

"현재 어느 나라엔가 체스 기물에 최고급 마약을 넣어 경매를 통해 들어간 물건을 그 나라의 마약단속반이 어떻게 수사하는지 지켜보고 있다는 정보야. 앞으로 그 나라에 상당량의 고급 마약을 투입하려고 준비 중이라는 첩보도 입수했어."

디마는 모든 걸 아는 듯 덤덤하게 설명하고 있었다.

기정은 깜짝 놀라 어떤 질문이라도 해야겠다고 생각할 때였다.

앙리가 일반 복장으로 갈아입고 저택에서 나와 두리번거렸다.

"진. 왔다는 얘기 듣고 한참 찾았어. 내 경기 봤지?"

앙리는 기정을 넘치는 반가움으로 덥석 안으며 말했다.

“당연히 봤지. 너무 잘 싸우던데. 축하해. 앙리.”

뒤미처 제프리가 성큼성큼 걸어 나왔다.

“미스터 진. 반가워요. 여기 경기장에 왔다는 얘기 듣고 지금 찾고 있었어요.”

제프리도 환한 웃음으로 기정을 반겼다.

“아, 제프리. 반갑습니다. 앙리 경기 관전하고 잠깐 바람 쐬고 오는 길입니다.”

기정이 제프리와 인사할 때 후원인들이 여럿 보이고 있었다.

첫 경기 마치고 휴식 시간이었다.

“철학자도 진도 운동 실력이 상당하다는 얘긴 전해 들었어요. 철학자와 진은 체스960-복싱에도 관심이 있는 건가요?”

“여기 디마가 하도 와보라고 해서 한 번 관전하러 왔습니다.”

“그래도 한국에서 런던까지 오려면 쉽지 않을 텐데… 만일 이 경기에 관심 있다면 나랑 케빈이랑 같이 상의합시다. 꼭.”

“하하. 알겠습니다. 신경 써주셔서 고맙습니다. 제프리.”

“그럼 우리 미국에서 케빈과 한 번 만나요. 진.”

“네. 알겠습니다. 꼭 그렇게 하겠습니다.”

바쁘게 인사하고 두 번째 경기 때문에 다 같이 들어가야 했다.

기정은 그날 네 경기를 모두 참관하고 미국으로 돌아왔다.

12. 뜻밖의 만남

리브(leave)에서

기정, 다은, 미래는 미국에서 같이 출발하여 술집 리브(leave)에 가장 먼저 들렀다. 한국에 홀로 남은 영하는 군 복무 중 토요일 저녁 무렵 만나기로 하고 같은 대학에서 다 같이 움직였다.

불과 석 달여만의 만남이지만, 일 년도 넘는 오랜 세월이 지난 듯한 느낌으로 셋은 리브에 들어섰다.

"이게 무슨 일이야. 이렇게 우르르 몰려다니고. 뭐야. 집에도 안 들리고 여기부터 온 거야?"

서연은 캐리어 끌고 온 셋의 모습에 화들짝 놀라며 소리쳤다.

"서연 언니가 우리 보고 이렇게 놀라는 걸 보니 영하 오빠는 아직 안 왔구나."

미래가 살짝 실망하는 음성으로 소리쳤다.

“오늘 여기서 영하 선배 만나기로 했어? 선배, 군에 입대한 지 얼마나 되었다고, 벌써 나올 수 있나?”

“아무리 군대라도 수학박사 같은 인재를 소홀히 대하겠어.”

이미 군 복무를 마친 기정이 나서며 한마디 했다.

“기정 선배. 어서 와요.”

“이렇게 입구에 세워두고 계속 떠들 거야?”

기정이 술집 안을 휘둘러보며 다시 한마디 했다.

“아, 맞다. 너무 반가워서 제정신이 아닌가 봐.”

“서연. 우리 가장 구석 자리로 가면 안 될까?”

“오늘 누구의 방해도 없이 영하 선배와 회포 풀려고요?”

“그래. 방학이라 이놈 저놈 다 올 텐데, 오늘은 영하 얼굴이나 실컷 보려고 해. 그리고 저번에 체스 잃어버린 후배 김기찬 좀 만날 수 있을까?”

“오늘 당장 볼일이 있어요?”

“그런 건 아니지만 시간 될 때 만나거나… 오늘도 좋고”

“알았어요. 일단 저쪽 자리로 가요.”

그렇게 서연의 안내로 가장 구석진 자리로 이동했다.

셋 다 캐리어 끌고 서연의 뒤를 따라가다가 중후한 신사 넷이 앉아 있는 테이블을 지나며 하나 같이 깜짝 놀라며 서야 했다.

“아빠.”

가장 먼저 다은이 아빠인 최창해를 발견하고 놀라 소리쳤다.

"어, 교수님. 안녕하세요?"

다은은 이어서 허 교수에게도 인사했다.

최창해는 딸인 다은을 보며 깜짝 놀라서 말도 못 하고 있는데, 허 교수는 여유롭게 그저 미소 짓고 있었다.

"아버지."

다은의 뒤를 따르던 기정도 깜짝 놀라며 소리쳤다.

"아, 교수님. 안녕하세요?"

"아, 대표님. 안녕하세요?"

기정은 엉겁결에 아버지와 허 교수한테도 연거푸 인사했지만, 최 대표가 앉아 있는 모습에 의아하여 두 눈이 커지고 있었다.

다은과 기정이 놀라며 이어서 인사하는데, 자리에 앉아 있다가 더 놀라는 사람은 기정의 아버지 진형규였다.

"아, 안녕하셨어요?"

기정이 아버지를 부르자, 그때 발견한 다은이 얼른 인사했다.

처음 보는 노신사는 그저 흐뭇한 모습으로 앉아 있었으나, 가장 여유 있게 이 분위기를 즐기는 사람은 다름 아닌 허 교수였다.

"교수님. 안녕하세요? 서울엔 언제 오셨어요?"

미래가 다은, 기정의 뒤를 이어 인사하며 묻는다.

"난 들어온 지 며칠 되었어. 어떻게 다 같이 왔네."

“네. 교수님. 다 같이 일정을 맞춰 들어왔어요.”

“그래. 지금 들어오는 길 같은데, 가서 얼른 목 좀 축여.”

“네. 그럼 저희 자리로 가겠습니다.”

“서연. 왜 교수님이랑 아버지가 오셨는데 말 안 했어?”

기정이 자리에 앉으며 나지막이 물었다.

“선배랑 애들이 갑자기 들어와 얘기하느라 나도 깜박했어요.”

“저기 같이 계시는 분은 누구야?”

“나도 오늘 처음 뵙는 분이에요. 느낌에 허 교수님이 모임을 주선하신 것 같아요. 제일 먼저 오셔서 기다리고 계셨어요.”

서연은 검도를 배우진 않았으나, 대학 다닐 때 알고 있었으며, 허 교수는 누굴 만날 때 가끔 리브에 왔었다.

잠시 후 영하가 들어와 구석 자리로 걸어오다가 허 교수를 발견하고 “안녕하세요? 교수님.” 인사하는데 옆의 최창해, 진형규를 보고 깜짝 놀랐다.

“오. 김 박사. 군 생활은 어때? 할 만한가?”

허 교수는 반가운 음성으로 묻는다.

“네. 교수님. 할 만합니다. 안녕하세요? 대표님. 아버님도 안녕하셨어요?”

영하는 이분들 원래 알던 사이였나? 의문과 함께 인사했다.

“아, 김 박사님. 반갑습니다.”

“오. 김 박사. 오랜만이네.”

최 대표와 친구 아버지인 진형규는 그렇게 인사를 받았다.

“머리가 짧아도 원체 미남이라 잘 어울리네. 얼른 친구들한테 가봐. 김 박사.”

불편한 자리인 줄 아는 허 교수는 영하를 얼른 보냈다.

“네. 교수님. 그럼, 말씀 나누십시오.”

영하는 그렇게 물러나, 미국 일행 자리에 오른손 검지를 세로로 입에 대고 얼굴을 들이밀었다.

“야. 짧은 머리가 멋진데.”

“오빠. 너무 보고 싶었어요.”

“미래. 나도 너무 보고 싶었어. 그런데 오늘 무슨 날이야? 저기 네 분은 원래 아는 사이신가?”

영하는 멀지 않은 자리에 허 교수. 최 대표. 진 사장 등이 같이 앉아 있는 것에 놀라고 있었다. 앞의 셋이 놀라는 것과 같았다.

“나도 잘 모르겠어. 서연도 잘 모르겠다는데… 저렇게 네 분이 만난 건 오늘 처음이라고 했어.”

그들 넷은 다른 두 분은 그렇다 쳐도 진형규와 최창해의 동석이 믿어지지 않아 놀라고 있는 것이었다.

-진기정-부, 최다은-부, 만남이라… 뭔가 역사가 이루어지려나.

그런 의문과 기대가 은근한데 아무도 내색하지 않았다.

넷의 만남은 허 교수의 노력이 숨어있었다. 귀국하면 리브에서 군 복무 중인 영하를 만날 거라고 기정에게 우연히 들었다.
허 교수는 고교, 대학 인맥을 총동원하여 최창해, 진형규를 불러냈고, 대학 후배인 경찰청 고위간부 김성호와 현재 우리나라의 마약 실태에 대하여 상의할 게 있다는 취지로 만나자고 했다.
허 교수는 마침 K-아세안 최창해 대표가 강릉 체스960 경기에 베팅도 하며 참여했다는 사실을 알게 되었다. 검증된 건 아니나, 체스 기물의 마약에 대해서도 미국 지사와의 연관성으로 어느 정도 알고 있기에 설명에 도움을 줄 것으로 기대했다.
그리고 무엇보다 기정과 다은의 관계 개선에 주력하고 싶었다.
영하는 체스-960 강릉 봄 경기 후 박사학위 취득하고 바로 군에 입대하였고, 기정은 박사과정으로 미국으로 다시 들어왔으므로 전후 사정을 모두 상세히 알게 되었다.
K-아세안 미국 지사장 오정훈은 다은을 통해 기정이 미국에 온 줄 알았고, 다은과 기정 둘을 연결해주고 싶어 했다.
-진 박사님. 박사과정 통과하면 우리 회사 입사 어때요?
-너무 과분한 제안입니다. 공부 마친 후 다시 뵙겠습니다.
기정의 박사과정 통과 후 미국 지사에 입사하여 미국에서 근무해도 좋으며, 만일 한국으로 들어간다면 본사 최 대표가 너무 반길 것이라는 얘기까지 오고 간 터였다.

허 교수는 이들이 오기 전 모두 혼기가 찬 자식을 둔 부모로서, 결혼은 가문이 하는 것도 아니고, 부모 체면이 하는 것도 아닌데 부모 마음에 안 든다는 이유로 반대하는 건 시대에 동떨어진 처사라고, 지나가는 말처럼 꺼내어 대화를 이어갔다.

-남의 집안 얘기 같지만, 저도 혼기 찬 자식이 둘입니다.

진형규는 허 교수가 그런 내용의 말을 왜 했는지 미국 일행을 대하면서 명확하게 깨닫게 되었다. 자리를 주선하여 자연스럽게 가벼운 듯하면서 심도 있게 자식들 얘기, 우리나라 마약 흐름에 대하여 주도하는 허 교수가 한편으로 고마웠다.

“전 공부를 마치면 회사원보다 자유로운 직업을 택할 것이고, 죄송하지만 결혼도 제가 좋아하는 사람과 할 생각입니다.”

다시 공부하고 싶다며 미국으로 가기 전 부모 앞에서 당당하게 기정이 했던 말이다.

기정은 요즘 체스 경기하며 겪었던 여러 경험이 그렇게 하나의 독립된 당당한 인격으로 거듭나도록 만들었다. 무엇보다 부모님 도움 없이 박사과정을 마칠 준비가 되어있어서 뿌듯했다.

허 교수는 들은 대로 경찰 고위간부인 김성호에게 체스 모형의 마약이 현재 우리나라 어딘가에서 자취를 감추고 있으므로 좀 더 주의 깊게 조사하라고 당부했다.

나라를 사랑하는 마음으로 아는 걸 말한다며, 이런 상황은 사실 cia가 알고 있으며, 은밀히 내사 중이라고 넌지시 일러주었다.

케빈의 견해로는 당분간 스위스 체스를 훔쳐 간 절도범을 잡기 어려울 것으로 전망했다. 본인도 미국 본사로 영전했고, 직책의 범위가 워낙 광범위하여 개인적인 팀으로 은밀하게 그 수사를 계속하기 쉽지 않다고 했다.

체스 형태의 기물 안 마약이 우리나라에 들어온 경위를 상세히 아는 기정과 영하의 귀띔으로 허 교수는 아는 만큼 설명했다.

"사실 우리 회사의 미국 지사도 그 사건에 간접적으로 관여한 모양새가 돼 있었습니다."

허 교수 설명을 듣던 최 대표는 미국 지사에서의 사건을 낱낱이 까발렸다. 해롤드와 사업적인 관계, 콜롬비아 회사 중역 삐룰로의 체스로 인한 흑막, 지금 그 두 사람은 파산 상태로 행방이 묘연한 채 나타나지 않는다고 끝맺었다.

K-아세안 미국 지사와 cia의 정보에 의해 입수된 정황이었다.

모든 내용을 경청하며 수첩에 적던 김성호는 경찰청 마약반을 총가동하여 그 체스 기물 찾는 데 총력을 다하겠다고 다짐했다.

"오늘 모처럼 허 선배님 만나 정말 알짜배기 정보만 얻어가는데, 좋은 분들의 도움까지 받게 되어 고맙습니다."

체스 지하 세계에 관한 내용이 죄다 들추어진 건 아니었다.

기정도 일정 부분 관여한 사실에 진형규는 놀라고 있었다.

무엇보다 기정이 집에 데리고 와 인사시켰던 다은이 최 대표의 외동딸이라는 사실이 충격이었다. 얼마나 크게 오해했는지 말이 안 나올 지경이었다. 오해로 인해 상심이 컸을 기정과 다은에게 어떻게 위로의 마음을 전할지 그저 마음이 아플 뿐이었다.

기정은 김기찬과 약속 지키려고 미국에서 선물하기 좋은 최신 체스를 구매하여 만나게 해달라고 부탁한 것이었다.

케빈의 현 상황을 전해 듣고 체스를 혼자서도 즐기는 김기찬을 위해 체스를 마련한 것이다. 기약할 수 없는 기간을 약속만 해 놓고 체스 없이 막연히 기다리게 할 순 없었다.

*　　*　　*

나의 길

"선생님. 전 오감을 찾는 걸 포기했어요."

아이는 분한 듯한 얼굴과 몸짓으로 토하듯 말했다.

"아름다움을 찾는 걸 포기하는 거야?"

"네. 전 그냥 저의 길을 갈 거예요. 선생님. 누구에게 잘 보이거나 아름다움을 찾아 나를 엄청나게 강하게 하는 그런 행동은 이제 하지 않을 거예요."

아이는 분연히 말하고 있었다.

“결국은 뭐, 찾을 수 없으니까 포기한 거네.”

내가 슬쩍 네가 미흡하여 못 찾겠다는 거지? 묻고 있었다.

“맞아요. 선생님이 말씀하시는 오감의 아름다움을 찾는 일은 저에겐 시기상조라는 생각이 강해서 포기하고 전 그저 저만의 방법으로 아름다움을 느끼려고 해요.”

아이는 밝은 얼굴로 당당하게 말하고 있었다.

“호연이는 이미 나만의 아름다움을 찾은 거야. 보여주기식의 과시용이 아니라 나의 길을 가는 게 가장 아름다운 거야. 다만 스스로 강해져야겠지.”

무엇이든 깊이가 있어야 한다는 의미를 그렇게 말해주었다.

“정말요? 자기 길을 가는 게 가장 아름다운 길이라고요?”

아이는 기뻐서 소리칠 듯이 말하고 있었다.

“그래. 내 생각으로 내가 가고자 하는 길 위를 걸어가며 끈기 있게 자신만의 것을 찾아가는 게 본인에겐 가장 아름다운 거야. 그 과정이 십 년이 걸리든 이십 년이 걸리든.”

나는 생각 하나를 허들처럼 뛰어넘으려고 할 때 어떤 일, 어떤 장면에서, 분명 어떤 예시가 나를 일깨워 주었다. 그럴 때마다 조화롭게 나의 지혜를 다해 체화할 수 있어서 비로소 꽃피웠다. 아이가 지금 하나를 뛰어넘었다는 생각에서 그렇게 말해주었다.

배해석-오감(아름다움)

김영하-감성(AIQ)

정호연-끈기(영감-나의 길)

표현은 다르지만, 궁극적인 의미는 같다.
아이는 내가 말한 아름다움을 찾는 행위를 포기한 게 아니라, 본인의 생각대로 찾아간다는 의미로 말하고 있었다.
나의 오감이나 영하의 감성이나 아이의 영감-나의 길이나 끈기만 있다면 시간이 지나며 결국은 찾아낼 수 있다는 생각이었다.

아이는 경포 호수에서 공부하다 카페까지 걸어왔다고 했다.
호수를 바라보며, 공부하며, 걸어오며, 여러 갈래의 생각 끝에 내가 말해준 오감에서 무언가 찾아내려다 포기한다고 말했다.
그러나 그건 무언가 찾고자 하는 포기가 아니라 본인 의지대로 가겠다는 의사표시였다.

나는 강 사범님한테 어렵게 부탁하였고, 그 부탁을 들어준다고 하여 호연 어머니한테 상황 설명 후 호연 부모님 역시 승낙하여 아이는 주말마다 경포호수에서 강 사범님의 지도로 바둑공부를 열심히 하는 중이었다.

나는 바둑을 공부할 때부터 학원을 열고 아이들을 가르치면서, 천재적인 발상, 천재적인 착상은 매우 엉뚱한 데서 나온다고 늘 생각했었다. 천재와 둔재는 종이 한 장 차이라고 할 수 있다.
앞면에 천재, 뒷면에 둔재라고 쓰여 있다면 뒤집으면 되는 데 대부분 뒤집기를 싫어한다. 기득권이랄까, 내가 쥐고 있는 것, 내가 신봉하는 그걸 내려놓지 않으면서 얻으려고 하기에 발상의 전환이 어려운 것이라는 생각을 해왔다.
나는 아이에게 철학(사고)이 무의미한 것이 아니라, 어느 하나의 철학(생각)에 얽매이지 말라고 말하고 싶은데, 자칫하면 어려운 단어 속의 내용만 대화의 주가 될까 봐 망설이고 있었다.
바둑 세계에서 초일류기사도 각자의 개성으로 그 반열에 오르듯 나만의 길을 가야 성공할 확률이 높다고 할 수 있다.
그리고 지나온 길에 대하여 후회하지 않으리라 생각했다.
나의 바람일지 모르지만, 아이는 1년 조금 넘게 경포 호수에서 홀로 공부하다가 자기 길을 찾았다는 믿음을 주고 있었다.
초일류기사가 둔 수에 대해 건성으로 보고 따라 두는 사람은 늘 그렇게 흉내만 낸다. 실력이 앞으로 나아가는 줄 알지만, 사실은 어느 순간부터 게걸음으로 옆으로만 가고 있다.
-그 수가 정말 좋은 수 일까?
-얼마나 많은 의미가 담긴 수 일까?

어릴 때부터 이런 의문을 품고 연구한다면 초일류로 가는 길로 들어선 셈이다. 바둑 외적인 부문도 마찬가지일 것이다.

"호연아. 네가 만일 정석을 10개 암기하고 그 정석의 변화와 변천 과정 및 유불리에 대해 명확하게 파악한다면, 그 부분에서 불리한 정석선택을 하지는 않겠지?"

"선생님. 그건 당연한 거 아닌가요?"

"그럼 그때부터 너의 새로운 사고가 열리는 거야. 배움으로서 새로움을 알아내는 즐거움이 없다면 바둑은 두되, 수의 의미나 가치를 모르는 거와 다름없어. 늘 습관적으로 두는 거와 대국을 통해 한 수 배운 후 어떤 부분에서 새로움을 얻었다면 그게 한 단계 오른 거야. 스스로 물음에 대한 해답이 되는 거고."

내가 바둑 공부할 때의 경험을 말해주었다.

"알겠어요. 배움의 가치는 새로움의 창조에 있다는 거죠?"

"그렇지. 새로움에 눈 뜨지 못하면 더 이상의 의미가 사라지는 것과 같은 거야. 즉 발전성이 없다는 의미이기도 하지. 한 수의 가치란 그렇게 다가오는데 대부분 지나치고 못 찾는 거야."

익숙한 길로 가려고만 하지 말라는 의미였다.

누구는 배운다고 하고, 누구는 찾는다고 하고, 누구는 얻는다고 하고, 누구는 생각해낸다고 하는 그 의미를 아이에게 명확하게 말해주고 싶었다.

반가운 얼굴들

호연이와 그런 대화할 때 짧아진 머리를 한 손으로 쓱쓱 멋쩍은 듯 비비며 영하가 선두에 들어섰다.

“선생님. 잘 지내셨죠?”

인사하고, 뒤에 기정, 다은, 미래가 카페로 들어왔다.

“뭐야. 휴가야? 외박이야?”

“1박 2일 특별 휴가입니다. 선생님. 얘들과 어제 만나고 싶어서 특별히 신청해서 허락받고 나왔습니다.”

“나이 삼십에 들어간 군 생활 잘 적응하는지 궁금했었어. 자네들도 반가워. 기정은 박사과정으로 미국 들어간 거 아닌가?”

“네. 방학이라 어제 셋이 들어왔습니다. 영하가 하도 첫 휴가 나와서 사범님께 꼭 인사드려야 한다고 해서 같이 왔습니다.”

“그래. 몇 달 안 되었지만, 궁금했어. 와줘서 정말 고마워.”

“오. 호연이 여기 와 있었구나. 반가워.”

영하를 비롯하여 호연이와 인사하기 바빴다.

“체스 공부는 열심히 하고 있어?”

영하가 진지하게 묻는다.

“네. 박사님. 덕분에 요즘은 체스도 재미있어요.”

호연이 그렇게 대답하는 건 영하가 지난봄 체스-960경기 마치고 갈 때 본인의 AI 체스 프로그램을 아이에게 선물했기 때문이다.

"그래? 다행이네. 강 사범님은 바둑만 지도하셔서 호연이 체스는 등한시하는 게 아닌가, 좀 걱정했었어."

"체스는 재미있긴 한데… 바둑은 돌이 계속 놓이면서 어쩌다 사석 작전도 벌이지만, 체스는 두다 보면 좀 슬퍼요."

"왜. 어떤 면에서?"

"바둑은 집을 차지하기 위한 전략인데, 체스는 왕을 지키면서 적의 왕을 잡기 위한 전쟁이잖아요. 바둑은 부하를 꼭 희생하지 않아도 되는데, 체스는 왕을 지키려다 죽잖아요. 부하도 슬프고 왕도 슬퍼요."

아이는 바둑-체스를 비교하며 우리가 미처 생각지 못한 부분을 말하고 있었다.

"전쟁은 다 그렇게 슬픈 거야. 그저 게임이라 생각해. 호연인 요즘 운동은 뭐해?"

"아직 아무 운동도 안 해요. 내년에 중학교 진학하면 검도를 배우려고요. 엄마한테도 말했어요."

"그래? 여러 운동 중 왜 검도를 하려고 하지?"

"지금 여기 계신 분들 다 검도하시잖아요?"

"그건 그런데 우리하고 무슨 관련 있는 거야?"

"네. 전에 오셨던 교수님도 그렇고, 검도 하시는 분들이 너무 멋있어 보여요."

"하하하. 그건 그래. 호연이 잘 생각했어. 바둑이나 체스하고 검도하고도 잘 어울려. 중학교 가서 열심히 해."

다은과 미래가 미니 골프를 친다고 하자, 호연이 따라 나갔다.

"선생님. 우리나라도 바둑처럼 기업이나 지자체가 체스대회를 개최해주며 십 년만 이끌어주면 우수한 체스 인력에서 빠르게 성장하며 그랜드마스터가 나올 수 있을 텐데… 바탕은 우수한데 씨앗을 심은 뒤에 키울 밭이 없어요."

영하는 아이와 떨어지자, 그렇게 아쉬움을 토로했다.

"나도 호연이를 가르치면서 그런 생각을 했어. 적어도 최소의 후원사가 뒷받침해준다면 십 년 안에 좋은 지도자 밑에서 체스 인재를 여럿 양성할 텐데 하는 마음이야."

"그 최소한의 후원이라는 경계가 어디쯤이죠?"

"최소 24강은 우리나라 체스 리그전에 참가하면서 본인 기량도 높이며 밥벌이도 되고, 후학을 지도하는 토양이지. 그 리그전을 선망하며 재능있는 아이들이 도전하는 체계로 십여 년 지나면 현재 IM급에서 GM급이 나올 테고, 저속한 표현일지 모르지만, 밥벌이를 초월하여 돈벌이가 된다면 체스 실력자의 리그 참가 인원이 늘어나겠지."

내 설명을 들으며 영하는 뭔가 곰곰이 생각하고 있었다.

“사범님. 체스 세계챔피언 한 명 낸다면 그게 얼마나 크고 큰 국위 선양이 되는 겁니까? 바둑은 동양적이지만 체스는 세계적으로 1억 명이 넘는 애호가들이 즐기고 있습니다. 우리나라를 더 부강한 나라로 만들려면 세계 속에 대한민국의 우수성을 더 높게 알려야 합니다.”

옆에서 듣고 있던 기정이 툭 튀어나왔다.

“체스인이면 그렇게 생각하지만, 태생적으로 체스 세계챔피언을 우리나라에서 배출하기에는 토양부터 달라. 난 세계챔피언도 갈망하지만, 우선 GM 여럿이 체스 리그전 벌이는 모습을 먼저 보고 싶어. 그런 대국 내용을 TV로 보여줄 수 없다면 체스 전용 유튜브로 보여주는 방법도 찾아볼 만할 거야.?”

내가 그동안 체스계에 대해 품었던 생각을 말했다.

“전 전공이 수학이지만 요즘 체스의 매력에 푹 빠져 있습니다. 박사과정을 마치면 체스를 연구하고 후학을 뿌리 깊게 지도하고 싶습니다. 사범님.”

“체스 연구와 후학 지도를… 곧 결혼도 해야할 텐데… 기정만 바라보는 다은도 생각해야지.”

“다은과 결혼하면 사전에 상의해야 하겠지요. 사범님. 이거 좀 보십시오. 우리들의 리그가 이젠 이렇게 변했습니다.”

기정은 말하면서 휴대전화를 꺼내들었다.

체스960-복싱

기정은 휴대전화 화면으로 체스960-복싱 경기를 보여주었다.

"뭐야. 직접 관전한 거야?"

"네. 사범님. 디마가 초청하여 경기 첫날 미국에서 런던으로 가 관전하고 왔습니다. 이젠 체스 경기도 다양해지고 있습니다."

강릉에도 왔던 프랑스인 앙리의 체스960-복싱 경기였다.

"디마가 기정을 왜 초청한 건가? 뭔가 목적이 있을 텐데?"

"저나 영하가 이 경기에 관심 갖고 출전하라는 거겠지요."

기정은 런던에서 겪은 일들을 빠짐없이 들려주었다.

나와 영하는 기정의 경험담을 들으며 탄식만 하고 있었다.

"우린 체스960-복싱 경기 출전은 어렵겠지?"

기정이 씁쓸한 얼굴로 영하를 쳐다보며 물었다.

복싱은 상대의 얼굴을 가격하고 가격당하며 링 위에서 격렬하게 싸워야 한다. 머리엔 헤드기어를 착용하고, 입에는 마우스피스를 착용하고 치르는 경기가 너무 격렬하다.

우리들의 리그에서 주최·주관하는 체스960-복싱은 타격감을 더 강하게 주기 위하여 글러브가 공인된 체스 복싱보다 가볍다. 12oz 글로브로 복싱 경기에 출전한다. 개방적이나, 더 강렬하게 치고받는 난타전 속에 선수의 충격은 더 심할 수밖에 없다.

공인된 체스 복싱 경기에 출전하려면 어떤 종목이든 아마추어 대회를 50회 이상 출전한 경험이 있어야 하는 규정이 있다.

체스960-복싱은 그런 규정 없이 자신 있으면 정해진 체급으로 조건 없이 출전할 수 있는 길을 열어놓았다.

“그렇지? 우리가 꼭 저렇게 격렬한 다툼의 주먹질까지 하면서 링 위에 올라야 할 이유가 없겠지?”

영하도 잠시 생각하더니 그렇게 되물었다.

늘 해오던 운동도 아니라서 복싱은 다시 기초부터 배워야 했다.

그리고 대한민국에서 열릴 경우는 거의 없어 보이며 미국에서도 자주 열리기 쉽지 않은 분위기였다. 유럽에선 높은 인기로 성행하고 있지만, 굳이 우리까지 참여할 필요가 있을까?

-우리 둘은 혹은 나 혼자는?

그리고 무엇보다 테러의 위험이 존재한다는 것이 공포였다.

둘은 목숨을 걸면서까지 유럽에서 체스960-복싱 경기를 해야 할 명분은 그 어디에도 존재하지 않았다.

“그래서 곰곰이 생각했는데, 체스960-복싱 경기에 출전할 거면 차라리 체스960-검도 경기를 추진해보려는데 어떨까?”

기정은 뜻밖의 종목을 꺼냈다.

“체스960-검도 경기라고? 너는 그런 경기가 정말 열릴 거라는 생각으로 말하는 건 아니지? 너무 터무니없는 상상 아니야?”

영하는 아무리 체스 복싱이 유럽에서 성행하고, 그 바람을 타서 우리들의 리그가 체스960-복싱으로 전환했다고 하여도 기정의 제안은 그저 바람일 뿐으로 들렸다.

영하는 기정의 얼굴에서 진심을 찾고 있었다.

"그런데 체스 복싱이 맞는 거야? 복싱 체스가 맞는 거야?"

기정의 얼굴을 물끄러미 쳐다보던 영하는 엉뚱한 질문을 했다.

"그야 물론 체스 복싱이지. 체스가 먼저 손 내밀었으니까."

"체스가 먼저여서 체스 복싱이라면 체스와 검도가 결합한다면 체스 검도야? 검도 체스야?"

"그것도 당연히 체스 검도지. 체스인이 체스 먼저 하고 검도를 합류시킨 거잖아!"

"네 말을 듣고 보니 그렇네."

영하는 문득 생각난 듯한 기정의 제안이 은근히 재미있었다.

"체스960-복싱은 얼굴을 드러내놓고 경기하잖아. 하지만 검도는 호구를 착용하면 얼굴이 명확하게 안 보이잖아. 그런 검도의 이점을 살려 아예 선수의 국적, 얼굴, 경력, 체중, 나이 등 모든 조건을 밝히지 않는 복면 상태의 대결을 한다면? 그러면 경기가 좀 더 흥미진진 해지지 않을까?"

기정은 한발 더 나아갔다.

"갑자기 비약이 너무 하늘로 치솟는 거 아니야?"

"잘 생각해봐. 검도는 어차피 호면을 착용해야 하는데 얼굴이 잘 안 보이는 건 당연하고, 검도에 체급도 필요 없잖아. 얼굴을 가리고 경기 후 패배해도 누군지 모르니까, 쪽팔리지도 않잖아. 후원인 없이 본인 스스로 베팅 후 출전이 가능하고, 여러모로 복싱보다 검도가 장점이 훨씬 많지 않을까?"

기정은 워낙 잘 아는 검도와 그 장점에 대해서 생각나는 대로 다 설명하고 있었다.

영하는 기정의 설명을 곱씹으며 경기 가능성에 대해 머릿속으로 분석하고 있었다.

기정의 설명을 듣고 보니 점점 그럴싸했다.

"넌 그러다 체스 태권도, 체스 유도 등등 다하자 하겠다?"

"난 내가 가장 잘 알고 잘하는 검도에 대해 말한 거고, 만일 내가 제안하는 체스-검도 경기가 성사되어 흥행에 성공한다면 주특기인 누군가가 또 다른 종목을 제안할 수도 있겠지. 경기가 성사될지는 미지수지만 우리가 논할 얘기는 아닌 거 같아."

우리들의 리그가 체스960-복싱으로 전환하며 회원제가 아니라 개인이 어느 선수에게 10만 불 이상 베팅하면 누구나 참여할 수 있게 개방되었다고 했다.

평범을 벗어나고픈 세계의 도박사에겐 관심이 갈 수밖에 없다.

굳이 예전처럼 1년에 한 번 선수를 반드시 출전시켜야 한다는 규정을 따르는 부담도 없다. 일십만 불 이상으로 무제한 베팅이 가능하다는데 더 구미가 당기지 않을까?

그런 상상에서 출발한 체스960-복싱 경기였다.

"얼굴에 주먹으로 직접 가격하는 복싱을 꺼리는 체스 선수 중 검도는 하려고 하지 않을까?"

기정은 뜻을 굽히지 않고 그 이유를 하나 들었다.

"정신일도하사불성(精神一到何事不成)이라는 집중하면 못 이룰 것이 없다는 정신은 체스에도 들어있지만, 검도에도 흔히 쓰는 말이잖아. 검도가 체스에 더 어울리는 종목이 아닐까?"

영하가 이런저런 생각으로 침묵을 고수하자, 기정은 연속으로 생각나는 검도의 장점을 두서없이 말하고 있었다.

"복싱 체스는 복싱할 때 관전자가 올려다보는데, 검도는 평면에서 편하게 감상할 수 있는 것도 하나의 장점이 되지 않을까? 헤드기어를 착용했다가 벗은 후 귀마개를 쓰고 글러브도 벗었다 끼고 하는 번거로움도 없고 시간도 절약되고… 어때?"

기정은 제발 좀 수긍해달라는 몸짓과 의미로 묻는다.

"복싱 라운드가 끝나면 체스판을 링 위로 올리는 번거로움도 없고, 검도장 내 체스판을 고정해 놓고 번갈아 대국하기도 좋고, 내가 설명하면서 생각해도 너무 딱이네. 하하하."

기정은 말하고 스스로 좀 어이없지만, 너털웃음을 터뜨린다.

“체스960-복싱이라는 신 경기의 출범이 얼마 안 된 시기인데 또 다른 종목으로 신 경기를 개최하자고 하면 기존 후원인이나 새로운 도박사들이 그 경기에도 참여할까? 잠시 그 생각했었어. 흥행이 잘되어야 경기가 존속될 텐데……”

영하는 기정보다 조금 더 깊이 있게 더 멀리 보고 있었다.

체스960-검도 경기의 장점을 들으며 흥행 부분을 우려했다.

“그건 우리 둘이 지금 앞당겨서 걱정할 일이 아닌 거 같은데… 내가 제안하는 경기를 운영하는 협회라든가 그런 쪽에서 흥행이 되게끔 만들어야 하는 거 아니야? 우린 선수로 출전하는 거지, 후원이나 베팅하는 쪽이 아니잖아?”

기정은 영하의 쓸데없는 걱정을 끌어오는 걸 추궁하였다.

“그렇게 단정할 수도 없지. 우리 정체를 감추고 우리가 스스로 베팅하고 선수로 참가할 수도 있는 거잖아.”

영하의 말도 일리가 있었다.

내가 출전할 것도 아니어서 난 둘의 대화를 듣고만 있었다.

체스960-검도 경기가 혹 열린다면, 케빈도 누구도 둘에게 베팅하지 않는다면 스스로 베팅하고 출전해야 할 상황이 도래할지도 모른다. 미래를 장담할 수 있는 건 아무것도 없었다.

13. 체스960-검도

건의

“런던에서 체스-복싱 관전하며 제프리를 만났습니다. 보스.”

기정은 박사과정의 미국대학에서 케빈과 두어 번 통화했었다.

케빈은 철학자가 미국, 유럽으로 체스960 경기하러 원정 오지 않는 것에 섭섭해하면서 기정과 통화에서 늘 안부를 챙겼다.

“진. 나도 얘기 들었습니다. 디마가 초청해서 갔었다고요?”

케빈은 CIA 본부로 영전하였고, 기정은 박사과정으로 미국에 와 있었다.

“그렇습니다. 보스.”

“나도 어지간하면 체스960-복싱 첫 대회라 시간 낼까 했는데, 본부로 온 지 얼마 안 되어 업무 파악하느라 미처 시간을 낼 수 없었습니다.”

케빈은 체스960-복싱 첫 대회가 진심으로 보고 싶었을 것이다. 대한민국에서 약 2년 정도 근무하다가 cia 본부 중요 직책으로 영전한 후 업무 파악과 현안 처리로 한동안 정신없이 보냈을 것으로 짐작이 갔다.

“전 런던에서 당연히 보스를 만날 줄 알았습니다. 그런 생각에 보스한테 연락도 없이 갔었습니다.”

“내가 너무 바빠서 못 갔습니다. 나도 모처럼 영국에서 진을 만날 기회를 놓쳐 아쉽습니다. 진. 강릉의 철학자는 잘 지내고 있습니까?”

케빈은 철학자의 안부를 물으며 활짝 웃었다.

그 이름만 떠올려도 케빈은 웃음이 저절로 나올 듯하다.

좌천으로 별 볼 일 없는 한직으로 밀려나 따분하게 세월 보내다 명퇴의 갈림에서 거취를 결정할 줄 알았다. 그러나 뜻밖에 천국에서 세계적인 명성과 엄청난 부를 쌓고 본부로 영전했다.

“네. 잘 지내고 있습니다.”

기정은 형식적인 인사말 뒤에 덧붙여 케빈에게 고마움의 표현을 하려다 그만두었다. 잠시 후 그에게 뜻밖의 제안을 하고자 전화한 상황이었다. 아무리 바빠도 케빈은 기정이 전화하면 기꺼이 받아 철학자의 안부를 물었다.

“진. 박사과정은 할 만합니까?”

케빈은 왜 전화했는지 묻지 않고 기정이 먼저 말하길 기다리며 일상적인 인사로 일관했다.

"네. 보스. 군 복무 마치고 다시 돌아오니, 마음이 홀가분하여 공부가 즐겁습니다."

"그렇다면 정말 다행입니다."

케빈은 기정이 쓸데없이 시간을 뺏지 않는다는 믿음이 있었다.

"보스. 이젠 내 사적인 의견 하나 말해도 되겠습니까?"

기정은 본론으로 들어갔다.

"오. 진. 어서 말해봐요."

"네. 보스. 유럽에서 새로 시작하는 체스960-복싱과는 별도로 다른 종목을 체스와 결합하여 경기를 치를 의향은 없습니까?"

보스의 부드러운 반응에 기정은 편하게 제안했다.

"체스960-복싱 외 체스와 다른 종목의 결합이라고 했습니까?"

"그렇습니다. 보스."

"진은 체스와 어떤 종목의 결합이 어울린다고 생각합니까?"

"보스. 전 런던에서 체스960, 복싱이 결합 된 경기를 관전하고 왔습니다. 복싱은 매우 역동적이며 활기차지만, 운동은 했어도 얼굴에 타격받는 걸 싫어한다면 체스 GM이며 신 경기에 도전해 보고 싶어도 외면할 것으로 사료 됩니다."

"그런 면이 분명 존재합니다. 현재 공식적인 체스 복싱대회는 유럽에서 선풍적인 인기몰이하며 성행하고 있습니다. 그런 부분을 높이 사 그들처럼 표준체스가 아닌 변형 체스인 체스-960과 복싱을 결합한 것입니다. 거기에 야성적인 타격감도 좀 더 가미하여 글러브 온스도 체스 복싱의 공식 대회보다 더 가볍게 준비했고요. 이건 여러 후원인이 모여서 합의한 내용입니다.”

케빈도 체스 복싱 탄생의 일화를 들려준다.

“그런 면에서 체스와 검도가 더 어울리지 않을까 생각합니다. 체스도 두뇌의 정중동 스포츠이며, 검도도 신체의 정중동 무도 겸 스포츠로서 높은 평가를 받고 있습니다.”

“진. 검도를 말하는 겁니까?”

“그렇습니다. 세계적으로 대한민국과 일본이 검도엔 강세지만 미국도 검도 세계 3위로 실력과 인기가 높습니다. 보스.”

기정은 미국의 높은 검도 실력과 인기를 강조했다.

-체스960 + 검도라?

케빈은 잠깐 대화를 멈추고 둘의 조합을 상상해 보았다.

막 시작한 체스960-복싱이 흥행에 성공한다면 체스960-검도 그 둘의 조합도 해볼 만하다는 느낌이 왔다.

“오. 정말 미국의 검도 실력이 세계 3위이며 대한민국과 일본 다음으로 검도 실력이 좋습니까?”

케빈은 진짜 놀라움을 음성에 담고 있었다.

“검도 세계선수권대회에서 대한민국과 일본을 제치고 우승한 국가는 현재 미국밖에 없습니다. 보스.”

“정말 미국이 그 정도로 검도 강국인 줄은 몰랐습니다. 그런데 진. 미국이나 대한민국, 일본만으로 체스 검도 경기를 할 수는 없지 않습니까? 유럽 참가자가 많아야 우리가 주관하는 경기가 흥행에 성공할 텐데 너무 한쪽으로 치우치는 것 아닙니까?”

케빈은 베팅하는 후원인이 삼국으로 한정된다면 초라하게 관심 밖으로 밀리는 것을 염려하고 있었다.

“보스. 세계 검도 대회 우승 국가만 따진 것이고, 세계적으로 검도는 사랑받습니다. 후원인도 좋은 선수를 선택하려면 영국인 러셀처럼 러시아 디마, 알렉산드르를 후원하듯 국적과 무관하게 어디선가 찾아낼 것입니다.”

기정은 설명을 이어갔다.

“알겠습니다. 진은 우리가 주관하는 리그 경험도 했고, 신 경기인 체스960-복싱도 직접 참관하고 장단점을 파악한 후 제안하는 것이라 믿음이 갑니다. 구체적인 기획안을 문서로 작성해주면 후원인 몇 명과 최대한 긍정적으로 검토해보겠습니다.”

케빈은 진지하게 약속했다.

서로 돈독한 신뢰의 관계라 많은 설명이 필요 없었다.

“고맙습니다. 보스. 오늘 중으로 잘 정리하여 보내겠습니다.”

체스960-검도 출범까지

“진. 내가 개인적으로 먼저 알아보고 친구들과도 상의한 결과 진의 체스-검도 기획안을 실행하기로 했습니다. 그러나 진도 잘 알겠지만, 체스 복싱을 기획하고 경기가 열리기까지 약 2년여가 소요되었습니다. 체스960-검도 경기를 일단 미국에서 치르는 것으로 가닥을 잡았습니다. 거기에 관한 세부사항을 후원인들에게 문서로 보낼 것입니다. 검토, 준비 기간은 1년 이상 예상됩니다. 회신이 오는 대로 진에게 바로 알리겠습니다.”

케빈은 기정의 제안을 심도 있게 검토하고 다뤘다, 알리려는지 매우 묵직하게 말하고 있었다.

케빈이 저렇게 말한다면 후원인의 반응과 기간이 문제이지 말로 때우고 호지부지 넘어가지는 않으리란 믿음이 갔다.

“잘 알겠습니다. 저의 엉뚱한 제안을 신중하게 검토해 주셔서 고맙습니다. 보스. 혹 검도에 관한 규정이 필요하면 허 교수님께 먼저 연락하여 자문받으시면 좋을 듯합니다.”

물리학 박사이며 현재 미국 00 대학에서 교수로 재직 중이고, 영리가 목적이 아닌, 본인의 검도 수련을 위하고 검도를 좋아하는 수련생을 지도하고 있기에 어디 치우치지 않는 분으로 검도 7단으로 믿을만하다고 강조했다.

체스960-검도 경기 협의회 및 경기 명칭

체스960-검도 경기 미국 협의회 명칭 **「SCKC.US」**

셔플 체스960-검도 컴퍼런스 USA= SCKC.US

(Shuffle Chess)-(Kendo) (Conference) USA= SCKC.US

SCKC.US 초대 회장 : 스콧 로버트슨

(Shuffle Chess-Kendo= muye+art-contest)

대회 명칭 〔**무예 경연**〕

〔무예 경연〕 경기 운영

-체스960 4라운드 검도 3라운드 대결.

-체스 제한시간 각 10분.

(라운드- 각자 2분 30초 중 15~18수 착수)

검도 각 라운드 3분- 3라운드 7선승제.

체스960-검도 경기가 끝난 시점에 체스도 무승부이며, 검도에서 7선취점으로 승부를 가리지 못했을 경우 검도 다득점자 승리.

체스 4라운드, 검도 3라운드 경기 종료 후 체스에서 무승부이며, 검도가 동점 상황이면, 다시 검도 시간 무제한으로 선취점 승리.

(체스 4라운드. 검도 4라운드. 최종 균등한 라운드 적용)

경기 복장

-검도의 호구, 죽도 착용하고 경기장 입장.

-호구(갑상, 갑, 면수건, 호면, 호완, 죽도)

-도복은 남색 또는 흰색으로 갑 뒤에 흑백의 띠 착용.

-선수는 경기장 입장 후 검도 심판진과 경기 심사위원의 복장, 죽도(저울에 무게- 격자 간격) 검사를 받아야 한다.

(SCKC.US 규정 외 복장과 죽도는 즉시 실격패 퇴장)

검도 부문

-경기장 규격: 10m 길이의 정사각형으로 바닥은 마루.

-검도는 매 라운드 경기 시간은 3분이며, 3라운드 7선승제.

-죽도로 상대의 유효 격자를 정확하게 타격하면 득점으로 인정.

-유효 격자: 머리 정수리 1곳 - 머리 좌우 2곳, 손목 좌우 2곳, 허리 좌우 2곳, 목 찌름 1곳, 총 8곳.

-기검체일치로 공격, 죽도의 유효 격자 정확성으로 득점 판단.

-주심 1인 부심 2인 등 3인의 심판이 동시 인정한 득점만 인정.

-2인의 심판이 인정해도 1인의 심판이라도 불인정하면 무효.

-예절 및 불량한 태도의 선수는 실격패 퇴장.

-검도 경기에서 장외로 나가면 실격 1회.

-검도 경기에서 힘으로 밀어서 상대를 넘어뜨리면 실격 1회.

죽도

-죽도는 네 쪽의 대나무로 만들어진 것.

-죽도 규격은 길이 120㎝ 이내, 무게 510g 이상, 칼자루가 전체 길이의 3분의 1을 넘지 않아야 한다.

-코등이는 지름 9㎝ 이내.

-선혁과 중혁의 타격 부위(20㎝)를 임의로 수정하여 늘리는 등 부정한 용구 사용이 발견되면 즉시 실격패.

판정 이의신청

-체스 + 검도에서 반칙(실격) 누적 3회 실격패.

-체스 경기 1면, 검도 경기 4면 녹화.

-심판의 지시 없이 기물 위치 정정은 실격 1회.

(판정에 불복하여 이의신청이 정당하다면 비디오 판독.)

-검도 경기는 SCKC.US 규정에 따른다.

-기타 명시되지 아니한 상황이 발생하면 세계 검도 대회 규정에 따라 검도 심판 3인, 체스 심사위원 3인, 비디오 판독관 1인 등 7인 판단하에 과반수 이상 결정에 따른다.

(심사위원 7인 중 4인 이상의 판정)

그 판정을 SCKC.US 회장이 승인하면 최종적으로 결정된다.

회장 책임하에 승인되면 판정은 번복할 수 없다.

체스 부문

-체스 경기는 체스960으로 대국.

-선수의 흑백을 컴퓨터로 대국마다 추첨.

-선수는 추첨한 흑백의 유불리를 감수하며 경기에 임한다.

-체스960 번호를 추첨, 당첨된 번호로 대국한다.

-각 10분의 제한시간이며, 라운드마다 5분 중 15~18수를 반드시 두어야 한다.

(5분 안에 15수를 두지 못하면 실격패)

-체스960 대국할 때 호면 착용 상태의 대국 허용.

-체스 경기에서 부정행위가 적발되면 즉시 실격패이며, 앞으로 SCKC.US 주관의 모든 경기 참가 불허.

후원인 부문

-후원인은 반드시 국적, 연락처, 직업, 베팅하는 선수 닉네임을 신청서에 기재하고 SCKC.US 계좌로 베팅액수 입금한다.

-본인이 베팅한 선수가 우승했을 때 배당금은 베팅한 인원에서 N분의 1로 배당한다. (경기 운영 경비 제한 금액)

-우승자 외 순위와 관계없이 배당금이 일절 지급되지 않는다.

-경기 운영에 필요한 심사위원 외 인원은 경기장 외의 별도로 마련된 참관인 실에서 관전해야 한다.

*　　*　　*

케빈은 여러 인물과 수개월 간 토론하고 보강하며 규정한 내용을 기정에게 보내고 통화를 원했다.

"보스. 왜 대회 명칭을 무예 경연이라 했나요?"

기정은 그 이유와 의미를 알고자 했다.

"체스는 두뇌로서 검도는 신체로서 그 아름다움을 나타냅니다. 체스는 두뇌 예술이며 무예이고, 검도는 신체 예술이며 무예의 의미로서 둘은 예술이며 무예로서 정신(혼(魂-몸 신身)의 최강을 가리자는 건데, 체스와 검도를 간결하게 표현한다고 할까요?"

케빈은 명칭을 설명하면서 상당한 자부심을 드러내고 있었다.

정신은 혼과 몸을 상징하는 것으로 가장 뛰어난 예술의 하나인 체스와 검도 결합에 대해 아름답게 표현하고자 애쓰고 있었다.

"그런 의미로서 무예의 경연이라는 멋진 명칭이 탄생했네요. 그 의미를 듣고 보니 더 멋지게 다가옵니다. 보스."

기정은 뭔가 칭찬 한마디 남기지 않으면 안 될 느낌으로 진정한 공감을 전할 수 있었다.

"하하하. 진. 멋지다고 평가해주어 고맙습니다. 경기 제안자의 좋은 평가에 여럿이 고심한 보람을 느낍니다."

"특히 셔플 체스에서 발전한 체스960는 무작위로서 무질서의 혼돈 속에 아름다움을 찾아가는 즐거움도 들어있지요."

"맞아요. 진. 우리는 (Shuffle Chess-Kendo= muye+art-contest) (셔플 체스-검도= 무예와 예술의 경연)이라는 의미로서 다시 또 함축하여 〔무예 경연〕이라는 명칭이 탄생한 겁니다. 진."

"보스. 들을수록 멋지다는 감탄만 나옵니다. 수고하셨습니다."

"무예 경연이 비록 음성적인 대회지만 만약 세계적으로 흥행에 성공한다면 진의 공로가 엄청나게 큰 건 사실이지요."

"보스께서 저에게도 공을 돌리시니 몸 둘 바를 모르겠습니다. 아무쪼록 경연을 잘 준비하시고 흥행에 성공하시길 바랍니다."

"진. 만일 경연이 성사되면 출전할 거죠?"

"네. 그렇습니다. 보스께서 후원하시면 좋고, 아무도 후원하지 않더라도 제가 스스로 후원하며 무예 경연은 출전할 겁니다."

"진. 왜 그런 섭섭한 말을… 난 우리가 주관하는 어떤 경기든 진과 철학자가 참여한다면 전 재산을 걸고라도 함께 할 겁니다. 그렇게 서로 믿으면 됩니다."

케빈은 진정이 담긴 음성으로 섭섭함과 믿음을 드러냈다.

체스960-검도 경기 초안은 기정이 작성하여 케빈에게 보낸 후, 서너 달 만에 협의회 결성 및 경기 운영 방침에 관하여 정리된 목록으로 서로 공감하고 있었다.

이제 케빈이 공문으로 우리들의 리그와 체스960-복싱에 참여한 후원인들에게 보내어 공론화할 것이다.

후원인 반응이 좋으면 앞으로 1~2년 사이에 체스960-검도로서 겨루는 무예 경연이 세상에 나오게 된다.

그때쯤이면 박사학위 받고 봄부터 군 복무 중인 영하도 복무를 마치고 미국 대학으로 돌아오리라 예상할 수 있었다.

"보스. 체스 진행이나 검도 진행위원은 내정되었나요?"

"검도 경기 부문은 진이 추천한 허 교수께 일임하여 구성하기로 로버트슨 회장과 제프리와 셋이 합의했어요. 진을 믿는 터라 추천에 다 같이 합의했어요. 체스 부문은 나와 제프리 그리고 전에 대한민국에서 철학자와 체스 대국한 선수 GM 브라이언으로 내정되어 있어요. 비디오 판독은 그 방면에서 저명한 전문가를 모시기로 했어요. 다 내정되어 있지만, 무예 경연 당일 발표할 예정입니다. 진."

"아, 잘 알겠습니다. 그저 궁금했습니다."

케빈은 7인 심사위원 내정자를 알려주며 통화를 끝냈다.

체스 경기는 브라이언, 제프리. 케빈이 심사위원으로.

검도 경기는 주심 한국인 허진우, 부심 일본인 다나까, 미국인 앤드류 등 3인이 맡는다.

심사위원 6인, 비디오 판독 1인을 경연 당일 경기장에서 발표할 예정으로 준비를 마쳤다는 전달이었다.

무예 경연

8강전

-셔플 체스 (shuffle chess)

-피셔 랜덤 체스 (Fischer Random Chess)

-프리스타일 체스 (free chess)

-체스 복싱 (Chess boxing)

케빈은 요즘 성행하는 변형 체스의 변천사를 정리해보았다.

피셔 랜덤 체스는 체스960과 동일하다. 프리스타일 체스도 그와 동일한데 대회 명칭이 주관 협의체에 따라 다르게 나타났다.

최근엔 체스와 복싱이 결합한 체스 복싱이 유럽에서 들불처럼 번지며 흥행에 성공한 추세이다.

체스 복싱은 세계 체스 복싱 협회(WCBA), 세계 체스 복싱 기구(WCBO)에서 공식적으로 경기를 주관하고 있다.

표준체스와 복싱의 결합이었다.

진. 대한민국의 순수한 청년이다.

현재 미국 대학에서 수학 박사과정을 밟고 있다.

무도 실력도 대단하다고 이미 실전적으로 검증되었다.

본인의 체스 실력도 상당히 높은 수준이나, 절친의 체스 수준은 세계가 감탄할 정도로 초일류의 경지에 올라 있다.

유럽에서 주로 주관하던 지하 체스 대회인 우리들의 리그

2년여의 준비 끝에 최근 체스960-복싱으로 전환했다.

「체스 복싱」 공식 대회는 표준체스-복싱 결합이다.

체스 지하세계인 유럽 우리들의 리그에선 체스에서 변화를 주고

복싱을 결합하여 〔체스960-복싱〕으로 탈바꿈했다.

진은 그 경기를 참관하고 온 후 제안해왔다.

체스960-검도의 결합이 더 어울릴 것이라고 했다.

매우 일리가 있었다.

-서로 주먹으로 상대 얼굴을 가격하고 가격당하는 것?

얼굴에 직접 가격당하는 걸 싫어한다면 참가선수의 체스 실력이

초일류라도 그런 경기엔 참가하지 않을 것이다.

그리고 복싱으로 인해 몸무게 따라 출전하는 체급이 다르다.

그러나 검도는 몸무게로 체급을 달리할 필요가 없다.

상대의 허점을 순간적으로 노리며 죽도로 유효 타격의 득점으로

승부를 겨루는 모습이 더 아름다울 것이라는 제안을 했다.

체스의 정중동이나 검도의 정중동이 두뇌와 신체로 일치한다고

역설했다.

진과 대화 후 곰곰이 생각하니 그 말이 매우 일리가 있었다.
제프리와 케빈은 기정의 제안에 대해 한참 토론했다.
둘이 논의하고 공감하는 제프리와 미국 '우리들의 리그' 원조 스콧 로버트슨을 만났다.
그럼 미국에선 체스960-검도 경기를 비공식으로 운영하며 비록 음성적이긴 하지만 선도하는 건 어떨까?

-체스960-검도를 미국에서 비공식 경기로 열어보자고?

한번 시도해보자는데 의기투합하여 체스960-검도 운영협의회를 미국에서 만들기로 했다.
우리들의 리그 미국인 원로 스콧 로버트슨에게 초대 회장을 맡아줄 것을 그 자리에서 건의했다.
사업가이면서 이색적인 도박을 즐기는 로버트슨은 초대 회장을 기꺼이 수락했다.
그리고 진이 1차 제안한 검도 경기에 관한 규칙을 보강하면서 체스960과 결합하며 수정하였다. 그 과정이 수개월 걸렸다.
그런 후 경기 운영위원과 심사위원을 선정하고 수락을 얻기까지 다시 수개월이 흘렀다.

로버트슨, 제프리, 케빈, 3인은 논의 끝에 셔플 체스-검도 미국 운영협의회를 「SCKC.US」라는 약칭으로 만들기로 합의했다.
이른바 무작위로 섞는다는 의미의 셔플 체스와 검도를 더했다.
그리고 협회, 학회 등의 의미가 있는 컴퍼런스를 더하여 탄생한 미국의 체스960-검도 협의회이다.
바비 피셔는 연구 끝에 기존에 폰 뒤의 기물을 섞어서 진행하던 셔플 체스 (shuffle chess) 경기에서 일정한 규칙을 추가로 도입하여 체스960을 만들었다.
체스960 경기는 그런 과정의 배경으로 인해 창안자 이름을 따서 피셔 랜덤 체스(Fischer Random Chess)라고도 한다.
체스960 경기를 프리스타일 체스라는 명칭으로 공식적인 경기를 치르고 있다. 그리고 다른 한 편에선 체스 복싱이라는 명칭으로 체스와 복싱의 결합으로 공식적인 경기를 치르고 있다.
무예 경연이라는 대회명으로 우리는 지금부터 경기를 치른다.
검도와 체스 경기에 복면처럼 얼굴을 가리고 출전해도 된다.
검도의 호면을 착용하면 어차피 얼굴이 보이지 않는다.
그렇게 탄생 된 체스960-검도 무예 경연이 열리게 되었다.
케빈은 8강전 첫 선수가 등장하여 검도 심사위원이 출전선수의 복장과 죽도를 점검하는 광경을 지켜보며 감회를 느꼈다.

14. 무예 경연 8강전

8강 선수의 면모

첫 번째 입장 선수는 프랑스의 마티유가 후원하여 출전하게 된 솔리투드 〈solitude〉

마티유는 대한민국 강릉에 표준체스 경기, 체스-960경기에 선수 앙리를 후원-출전시키며 두 번 다 방문했었다. 런던에서 새로운 경기방식으로 전환된 체스960-복싱 경기에도 앙리를 후원하며 출전시켰다. 이번 미국의 체스960-검도 경기에도 솔리투드 선수를 후원했다. 솔리투드가 앙리인지, 누군지는 알 수 없었다.

다만 앙리는 체스 복싱 경기에 출전할 정도로 체스도 GM 실력이며, 운동 실력도 뛰어나다는 게 특징이었다.

솔리투드- 고독, 외로움을 나타내는 의미여서 체스 철학자의 첫 별칭을 차용한 것이 아닌가 의심이 드는 대목이었다.

검도 심사위원 3인은 솔리투드의 검도 복장을 철저히 검색하고 죽도의 격자 부위 길이까지 꼼꼼하게 재고 있었다.

검색하는 단계에 만일 복장에서 금속 물질이 발견되거나, 죽도의 (선혁-중혁) 격자 부위를 고의로 늘렸으면 실격패 퇴장이다.

선혁-중혁 (20cm) 길이의 격자 부위를 벗어난 타격은 득점으로 인정되지 않는다. 역으로 생각하면 죽도의 격자 부위가 몇 cm만 길어도 검도 경기에서 엄청나게 유리해진다는 것을 알 수 있다.

그런 부분을 공문에 명시하였기에 철저히 검사하는 중이었다.

이번 무예 경연에 참여하는 각국 후원인은 선수를 선발하여 1년 이상 체스960-검도, 두 부문을 수련시켰다는 소문이 은근하다.

선수 정체는 철저히 비밀에 부치고 비밀리에 수련한다는 소문만 무성했다. 콜롬비아 우고 선수가 홀로 체스960에만 십 년 이상 연구했다는 소문이 퍼졌기 때문으로 풀이되었다.

두 번째 입장 선수는 일본의 와타나베가 후원하여 출전하게 된 마운틴(mountain)

느낌상 검도 실력이 매우 강한 일본인 선수로 예상되었다.

후원인 와타나베는 예전 유럽에서 열린 우리들의 리그 표준체스 대회에 딱 한 번 선수를 출전시킨 경력이 있었다.

지하체스 대회가 입맛에 맞지 않았는지 마땅히 출전시킬 선수가 없었는지 수년간 베팅조차 하지 않았다.

이번 무예 경연의 공문을 받아보고 다시 참여하게 되었다.

닉네임 마운틴은 체스나 검도가 높은 산, 높은 경지라는 의미로 예상할 수 있었다.

검도 심사위원 3인은 선수 호면 속 얼굴을 들여다보며 동양인, 서양인 그리고 흑인인지 정도 구별할 수 있을 것이다.

세 번째 입장 선수는 헝가리의 코치스가 후원하여 출전하게 된 포세이돈(Poseidon)

코치스는 체스 지하세계에서 원로로 추대받는 인물로 우리들의 리그 초창기에는 선수로 오래도록 출전했던 체스 GM이다.

나이가 들어가며 젊고 재능과 실력이 탁월한 선수를 발굴하여 키워가면서 출전시키는 즐거움으로 산다고 말하고 다녔다.

실제로 오랜 세월 동안 지하세계에 실력 있는 젊은 체스 선수를 여러 번 출전시킨 이력이 있다.

포세이돈 선수는 예상할 때 체스는 GM급에 버금가지만, 검도는 아마도 일 년 남짓 수련하고 출전하지 않았을까, 짐작되었다.

검도 경기에서 잘 버텨내면 체스 대국에서 승산이 있지 않을까, 코치스는 그런 판단으로 포세이돈을 내세웠다고 예상되었다.

네 번째 입장 선수는 독일의 일리아스가 후원하여 출전하게 된 페르쿠노스(Perkwunos)

후원인 일리아스는 특이한 내기 세계에서 빼놓을 수 없는 인물.

유럽의 어느 국가이든 새로운 베팅 게임이 출시되면 가장 먼저 연락해야 할 인물로 평가된다.

그만큼 다방면으로 변형적인 도박의 중독성이 강한 인물이다.

새로운 베팅 게임에 목말라하는데 사업수완도 뛰어나다고 했다.

물려받은 재산도 어마어마하여 다 못 쓰고 죽는 게 한이라고 늘 큰소리치며 거들먹거리는 편이다.

체스뿐만이 아니라 온갖 방면의 도박 게임에 나름대로 분석하여 베팅하는 쾌감으로 살아간다는 인물로 소문이 나 있었다.

엄청난 재산으로 정보 방면에서 세계적인 네트워크가 구축되어 무분별하게 베팅하는 것 같아도 최소한 반타작 이상은 한다며, 어떤 부문이든 나에게 오라는 유럽 도박계의 거물이다.

출전선수 닉네임 페르쿠노스(Perkwunos)-신화 속 - 천둥 신.

일리아스는 이번 무예 경연에서 천둥을 세게 친다는 의미로서 직접 작명했을 것으로 케빈과 제프리는 추정하고 있었다.

다섯 번째 입장 선수는 브라질의 실바가 후원하여 출전하게 된 카니발(carnival)

브라질인 후원인 실바는 그간 체스 지하세계에 그다지 관심을 기울이지 않던 인물이었다.

우리들의 리그에 참여하려면 일 년에 한 번 반드시 출전선수를 내세워야 한다는 규정이 우선 마음에 안 든다고 했다.

“내 멋대로 판단하여 내 멋대로 도박하는 자유가 없다.”

굳이 선수를 내세우는 번거로움까지 감수하며 거액을 베팅하는 게임에 참여할 필요가 없다고 공공연히 떠들던 인물이었다.

닉네임 카니발 선수를 출전시킨 건 새로운 게임이 그런 부담을 없애고 초청장을 보내왔기에 거액을 투자하지 않아도 되는 상황에서 어떤 경연인가 간 보려는 의도인 걸 짐작할 수 있었다.

카니발 선수는 이번 무예 경연에 체스960보다는 검도 경기에 더 비중을 두고 출전했다고 짐작해도 무방할 것으로 판단되었다.

여섯 번째 입장 선수는 폴란드의 보즈니악이 후원하여 출전하게 된 헤라클레스(Heracles)

폴란드인 후원인 보즈니악은 무수히 많은 체스 지하 세계 대회에 참가하면서 이따금 우승을 일궈내었다.

대한민국 강릉에서 표준체스 및 변형 체스 대회 때 단 한 번도 방문한 적은 없었다. 체스-960경기가 열렸을 때 우고 선수에게 제법 거액을 베팅한 전력이 있었다.

어릴 적 체스의 신동으로 불리던 우고 선수.

오로지 체스960만 연구한 끝에 체스 GM들과 여러 번 대결.

GM에게 체스960으로 한 번도 패배한 적이 없는 무적의 청년.

체스960경기 지휘자라는 별칭으로 체스 지하 세계에 그 실력이 은은하게 퍼지던 소문 따라 거액을 질렀었다.

소문 따라간 베팅에 실패한 후 뜬소문보다는 실전적인 선수를 발굴하지 않는 한 거액 베팅은 사라졌다는 소문이었다.

우리들의 리그 베팅에 대부분 참여하는 몇 안 되는 골수분자로 익히 알려진 인물이다.

체스 대회만 열렸다면 외면했을 터인데, 체스960+검도의 경연이라는 매력 때문에 참가한 게 아닐까, 제프리와 케빈은 짐작하고 있었다. 그런 까닭에 헤라클레스라는 선수의 닉네임이 과시하듯 체스보다는 검도에 더 비중을 두고 있다는 느낌이 강했다.

체스에서 버티고, 검도에서 7선취점 승산의 경기 운영을 염두에 둔 참가라고 예상할 수 있었다.

일곱 번째 입장 선수는 콜롬비아의 자비드가 후원하여 출전하게 된 리벤지(revenge)

자비드는 약 2년 전 대한민국 강릉에서 열린 체스960 경기에서 리그전 및 개인전에서 우고 선수에게 막대한 금액을 베팅하여 그야말로 막대한 금전적 손실을 당한 후원인이다.
같은 콜롬비아인 뻬룰로에게 너무 기대한 탓에 엮인 사례였다.
표준체스, 변형 체스, 체스960-복싱, 체스960-검도 등 우리들의 리그가 주관하는 대회는 대부분 참가하는 열성파 후원인이다.
아직 출전시킨 선수가 우승한 이력이 없었다.
어쩌면 그런 탓에 이를 악물고 단 한 번이라도 우승하고자 어떤 종목이든 가리지 않고 출전하는 것인지 모를 일이다.

여덟 번째 입장 선수는 미국의 제프리가 후원하여 출전하게 된 mysterious(미스티어리어스)
눈에 잘 띄는 도복 정면에 보이는 갑상에 (mysterious) 세로로 새겨졌으며, 호면의 오른쪽에도 세로로 (mysterious) 보였다.
죽도를 검사하기 위하여 심사위원에게 건넬 때 죽도 코등이에도 (mysterious) 있었고, 호완 양쪽에도 (mysterious) 새겨져 있었다.
요란하다고는 할 수 없으나 유난스럽다는 느낌을 주고 있었다.

-mysterious(미스티어리어스) 불가사의? 신비로운?
-미국에서 열리고 미국 출전선수라 기선을 제압하려고?

8명의 선수 모두 본인의 도복 갑상에 닉네임을 세로로 새겼다.

그러나 마지막 등장한 미스티어리어스처럼 호면과 죽도 코등이, 호완(장갑) 양쪽에 새겨넣지는 않았다.

유난히 미스티어리어스만 육안으로 확인할 수 있는 곳, 글씨를 새겨넣을 수 있는 곳은 모두 (mysterious)가 들어가 있었다.

현재 미국에서 열리고 있는 무예 경연은 기정의 제안과 케빈의 검토, 제프리가 적극적으로 가담한 덕분에 2년여가 지난 후, 눈 앞에서 펼쳐지게 된 것이다. 케빈은 대한민국 강릉에서 본인이 주관한 모든 체스 리그 및 개인전을 철학자를 앞세워 독식했다.

케빈이 미국으로 영전하자마자 새로운 경기(체스960-복싱) 뒤에 바로 무예 경연을 기획한다면, 유럽의 후원인들이 색안경 끼고 볼 여지가 다분하다 하여 한발 물러서 있는 상황이었다.

그런 연유로 기정이 mysterious(미스티어리어스)라는 닉네임으로 참가하는 경연에는 제프리가 후원인으로 기록되었다.

선수는 검도 도복을 머리부터 발끝까지 착용하고 등장한다.

얼굴은 알아볼 수 없어도 선수의 체격은 고스란히 드러났다.

미스티어리어스는 키가 1m75cm 남짓한 정도이며 살집이 없는 날렵한 체형으로 동양인이 아닐까? 그런 느낌이었다.

“미스티어리어스(mysterious)? 불가사의 이런 의미 아닌가?”

참관인 중 누군가 닉네임의 의미를 해석했다.

“신비하다는 의미도 들어있지.”

“허세를 부리는 거야, 신비로움을 강조하는 거야?”

“우린 알 길이 없지.”

“지켜보면 알겠지. 미국에서 주최하고 미국에서 출전시킨 선수인데… 허세만 있겠나?”

그런 대화가 나직이 오고 갔다.

일곱 번째 선수까지는 묵묵히 참가 선수들의 등장을 지켜보던 일곱 명의 참관인들이었다.

오늘은 8강전 4경기가 토너먼트로 진행될 예정이다.

1시부터 선수 입장과 대진표 추첨, 복장 점검 및 무예 경연의 규정에 관한 주의사항 전달과 숙지하는 절차에 따라야 한다.

이후 2시부터 1시간 간격으로 대회가 진행되며 패배한 선수와 후원인은 귀가하던가 계속 남아 경연을 지켜보던가 자유롭다.

무예 경연 둘째 날에는 오후 2시, 3시에 각각 4강 토너먼트가 2경기 열리고, 경연 셋째 날에는 오전 10시에 결승전이 열린다고 공지되어 있었다.

미국에서 열리는 경기 참여로 유럽과 여러 나라에서 출입국에 번거롭지 않게 애틀랜타 공항과 가까운 장소에 경기장을 임시로 시설한 상태였다. 패배한 선수도 출국하기 쉬우며 공항 근처에 좋은 호텔도 여럿 있었다.

오늘 무예 경연에 참여하는 8명은 선택된 선수들이었다.

주최하는 SCKC.US에서 공문을 보내면서 첫 경기는 시범적으로 치르는 경기라 8명의 선수만 선착순으로 신청받는다고 했다.

그리고 선착순으로 등록한 같은 국적의 다른 선수는 등록 불가라고 명시하여 공문을 보냈었다.

말이 공문이지 무예 경연의 경기방식과 개최 의사를 후원인에게 초청장 형식으로 전달하는 것에 지나지 않았다.

다시 말하면 1년 후 이런 방식의 경기를 주최하는데 선착순으로 신청받습니다. 하는 내용 전달이었다.

선착순 8명 신청자 뒤는 국가별 중복을 피하며 후보(대기자)로 등록해 놓았다.

의외로 참여자가 많아 케빈, 제프리, 스콧 회장은 놀랐다.

대기로 미루는 것에 대해 제프리는 진땀을 뺄 지경이었다.

관심을 끄는 특징 중 하나는 후원인은 출전선수에게 10만 불의 출전료 겸 베팅해야 하며, 무제한으로 베팅액수를 열어두었다.

또 다른 특징은 선수를 출전시킨 대표 후원인만 경기장에 입장하여 직접 참관할 자격이 주어진다고 했다. 베팅만 한 후원인은 별도로 마련된 참관인 실에서 유리 벽을 통해 관전할 수 있다.

참관인 실에는 대형 모니터를 설치해놓아 검도 경기의 선수들 기합 소리와 심사위원의 진행을 경청할 수 있었다.

평소 체스 지하 세계 경기에 관심이 많았던 도박사들에게 그런 방식이 호재였을까?

국가별로 1명만 출전할 수 있으며 8강전부터 시작하여 흥미를 돋운 건지 알 수 없으나, 상당한 베팅액수를 기록하고 있었다.

어쩌면 선수들의 체급도 무시하고 복면처럼 검도 호면 착용 후, 정체를 숨긴 채 경기를 진행하기 때문인지도 모를 일이었다.

리그전이든 토너먼트든 누군지 모른 채, 이기면 되는 경기였다.

무예 경연 경기장은 가로세로 10m 검도 매트가 중앙에 있었다.

그 옆에 체스판이 놓여 있었다.

체스판을 지켜볼 수 있게 체스 심사위원 3인이 앉아 있었으며, 체스 대국 때는 브라이언이 주심으로 진행했다.

선수를 출전시킨 대표 후원인 7인이 체스 심사위원 맞은 편에 나란히 앉아 검도 경기를 관전할 수 있었다.

체스 대국은 경기장에 설치된 대형 모니터로 관전해야 했다.

그리고 한 면에 유리 벽 사이로 베팅만 한 후원인들이 경기장을 지켜보며 참관인 실의 대형 모니터로 관전하는 형태였다.

선수는 검도 라운드가 끝나면 체스판으로 이동하여 1분간 휴식 후, 체스 주심의 진행에 따라 체스 대국하는 경기방식이었다.

체스960-복싱 경기처럼 헤드기어를 벗고 다시 귀마개 착용이나 체스판을 링 위로 오르내리는 번거로움도 없었다.

체스 대국에서 체크메이트 혹은 검도에서 선 7득점이면 경기는 종료된다.
체스 주심은 브라이언이며 심사위원-제프리, 케빈. 검도 주심은 한국인 허진우 교수, 부심은 미국에서 검도관을 운영하는 일본인 검도 다나까 관장, 미국인 앤드류 등 주부심 3인은 검도 7단 소유자들이며, 비디오 판독은 전문가 제퍼슨이 맡았다.

8강 선수 국적, 닉네임, 후원인

8강 선수와 후원인 소개는 SCKC.US 초대 회장 스콧 로버트슨이 입장 순으로 직접 마이크를 잡고 일일이 호명하고 있었다.

프랑스 (solitude-솔리투드) 마티유(프랑스)

일본 (mountain-마운틴) 와타나베(일본)

헝가리 (Poseidon-포세이돈) 코치스(헝가리)

독일 (Perkwunos-페르쿠노스) 일리아스(독일)

브라질 (carnival-카니발) 실바(브라질)

폴란드 (Heracles-헤라클레스) 보즈니악(폴란드)

콜롬비아 (revenge-리벤지) 자비드(콜롬비아)

미국 (mysterious-미스티어리어스) 제프리(미국)

스콧 회장은 검도 경기 심판 3인, 체스 경기 심판 3인, 그리고 비디오 판독관 1인 등 7인의 심사위원도 소개했다.
스콧 회장이 주시하고, 7인의 심사위원이 대표 후원인, 참관인 실의 후원인들이 모니터로 지켜보는 가운데 컴퓨터로 토너먼트 대진표를 추첨한 결과는 다음과 같았다.

8강전

1. (미국)미스티어리어스 VS 솔리투드(프랑스)
2. (일본)마운틴 VS 포세이돈(헝가리)
3. (독일)페르쿠노스 VS 카니발(브라질)
4. (폴란드)헤라클레스 VS 리벤지(콜롬비아)

무예 경연이 시작되기 전이라 후원인들 사이에 잠시 술렁거리며 8강전 선수들의 닉네임에 따른 의미를 파헤치고 있었다.
누가 검도에서 우세한지, 누가 체스에서 우세한지, 설왕설래하며 참관인 실은 그야말로 말 잔치가 열렸다. 같은 국적 후원인끼리 자국 언어로 예상하며 대화하는 내용이 예사롭지 않았다.

(solitude-솔리투드) 고독, 혼자 상태,
(mountain-마운틴) 산. 아주 높은.

(Poseidon-포세이돈) 고대 그리스 신화- 바다의 신

(Perkwunos-페르쿠노스) 뇌신(雷神) 천둥 신.

(carnival-카니발) 화려한 의상, 대규모 거리 축제.

(Heracles-헤라클레스) 그리스 로마신화 최고의 영웅.

(revenge-리벤지) 보복, 설욕.

(mysterious-미스티어리어스)=불가사의(不可思議), 신비한.

(미국)미스티어리어스 VS 솔리투드(프랑스)

무예 경연 8강 첫 대진 추첨 후 다음은 흑백을 정한다.

그리고 체스960 대국 번호를 무작위로 추첨했다.

가장 먼저 체스판에 마주 앉은 미스티어리어스와 솔리투드.

브라이언은 체스판 옆에 서서 진행하고, 케빈은 심사위원 자리에 앉아서 컴퓨터로 하나씩 추첨해 나가고 있었다.

8강전 첫 경연의 추첨 된 체스960 대국 번호는 103번.

-대국 번호 103번 QNBRNKRB

"퀸. 나이트. 비숍. 룩. 나이트. 킹. 룩. 비숍."

케빈은 대한민국 강릉에서 체스-960경기를 여러 날 리그전으로

진행한 경험이 있기에 차분하게 기물을 불렀다.

체스960 진행자 브라이언은 솔리투드에게 그의 왼쪽부터 케빈이 불러주는 순서대로 백 기물을 올려놓으라고 지시했다.

다음 미스티어리어스는 흑 기물을 백 기물과 마주 보도록 했다.

두 선수의 그런 동작을 경기장 내에서, 그리고 참관인 실에서 후원인들은 모니터로 주시하고 있었다.

브라이언은 두 선수에게 주의사항을 설명했다.

체스 한 라운드는 5분이다.

대국 시간 내 각자 15수 이상 착수하지 못하면 실격패.

체스960 라운드 네 번 중 본인 시간이 초과하면 시간패.

선수의 착수는 컴퓨터에 자동으로 입력되며, 5분이 경과 하면 진행위원이 초시계를 멈추고 검도 경기로 보내는 경기방식이다.

규정을 알고 있었으나, 막상 체스판 앞에선 긴장된 얼굴들이다.

브라이언은 설명 마치고 두 선수의 검도 호면 속 표정과 눈빛을 살피며 기다리고 있었다.

2시 정각.

"대국 개시를 선언합니다."

케빈의 외침으로 미스티어리어스는 초시계의 흑 꼭지를 눌렀다.

솔리투드는 특별히 생각해 둔 오프닝이 있었는지, 아니면 특별한 게 없으므로 빠르게 두는 건지 모르게 첫수를 빨리 두었다.
시간 안배도 매우 중요하다. 체스 그랜드마스터라면 각 10분의 제한시간으로 무수히 많은 체스 대국을 해왔기 때문에 시간패를 당하진 않을 것이다.

체스960의 마에스트로라는 우고 선수처럼 한 10여 년 체스960만 연구하면 체스960의 오프닝을 척척 착수할 수 있을 것이다.
표준체스의 GM은 체스960의 연구가 과연 그 정도 되어 있을까?
고독을 연상시키는 솔리투드(solitude)는 체스 실력이 GM급으로 후원인 모두 짐작했다. 검도는 잘 방어하며 버티다 체스960에서 승부를 볼 것으로 내다보았다.
그런 짐작은 어디까지나 선수의 닉네임으로 판단하는 것이었다.
모두의 시선이 긴장감 속에 쏠린 8강전 체스 1라운드 오프닝은 서로 견제하며 중앙으로 한 걸음씩 전진하는 정도로 끝냈다.

* * *

이어서 한 라운드 3분으로 검도 경기가 시작되었다.
체스의 미스티어리어스는 흑, 솔리투드는 백 띠를 등에 붙였다.
검도 3라운드 중 7선취점을 올리면 경기에서 승리한다.

선수는 이미 검도 경기 규정을 알고 있지만, 주심은 다시 한번 주의사항을 설명해주었다. 자칫 3회의 반칙으로 인해 어이없이 실격패로 패퇴할 수 있는 검도 경기 규정이었다.
체급이 달리 없기에 코등이 싸움에서 힘으로 밀어붙이면 경기장 매트 밖으로 밀려날 수 있었다. 정상적인 경기 내용이라면 밀린 선수가 1실점을 당하겠지만, 만일 힘으로 밀었다면 오히려 힘을 쓴 선수의 실격 1회이다.
검도는 시작과 동시에 미스티어리어스가 압도하는 분위기에서 머리 정면을 공격하여 주심 3인의 흑 기가 빠르게 올라가며 선 득점하였다. 서로 몇 번 죽도를 건들며 견제 후 천둥 같은 기합과 함께 미스티어리어스의 전광석화와 같은 공격에 솔리투드는 깜짝 놀라며 실점을 허용했다.

-뭐야? 미스티어리어스는 검도가 훨씬 우세한 선수야?
-검도 1라운드에 경기가 끝나는 것 아니야?

경기장 내외로 나뉜 후원인 사이에서 탄성과 함께 그런 소리가 저절로 튀어나왔다. 단 경기장 내 후원인들은 절대 소리를 내선 안 된다는 주의를 들었기에 그저 놀라고 있을 뿐이었다.
검도를 시작하고 불과 10여 초 만에 벌어진 광경에 다들 입을 다물지 못하고 있었다.

누구보다 놀란 인물은 솔리투드를 후원한 마티유였다.

실망과 우려가 얼굴 가득 내려앉아 있었다.

다시 매트 중앙에서 마주 선 두 선수. 미스티어리어스는 아주 조금씩 전진하고 솔리투드는 조금씩 뒤로 밀리는 모습이었다.

이때 뒤로 밀리던 솔리투드가 번개처럼 앞으로 나서며 상대의 오른쪽 허리 부분을 기합과 함께 공격해 들어왔다.

미스티어리어스는 방어하지 않고 상대의 오른쪽 허리를 공격해 들어갔다. 서로 상대 오른쪽 허리를 공격하며 상대의 뒤쪽으로 빠져나갔는데, 주심 3인은 흑 기 3개를 동시에 올렸다.

상대 빈틈을 노리며 공격했으며 서로 타격을 가한 것은 맞지만, 솔리투드는 죽도의 끝부분(선혁-중혁의 격자 부위)에서 벗어난 타격이었고, 미스티어리어스는 정확하게 타격했다고 인정했다.

검도 경기가 시작된 지 1분이 채 안 되는 시간인데 솔리투드는 벌써 2실점이었다.

다시 매트 중앙에서 마주한 두 선수. 미스티어리어스가 서서히 다가서다 다시 한번 짐승 같은 기합 소리와 함께 머리 공격으로 들어갔다. 솔리투드는 같이 공격하기보단 이번엔 방어를 택했다. 상대의 머리 공격을 죽도로 잘 방어하고 있었으나, 거친 공격에 뒤로 밀리면서 이번엔 몸이 매트 밖까지 밀려 나갔다.

다시 주심 3인의 흑 기가 3개 동시에 올라갔다. 실격이었다.
솔리투드 본인도 어이가 없어선가, 매트 중앙으로 걸어가면서 후원인 마티유를 돌아보았다.

-체스 선수가 검도를 저렇게 잘할 수 있는가?
-3실점. 역시 검도는 아직 안 되는가?
서로 그런 표정을 확인하는 모습으로 비쳤다.
먼저 공격당하여 1점. 서로 공격했는데 타격 부위가 어긋나 1점.
상대 공격을 죽도로 잘 방어했으나 매트 밖으로 밀려 1점.
검도 한 라운드 3분 시간 중 불과 2분여에 3실점 한 솔리투드는 당황하여 눈동자가 흔들리고 있었다.
네 번째 죽도의 끝을 맞대고 서로 눈싸움하던 찰나 솔리투드는 상대의 죽도를 한 번 쳐내고 상대의 왼 손목을 노리고 선공으로 기합과 함께 들어갔다. 상대는 오히려 기다렸다는 듯 빠르게 다시 한번 솔리투드의 왼쪽 허리를 타격하고 솔리투드의 뒤쪽으로 나갔다. 주심 3인의 흑 기가 3개 동시에 올라갔다.
솔리투드는 호면 속으로 고개를 두어 번 갸웃거리고 있었다.
검도 1라운드에서 빠르게 4실점 한 솔리투드는 이번엔 옆으로 돌면서 상대가 들어오면 받아칠 전법으로 시간 끌었다.
상대가 머리 정면을 타격하며 들어올 때 죽도로 잘 방어했다.

선공보다 방어 위주로 대응하며 빈틈을 노리고 있었다.
상대 검도 실력이 나보다 우월하다고 인정한 후 취한 전략이다
처음 네 번의 맞대응에서 4실점 후 나중 2번은 잘 방어했다.
중앙에서 다시 죽도를 맞대었을 때 검도 1라운드가 끝났다.

다시 5분의 체스 대국 2라운드가 시작되었다.
솔리투드는 작심한 듯 체스는 매우 공격적으로 나왔다.
그러나 미스티어리어스는 침착하게 방어하며 서로 점수 손해가 없는 기물 교환하며 전진하고 있었다.
후원인들이 냉철한 눈으로 관전할 때도 흑의 미스티어리어스는 체스에서 절대 밀리지 않았다. 공격을 서두르던 솔리투드 백이 공세에서 오히려 주춤거리는 양상으로 흘러가는 느낌이었다.
솔리투드는 위기의식을 느끼고 있었다. 다시 검도가 시작된다면 7선취점 중 남은 3점을 버틴다는 보장은 어디에도 없었다.
2라운드 5분의 체스 대국에서 승부를 내지 않으면 위험하다.
그러나 앞서는 마음만큼 체스판 위 공방은 녹록지 않았다.
솔리투드 손길이 점점 느려지며 상대보다 시간을 더 많이 사용하고 있었다. 단번에 체크메이트 만드는 수법을 찾고 있었다.
체스 제한시간이 남아도 검도에서 패배하면 무슨 소용인가?
마음은 조급하고 대국 시간은 흘러가지만, 어디에도 몇 수만에

승부를 결정할만한 곳은 보이지 않았다.

그렇게 체스 2라운드에 15수를 간신히 넘기며 실격패는 면했다.

솔리투드는 체스 2라운드에서 끝장을 내지 못하고 검도 경기장 안으로 들어갔다.

미스티어리어스의 포효하는 3번의 기합과 함께 또 3실점 하며 패퇴하고 말았다. 솔리투드는 체스960 실력도 밀리는 느낌이었으며, 검도는 기량 차이가 제법 난다고 평가해도 무방할 것이다.

(일본)마운틴 VS 포세이돈(헝가리)

8강전 두 번째 겨루기 마운틴 VS 포세이돈.

선수는 약 10분 전쯤 착석하여 대기 중이었다.

첫 라운드와 마찬가지로 추첨하여 마운틴 흑, 포세이돈 백으로 결정되었다.

케빈이 무작위로 대국 번호를 추첨하여 453번이 나왔다.

-대국 번호 453번 RNBBNKQR

"룩, 나이트, 비숍, 비숍, 나이트, 킹, 퀸, 룩"

케빈은 간결하게 기물 명칭만 부르고, 브라이언이 포세이돈에게 불러준 대로 왼쪽부터 배열하라고 지시했다.

마운틴은 천천히 흑 기물을 백 기물 정면으로 배열했다.

후원인은 케빈의 추첨과 선수의 동작을 모니터로 볼 수 있었다.

정각 3시.

"대국 시작해주십시오."

케빈의 외침, 브라이언의 손짓과 함께 마운틴은 흑 꼭지를 눌러 백의 시간이 가도록 만들었다.

포세이돈은 기물 배치 후 정각이 되기 전 미리 생각하고 있었던 듯 빠르게 중앙(d2)의 폰을 두 칸 올렸다.

일단 중앙의 비숍 길을 여는 기본적인 전략이었다.

마운틴은 맨 오른쪽 룩 길을 열며 폰(a7)을 두 칸 올렸다.

지극히 정상이 아닌, 조금 변칙적인 수인가?

변형적인 체스960은 선수 멋대로 두는 게 자기만의 전략이므로 오프닝 단계에선 호불호, 유불리는 점치기 어렵다.

빠르게 두는 포세이돈보다 마운틴은 뜸 들이며 체스 첫 라운드에서 간신히 15수를 넘기고 있었다.

그렇게 양 선수는 자기만의 색깔로 두어나가며 체스 5분을 다 소비하고 검도 경기장에 들어섰다.

헝가리 후원인의 출전선수 포세이돈에 비교해 일본 후원인 선수

마운틴은 동양인인지 서양인인지 알 길이 없었다.

검도 실력이 체스보다 월등할 것 추측되며, 그렇다면 일본인이지 않을까, 모두 짐작하고 있었다.

예상대로 검도 경기는 시작과 동시에 한 동작이 펼쳐졌다.

거친 기합 소리에 때맞춰 마운틴의 죽도가 포세이돈의 정수리를 가격하는 "딱" 타격음에 다들 놀라고 있었다.

앞 검도 경기보다 더 전광석화의 동작이었다.

흑 기 3개가 3인 주심의 손에서 놀란 듯 동시에 올라갔다.

-이번 무예 경연은 체스보다 검도에서 먼저 승부가 나는 건가?

-역시 검도 실력이 뛰어난 일본인인가?

그런 추측 속에 두 선수는 다시 중앙에서 맞섰다.

포세이돈은 미처 기본자세도 잡기 전 창졸간에 당한 타격이라 좀 얼떨떨했다.

두 번째 맞서 죽도로 서로 두세 번 토닥거리다 이번에도 마운틴은 빠르게 포세이돈의 오른 손목을 짧게 끊어서 타격했다.

주심 3인의 흑 기가 동시에 올라가며 정확한 가격을 알렸다.

이럴 수가. 포세이돈은 마운틴이 검도 고수라는 사실을 깨닫는데 그리 오래 걸리지 않았다.

앞의 8강전 첫 경기를 관전했기에 포세이돈은 다시 자기 자리에 서서 죽도를 바로잡으며 머릿속으로 대책을 강구했다.

세 번째 겨루기 자세에서 다시 마운틴은 빠르게 상대 오른 허리를 타격했으나, 이번엔 포세이돈이 죽도로 막아내며 마운틴의 오른 손목을 공격했다.

서로 한 번의 기합과 함께 한 번의 깔끔한 동작으로 마무리하는 공격이었다.

주심 손에서 누구의 기도 올라가지 않았다.

네 번째 겨루기 자세에서 서로 노려보던 눈길에 마운틴 눈매가 가늘게 떠지는 모습을 포세이돈이 확인하던 찰나 마운틴의 죽도는 그대로 포세이돈의 목으로 직진하여왔다.

포세이돈은 목에 통증을 느끼며 주심의 흑 기가 3개 올라가는 모습을 보고 말았다.

포세이돈은 정수리 1실점. 손목 1실점. 목 1실점. 나름대로 정신 차리고 방어했으나, 또 실점하여 벌써 3실점인가?

기가 막힐 시간도 없이 다섯 번째 겨루기 자세를 취해야 했다.

마운틴의 죽도는 포세이돈 죽도를 끝부분에 한 번, 중간 부분에 두 번, 친 후 왼 손목 치기로 타격했다.

또 주심 3인의 흑 3기가 올라갔다.

서로 죽도의 교합도 없이 마운틴의 죽도는 깔끔하게 포세이돈의 타격 부위에 정확하게 가격했다.

-검도 고수인가?

포세이돈과 참관자 모두 그런 생각이 들 때 마운틴은 4득점하고 있었다. 앞 경기보다 빠르게 4득점이었다.

포세이돈은 문득 생각난 듯 오른쪽으로 서서히 돌고 있었다.

마운틴의 죽도는 그런 포세이돈의 오른 허리를 공략했다.

퍽, 하는 타격음과 함께 다시 주심 3인의 흑 3기가 올라갔다.

-5실점인가?

포세이돈은 느린 동작으로 중앙으로 가면서 곱씹었다.

상대를 자유자재로 공격하는 마운틴을 노려보며 걸었다.

다시 겨루기 동작일 때 검도는 멈췄다.

-3분 검도 경기에서 5실점이라니.

이번 체스 경기에서 승리하지 못한다면 다음이란 없었다.

체스도 만만치 않았다. 마운틴은 체스960의 무질서한 배열이나 마찬가지로 오프닝부터 행마도 변칙적인 수법이라 신중을 더해 대응하느라 빨리 승부를 낼 수도 없는 상태였다.

포세이돈이 검도에서 시간 끌며 최대한 방어하며 체스에서 이기려고 하듯 마운틴은 체스에서 최대한 버티다 검도에서 이기려는 전략으로 판단하도록 만들었다.

포세이돈은 두 번째의 체스 대국에서도 승리하지 못한 채 다시 검도장으로 끌려가듯 들어가야 했다.

앞 경기와 판박이는 아니지만 비슷한 흐름으로 가고 있었다.

마음속으로 혹은 몸으로 발버둥 친다 해도 검도에서의 현격한 실력 차이는 극복할 수 없었다.

마운틴의 단 두 번의 포효하는 기합 소리에 놀란 토끼처럼 흑기는 두 번 다 빠르게 올라가고 말았다.

(독일)페르쿠노스 VS 카니발(브라질)

8강전 세 번째 겨루기 페르쿠노스 VS 카니발.

오후 2시부터 한 경기씩 벌어지는데 2시 겨루기, 3시 겨루기가 한결같이 검도 2라운드에서 승부가 났다. 그 바람에 다음 선수가 일찌감치 나와 자리에 앉아 있었다.

케빈은 뒤에 홀로 앉아 있는 스콧 회장을 돌아보았고, 회장은 고개를 두어 번 주억거리며 승낙의 의사 표시를 했다.

이른 추첨으로 페르쿠노스 백, 카니발 흑으로 결정되었고, 이어 대국 번호 추첨에서 611번이 당첨되었다.

-대국 번호 611번 BRNQKRNB

"비숍. 룩. 나이트. 퀸. 킹. 룩. 나이트. 비숍."

케빈은 기물을 또박또박 불렀고, 페르쿠노스는 백으로 왼쪽부터 배열했으며, 카니발은 따라 놓고, 브라이언이 확인하고 있었다. 흑백 기물 배열 후 퀸과 킹은 표준체스와 자리가 동일했다.

정각4시.

"대국 개시해주십시오."

케빈의 선언으로 카니발은 흑 꼭지를 눌러 백 시간이 돌아갔다. 페르쿠노스는 b2의 폰을 두 칸 올리며 비숍과 룩 길을 열었다. 카니발은 d7 폰을 두 칸 올렸고, 백 a1의 비숍이 d4로 나가며 흑 a7의 폰을 노리자, 그 폰을 한 칸 올리며 대응했다.

서로 견제하며 유불리의 공방 없이 서서히 중앙으로 진출하면서 체스 1라운드를 마쳤다.

선수는 검도장에 들어섰고, 후원인들은 닉네임으로 짐작할 때 페르쿠노스는 검도를, 카니발은 체스의 우월을 점쳤다.

죽도를 맞대자마자 페르쿠노스는 상대의 정수리를 타격하였고, 카니발은 상대의 왼 허리를 타격하였다. 서로 순간의 기습적인 공격이었는데, 주심 3인은 카니발의 흑 기 3개를 동시에 올렸다. 선수 등 뒤의 흑백 기는 체스의 흑백으로 검도에서도 동일하며, 페르쿠노스의 정수리 공격은 살짝 빗나갔으나, 카니발은 상대의 왼 허리 타격은 적중했다는 판정이었다.

둘 다 빠르다. 빠른데 카니발이 더 빠르다?

예기치 못한 결과에 후원인들은 하나같이 놀라움에 떨었다.

검도 시작 후, 불과 5초 만의 상호 공격과 판정이 나왔다.

검도에서 공방이 점점 빨라진다고 느끼면서, 이번 무예 경연은 검도로 승부가 나는가? 그런 생각을 하게 만들었다.

두 번째 겨루기에 들어갔을 때 다시 한번 페르쿠노스는 빠르게 상대의 죽도를 한번 쳐낸 후 왼 손목을 노리며 공격했다.

매우 간결하고 재빠른 타격이었고, 백 기 3개가 동시에 올랐다.

다 같이 놀랄 때 세 번째 죽도를 맞대고 있었다. 공격도 빠르고 선수의 움직임도 기계처럼 빠르다고 느낄 때 이번엔 카니발이 선제공격으로 상대의 정수리를 노리며 기합을 넣었다.

페르쿠노스는 일단 죽도로 막은 후 정말 눈 깜짝할 사이에 상대 왼 손목을 타격했다. 미처 손이 안 보일 정도로 빠른 타격이다.

주심들도 멈칫하다 일제히 백 기 3개가 올라갔다.

순식간에 2대1 점수로 역전되며, 손목 통증 때문인지 기습으로 당한 놀라움인지 카니발은 얼굴을 살짝 일그러뜨리고 있었다.

처음엔 기습하다 기습에 당했지만, 역시 닉네임대로 가는가?

검도 경기 흐름에 후원인들은 다소 어리둥절한 상태로 지켜보며 두 선수는 검도를 오랜 기간 수련했다는 느낌이었다.

중앙에서 겨루기 자세로 죽도 끝으로 서로 두어 번 툭툭 치다가 카니발이 상대의 죽도를 한번 쳐내고 왼 손목을 공격했다.

두 번의 공격을 받은 그대로 갚아주려는 의도였을까?

주심의 흑 기 3개가 동시에 올라가며 페르쿠노스는 뜻밖의 상대 공격과 실점, 그리고 순간 방심에 스스로 놀라워하고 있었다.

다시 겨루기 자세, 서로 호흡을 가다듬을 때 2대2로 끝났다.

체스960 겨루기 2라운드

백의 페르쿠노스는 호전적으로 덤벼들었다.

검도는 막상막하? 체스에서 백 선수의 유리한 점을 살려 승부를 내려는 의도가 다분하였다. 체스960의 흐름은 백이 주도적으로 이끌어가고 있었다. 바꿔치기하면서 백이 좋은 위치를 선점하며 시간이 갈수록 우세하게 흘렀다. 상대를 조금 더 옥죄면 체스로 승리할 수 있는 형세가 되었을 때 체스 2라운드가 멈추었다.

검도 2라운드

체스에서 불리하다고 느낀 카니발이 검도에서 승부를 보려는 듯 여러 번 선제공격했으나, 페르쿠노스가 선방하고 있었다.

조급한 공격의 카니발과 난타전으로 공방하다가 무득점 3분이 흘렀다. 페르쿠노스는 검도에서 열세는 아니지만, 선부른 공격 없이 방어만으로 잘 버틴 검도 2라운드의 전략이었다.

체스960 3라운드

월등히 유리한 상황에서 페르쿠노스의 백 폰이 상대 진영으로 야금야금 파고들었다. 그 폰이 결국 프로모션. 기물 가치 면에서 백으로 기울었다. 흑은 알면서도 대처하지 못한 결과로 결국은 기물 부족으로 체크메이트 당하면서 승부가 결정되었다.

(폴란드)헤라클레스 VS 리벤지(콜롬비아)

8강전 네 번째 겨루기. 헤라클레스 VS 리벤지

케빈의 노트북 추첨으로 헤라클레스 백, 리벤지 흑으로 결정.

다시 추첨에서 대국 번호 372번 당첨.

-대국 번호 372번 NBBRKRNQ

"나이트. 비숍. 비숍. 룩. 킹. 룩. 나이트. 퀸."

케빈이 기물 명칭을 부르고 헤라클레스가 백으로 리벤지 흑으로 거의 동시에 배열을 마쳤다.

케빈과 제프리가 주시하고 브라이언이 확인을 마쳤다.

경기가 거듭되면서 선수들이나 심사위원들도 긴장감을 늦추진 않았으나, 진행은 서로 익숙한 듯 수월하게 할 수 있었다.

정각 5시.

“대국 개시해주십시오.”

케빈의 선언과 동시에 리벤지는 흑의 꼭지를 눌렀다.

헤라클레스는 빠르게 d2 폰을 두 칸 올리며 백 꼭지를 눌렀다.

중앙의 룩(d1)과 c1의 비숍 길을 동시에 여는 수였다.

리벤지는 g7 폰을 두 칸 올리며 h8 퀸의 길을 먼저 열었다.

후원인들은 리벤지가 검도보다는 체스960에 훨씬 강할 것으로 내다보았다. 후원인 자비드는 체스960의 마에스트로라는 우고 선수를 키운 삐룰로와 절친이며, 같은 콜롬비아인이므로 그렇게 판단하고 있었다.

헤라클레스는 e2 폰을 두 칸 올리며 c1 비숍으로 상대의 폰을 노렸고, 리벤지는 그 폰을 h7 폰을 한 칸 올리며 보호했다.

가장 구석에 자리 잡은 퀸의 길을 열며 중앙 백 폰을 공격하는 의미도 있었다.

체스 1라운드. 서로 약간의 바꿔치기만 진행되어 서로 유불리를 따질 수 없는 상태에서 멈추었다.

검도 1라운드 겨루기. 보통 체격의 리벤지에 비해 헤라클레스는 체격과 키가 큰 편에 속했다. 서로 죽도를 겨누었는데 리벤지의 죽도가 좀 아래로 처진 것처럼 느껴졌다.

앞의 세 경기와 달리 두 선수는 신중하게 탐색전을 벌이던 중 리벤지가 소름 끼치도록 포효하며 상대의 죽도를 한번 걷어내고 왼 허리를 타격했다. 눈 깜짝할 새라는 표현이 맞을 것이다.
아주 깔끔한 정타로, 흑 3기가 동시에 올라갔다.
다시 중앙 자리로 오면서 헤라클레스는 얼떨떨한 얼굴이었다.
두 번째 겨루기 자세. 이번엔 헤라클레스가 찍어내리 듯 빠르게 정수리를 타격하며 들어갔다. 리벤지는 우측으로 살짝 비키면서 상대의 오른 허리를 타격하며 빠져나갔다.
이번에도 흑 기 3개가 올라갔다. 1분 남짓한 시간, 2 선취점으로 리벤지가 앞서나가는 모습에 참관인 실의 후원인들은 나지막이 술렁이고 있었다.
"검도는 체격 좋은 쪽이 유리한 게 아닌가 봐." 이런 소리가 주를 이루고 있었다. "체격보단 빠르기에 판가름 나겠지."
세 번째 겨루기에서 당황스러운 눈빛의 헤라클레스는 선공으로 상대의 죽도를 한번 친 후 오른 손목을 치고 들어갔다. 그러나 리벤지의 죽도가 헤라클레스의 왼 허리를 강타하며 지나갔다.
노리던 상대 손목은 이미 지나가며, 흑 기 3개가 또 올라갔다.
"이번 무예 경연은 체스보다 검도가 더 우세한가 봐." 누군가 또 웅얼거리듯 나직이 토해냈고, 모두의 시선은 검도를 향했다.
'무예 경연' 이라는 표현을 곱씹으며 다음 장면을 기다렸다.

네 번째 겨루기. 헤라클레스는 기다리고, 리벤지는 기합과 함께 공중으로 날아올라 정수리를 타격했다. 모두 큰 새 한 마리가 땅을 박차고 뛰어오르는 광경을 목격했다. 그리고 또 흑 3기.

-검도에서 사람이 저렇게 제자리에서 뛰어오를 수 있나?

첫 대면만 탐색하고, 네 번 겨루기에서 흑 기만 네 번 올라갔다.

다섯 번째 겨루기. 죽도를 맞대는 순간에 다시 한번 리벤지는 기합과 함께 상대의 왼 손목을 타격했다. 죽도 한 번 먼저 치고, 손목 한 번의 검법으로 흑 3기가 올라갔다.

알 수 없으나, 헤라클레스는 어이없을 것으로 짐작할 수 있었다.

두 선수가 중앙에 겨루기로 자리 잡을 때 검도 3분이 멈췄다.

검도 5대0. 그리고 체스 2라운드.

체스의 흐름이 어떨지 눈감아도 훤히 보일 정도로 헤라클레스는 거칠게 공격에 나섰다. 그러나 리벤지는 날렵한 검도만큼이나 체스 실력도 호락호락하지 않았다.

헤라클레스의 공세를 여유 있게 막아내며 안정감을 보였다.

헤라클레스의 거친 공격이 별무신통으로 끝나고 다시 검도.

검도 2라운드 겨루기. 이미 자신감이 결핍된 헤라클레스를 향해 리벤지는 한 번 더 날아올랐다. 호면 왼쪽 둔탁한 소리와 함께 리벤지는 착지하였고, 흑 3기가 동시에 올라갔다.
겨루기 자세. 리벤지는 상대 죽도 앞, 중간 부분을 두 번 쳐낸 후 상대 오른 손목 치기로 검도에서 경기를 끝내 버렸다.
후원인들은 체스960의 오묘한 수보다 검도의 화려한 검법을 눈 앞에서 목격하고 자리에서 일어났다.

무예 경연 4강전

어제의 '무예 경연 8강전'을 별 탈 없이 마치고 후원인들에게 나름대로 호평을 받았다.
스콧 회장은 우리들의 리그 원로답게 유럽의 후원인들과 대부분 한 번 이상 여러 번 대면한 사이였다. 제프리, 케빈은 모임에서 이젠 중추적인 역할을 담당하기에 경연이 끝나고 저녁 만찬에서 모두 허심탄회하게 속내를 드러내며 이야기할 수 있었다.
그 중엔 8강전을 참관하며 무예 경연의 장단점에 관하여 심경을 솔직하게 털어놓았다.
앞으로 무예 경연을 세계적으로 잘 발전시키자는 후원인의 소감을 들으며 스콧 회장은 콧등이 시큰거릴 지경이었다.

* * *

오전 9:30 네 명의 8강전 승자는 경연장에 입장했다.
오늘 오전 10시, 11시 각 4강 무예 경연을 예고했었다.
모든 시선이 모니터에 박힌 상태로 케빈은 컴퓨터에서 무작위로 4강전 대진과 절차를 추첨하였다.

-(10시) 1차전-미스티어리어스 VS 마운틴.
-(11시) 2차전-리벤지 VS 페르쿠노스.
리벤지와 페르쿠노스는 대기하려고 퇴장하였다.
케빈은 다시 한번 추첨하여 마운틴 백, 미스티어리어스 흑으로 당첨되었다. 4강전도 흑백의 유불리를 따지지 않고 진행한다.
케빈은 모두의 시선이 집중된 가운데 한 번 더 추첨하여 대국 번호 232번 NBRQBKNR 당첨되었다.

-대국 번호 232번 NBRQBKNR

"나이트. 비숍. 룩. 퀸. 비숍. 킹. 나이트. 룩."
케빈이 기물을 부르고 마운틴이 왼쪽 a1부터 배열하고, 동시에 미스티어리어스도 배열한 후 브라이언과 제프리, 케인 확인까지 마친 후 잠시 대기하고 있었다.

정각 10시 미스티어리어스 VS 마운틴

"대국 개시하십시오."

케빈의 간결한 지시가 내려졌다.

4강전 체스960 겨루기 1라운드. 미스티어리어스가 흑 꼭지를 톡 누르고 마운틴이 기다렸다는 듯 백으로 c2 폰을 두 칸 올렸다. 흑은 d7의 폰을 두칸 올리며 백에게 잡도록 유도했다.

마운틴은 두 칸 올라온 흑 폰을 응시한 후 e2 폰을 두 칸 올려 상대에게 선택권을 양보했다. 흑도 e7 폰을 한 칸 올리며 방어. 백은 d2 폰도 두 칸 올려 4선에서 폰 3개를 나란히 세워놓았다. 흑은 c7 폰을 두 칸 올려 바꿔치기 유도하며 비숍 길을 열었다. 두어 차례 바꿔치기, 흑백 서로 좋은 자리를 선점하려는 시도와 기세 싸움으로 치닫다 체스 1라운드는 멈추었다.

검도 겨루기 1라운드. 오늘 검도 경기는 불꽃이 될 것으로 모두 예상하는 가운데 마운틴은 상단세로 죽도를 호면 위로 올렸다. 기선 제압과 위압감을 주려는 의도인가? 일본 검도인에게 인기 자세로 알려졌다. 나는 본토에서 온 검도인이다. 라는 경고일까? 죽도끼리 부대끼는 인사도 없는가? 대부분 그런 생각이었는데, 미스티어리어스가 기합과 함께 상대의 왼 허리를 타격하며 들어갔고, 마운틴은 전진하며 상대 정수리를 향해 내리치며 빠졌다.

서로 방어 없이 깔끔하고 간략한 의도적인 공격이었다. 분명 양쪽 모두 타격은 했으나, 정타가 아닌 상황으로 주심 3인의 흑백 어느 기도 올라가지 않았다. 이미 앞선 8강전에서 상대 실력을 파악했기에 서로 선부른 공격을 할 수 없었다.
겨루기 자세 두 번째. 마운틴은 죽도를 맞대었다. 치열한 눈싸움 중 마운틴, 상대 죽도 한 번 쳐내고 오른 손목을 빠르게 노렸다. 얼마나 빠른지 미스티어리어스는 날쌔게 반응했으나, 오른 손목에 정타를 맞은 상태였다. 일제히 백 3기가 올라갔다.
다시 겨루기. 미스티어리어스가 중단세로 죽도 끝이 닿자마자 같은 전법으로 포효하며 상대의 왼 손목을 타격했다.
이번엔 흑 3기가 올라갔다. 마운틴은 흠칫 놀라워하고 있었다.
숨 돌릴 틈 없이 공격해 들어올 줄 몰라 졸지에 일격을 당했다.
1대1. 다시 겨루기 자세. 여기저기 타격하면서 난타전으로 득점하는 경기가 아니라, 일격에 상대를 베어버리는 검법이라 서로 두려움을 느낄 만했다. 다시 두어 번 교합은 서로 무득점.

체스960 겨루기 2라운드. 미스티어리어스는 위험을 무릅쓰고 좀 변칙적인 수법으로 전환하며 강공책으로 나왔다.
체스960 실력보다는 검도로서 무예 경연에 참여하셨네요?
언뜻 그런 눈빛이 스쳐 지나고, 그럼 나도! 하는 의미일까?

체스960 행마는 틀에 얽매이지 않는다. 마운틴의 대국 손길이 좀 느려지고 있었다. 수수가 길어지며 어딘가 엉성한 듯하면서 혹은 좋은 위치를 선점하며 상대가 전진하기 어렵게 만들었다. 체스는 한 라운드에 최소 15수 이상 착수해야 하는 규정 때문에 5분 안에 마운틴은 안간힘을 쓰고 있다. 모니터의 체스는 백이 불리하게 전개된다는 것쯤 후원인들도 다 파악하며 지켜보았다.

-역시 마운틴은 검도이며, 미스티어리어스는 체스인가?
후원인 모두의 눈길 속 현실은 그렇게 드러나고 있었다.
불리한 바꿔치기, 기물 부족 등 갈수록 체스판은 백의 어려움을 드러내며 흘러간다는 것을 증명하고 있었다. 대실수는 아니어도 두어 수 지난 뒤 후회할 수는 자꾸 체스판 위에서 나타났다.

체스960 2라운드 5분 종료. 검도 겨루기 3분 2라운드 돌입.
마운틴의 눈빛이 타오르고 있었다.
상단세에서 그대로 날아올라 상대의 정수리를 타격했다.
미스티어리어스는 그 눈빛에서 이미 예측하고 죽도로 가로막고 바로 마운틴 오른 허리를 타격했다.
마운틴이 깜짝 놀란 가운데 격자 부위 정타가 아니라는 의미로 주부심 누구도 기를 올리지 않았다.

2라운드 일 합으로 미스티어리어스가 체스도 고수지만, 연륜이 담긴 검도 실력을 모두에게 다시 한번 주지시켰다.
다시 겨루기 자세. 마운틴은 중단세로 상대 죽도를 툭툭 건들다 엄청난 기합으로 오른 허리를 타격했다.
미스티어리어스는 방어하지 않고 상대의 왼 손목을 반격.
검도에서 강조하는 기검체일치 격자는 마운틴이었다.
마운틴의 정타, 본인의 난타를 미스티어리어스는 느껴야 했다.
백 3기가 번쩍 올랐다. 2대1.
겨루기 자세. 미스티어리어스는 죽도 끝이 닿을 때 상대 머리 좌면을 기습 타격, 마운틴은 방어하고 두어 합 난타전이 되며 코등이 싸움 자세로 왼쪽으로 서서히 돌아갔다.
눈빛이 섬뜩하다 느낄 때 퇴격하며 마운틴은 상대의 왼 허리를 번개처럼 타격. 마운틴의 백 3기가 순간 올라갔다.
마운틴 3점. 미스티어리어스 1점. 다시 겨루기 자세.
아직 갈 길이 멀다고 느낀 걸까. 미스티어리어스는 반격 자세.
시간이 얼마 남지 않았다고 느낀 마운틴의 눈빛이 타올랐다.
호흡이 거칠다고 느낄 만큼 죽도로 상대의 정수리를 공격했다.
이젠 공격이나 반격보다는 방어에 집중하는 미스티어리어스는 잘 막아냈다. 이어지는 거친 마운틴의 공세에도 방어만 했다.
중앙에서 다시 겨루기 자세일 때 3분의 검도 시간이 멈추었다.

체스960 겨루기 3라운드

미스티어리어스는 좋은 위치 선점에서 과감한 공세로 압박했다.

우세한 기물 조건으로 체스 3라운드에서 끝내려는 공략이었다.

체스에서 버티고 검도에서 한 번 더 승기를 잡으려는 마운틴.

밀리는 느낌의 검도보다 체스에서 끝내려는 미스티어리어스

엔드 게임에 들어선 상태에서 상대 폰의 프로모션을 허용한 후

실력 차이를 극복하지 못하고 마운틴은 체크메이트 당했다.

4강 2차전 리벤지 VS 페르쿠노스

리벤지와 페르쿠노스. 일찌감치 착석 후 호흡을 가다듬었다.

케빈의 추첨. 리벤지 백, 페르쿠노스 흑으로 결정.

한 번 더 추첨하는 케빈. 대국 번호 99번 BQNRNKRB 당첨.

-대국 번호 99번 BQNRNKRB

"비숍. 퀸. 나이트. 룩. 나이트. 킹. 룩. 비숍."

두 선수의 태세를 확인한 케빈이 기물을 불렀다.

리벤지- 백으로 a1부터 배열을 시작하고, 페르쿠노스- 동시에

그대로 정면에 배치를 마쳤다.

브라이언이 확인하고 제프리, 케빈이 인정했다.

정각 11시

"대국을 시작하십시오."

케빈의 지시에 따라 페르쿠노스는 초시계 흑 꼭지를 누른다.

리벤지는 이미 작정한 듯 빠르게 백 g2 폰 한 칸만 올렸다.

페르쿠노스는 흑 d7 폰 두 칸 전진, 상대 비숍에 노출 시켰다. 백은 e2 폰 두 칸 전진. 흑 b7 폰 한 칸 전진. 먼저 잡으라며 서로 도발적으로 체스960 오프닝을 열어 갔다.

의도적인지 속내는 알 길 없고, 묘하게 흉내 체스 형태가 되자, 후원인들이 탄식한다.

-표준체스도 이런 진행이 가능한가?

지금 백 b2 폰 한 칸. 흑 g7 폰 한 칸씩 전진한다면 정말 흉내 체스의 완성이 된다. 얼마나 더 흉내가 이어질지 모를 지경이다.

백 d2 폰을 두 칸 올리자, 흑은 더는 흉내를 낼 수 없게 되었다.

리벤지는 모두의 시선과 의문을 깨며 중앙으로 전진했다.

체스960 1라운드는 서로 중앙을 차지하면서 시간이 멈추었다.

검도 3분 겨루기 1라운드

리벤지는 서로 죽도를 맞대자마자 그대로 껑충 날아오르듯 상대 정수리를 타격했다. 페르쿠노스는 위압적이며 기선 제압하려는 선제공격을 리벤지가 감행할 것으로 예감했는지 잘 방어해냈다. 죽도로 가로막은 후 오히려 상대의 오른 허리를 공격했다.

빠른 반격을 예측 못 한 리벤지는 깜짝 놀라며 막아냈다.

거센 기습과 빠른 반격이 한차례 폭풍처럼 지나고 서로 탐색이 길어지며 옆으로 천천히 돌기만 했다.

리벤지는 포효하며 상대 머리 우면을 타격하며 들어갔다.

페르쿠노스는 기다렸다는 듯 상대 오른 허리를 반격했다.

백 3기가 동시에 올라갔다.

-리벤지는 역시 자비드가 우승을 벼르며 선택한 검객인가?

리벤지의 기검체일치를 주심 3인이 인정했으나, 페르쿠노스의 허리 공격은 빈타로 불인정했다.

두 번의 머리 공격, 기어코 한 번 성공시킨 리벤지를 주시하며 자비드를 아는 후원인은 소름 돋는 상상을 했다.

8강전에서 리벤지는 헤라클레스를 검도에서 7대0으로 따돌리고 4강전을 치르고 있었다. 체스의 실력은 그다지 돋보이지 않으나, 검법이 군더더기 없이 빠르며 깔끔하다. 공격할 때 기합도 상대 기를 누르는 듯한 짐승 울부짖음 같은 소리를 냈다.

-마운틴과 검도 겨루기를 했다면 볼만하지 않았을까?

후원인들의 그런 추측과 어림짐작할 때 중앙의 겨루기 자세.

페르쿠노스는 중단세에서 바로 상대의 왼 손목을 타격했다.

그와 동시에 리벤지는 상대의 왼 허리를 베듯 타격했다.

백 3기가 거침없이 올라갔다. 분명 페르쿠노스의 선제공격인데 리벤지의 죽도가 상대 옆구리에 정확히 타격했다는 판정이었다.
다시 겨루기 자세. 페르쿠노스가 주춤거릴 때 리벤지는 상대의 왼 손목을 타격했다. -손목 공격은 이렇게 하는 거야, 라는 듯 좀 전의 상대 공격을 그대로 흉내 내듯 따라 했다.
백 3기가 일제히 올라갔다. 3대0으로 다시 겨루기 자세.
페르쿠노스는 상대가 본인보다 반 박자 빠르다는 인식과 함께 선제공격보다는 반격 태세로 전환했다. 이번 검도 1라운드에서 더 실점한다면 위험하다고 느꼈기 때문이다.
리벤지는 혼신을 다한 기합과 함께 정수리 공격에 들어갔으나, 공격보다는 방어에 치중한 페르쿠노스가 잘 막아내고 있었다.
3대0으로 검도 1라운드 3분은 멈추었다.
체스960 겨루기 2라운드. 페르쿠노스는 본인이 생각할 수 있는 가장 강한 공격으로 나아갔다. 가능하면 전진하는 선택을 했다.
리벤지는 수세였으나 방어를 잘하며 4강 2차전도 앞의 진행과 유사한 양상으로 흘렀다. 검도가 강한 선수는 체스에서 수수를 적게 진행하며 버티기 전략이다. 체스가 강한 선수는 한 수라도 더 공격적으로 빠르게 더 두려고 최선을 다했다.
페르쿠노스는 형세가 분명 유리하게 흘러갔으나, 2라운드에서 승리를 얻지 못하고 체스 5분의 시간이 멈추었다.
검도 3분 겨루기 2라운드. 체스에서 잘 버틴 리벤지는 검도에서 끝장을 보려는 듯 서로의 죽도가 서로 닿기도 전에 1라운드처럼 다시 한번 날아올랐다. 페르쿠노스가 미처 방어하기 전 마침내 정수리 한가운데에서 타격음이 들리도록 만들었다.

중앙 자기 위치에 선 채 5초도 지나지 않은 시점에서 타격하여 백 3기가 올라갔다. 페르쿠노스는 상대가 예상보다 워낙 빠르고 거친 기습이라 얼떨떨한 상황에서 주위를 천천히 둘러보았다.

3개의 백기는 올라가 있었고, 작은 점수판의 흰색 4, 검은색 0, 이라는 숫자를 응시하며 잠시 넋이 나간 듯 서 있었다.

주심이 중앙 위치로 정렬을 두 번이나 지시한 후 알아들었다.

자비드를 잘 아는 후원인 중 소름 돋는 건 리벤지(revenge)라는 닉네임부터 예사롭지 않았다. 좋은 의미로 풀이해도 설욕이며, 설욕(雪辱)은 (씻을 설雪 - 욕될 욕辱)이 결합하여 한자 그대로 눈으로 치욕을 깨끗이 씻어냄을 의미한다. 복수, 혹 보복이라는 의미도 강하게 내포되어 있다.

체스도 잘 풀리지 않고 검도장에 들어선 후 채 5초도 되기 전 정수리를 정통으로 격자 당한 페르쿠노스는 정신을 집중할 수 없었다. 불을 보듯 그런 상황이 이어지며 검도 2라운드는 7대0 이라는 점수 차로 패퇴하고 말았다. 체스와 검도 실력은 수준 높지만, 경험이 좀 부족한 청년이 아닌가, 짐작하도록 만들었다.

15. 무예 경연 결승전

노출은 안 되어.

4강전. 잡음 없이 끝나고 패퇴한 선수, 후원인은 흩어져 갔다.

스콧 회장을 비롯해 체스 및 검도 심사위원들과 동참하고 싶은 후원인들의 만찬 자리가 마련되었다.

케빈은 대회를 주도적으로 운용하고 있었기에 대회 관계자들을 만찬 장소로 인솔하며 안내하였다.

경연 첫날인 어제보다는 인원이 줄었지만, 여전히 검도 호면 속 정체를 노출하지 않으려는 출전선수 외 참석 인원이 많았다.

미스티어리어스의 공식적인 후원인이며, 케빈과 동일의 거액을 베팅한 제프리가 미스티어리어스를 숙소인 호텔에 내려주었다.

제프리의 차 안에서 검도복을 갈아입고 가방에 넣었으나 정체를 나타낼 수 없어, 홀로 저녁을 해결해야 했다.

제프리가 떠나고 호텔로 몇 걸음 걸어갈 때였다.

맞은 편에서 오토바이 한 대가 빠른 속도로 다가온다는 느낌이 었는데 옆으로 지나갔다. 잠시 후 그 오토바이는 뒤에서 방향을 틀었다. 굉음과 함께 과속으로 지나치는가 싶더니 뒤에 탄 자가 손에 들고 있던 둥그런 지휘봉을 삼단으로 펼치더니 순식간에 왼 손목을 후려치고 지나갔다.

미스티어리어스는 왼손을 잡고 비명을 지르며 주저앉았다.

멀어지는 오토바이. 주저앉은 미스티어리어스. 고통을 참아가며 제프리에게 휴대전화로 상황을 설명했다.

그리고 심상치 않은 손목 상태로 고민하고, 망설이다 영하에게 빨리 애틀랜타로 와달라고 연락했다.

제프리가 놀라서 차를 되돌려 와서 병원으로 긴급하게 이동하고 케빈이 만찬장에서 병원으로 달려오는 소동을 벌였다.

병원에서 X-ray 검사 결과 청천벽력의 왼 손목이 금이 갔다는 의사 소견이 떨어졌다.

내일 오전의 무예 경연에 출전하기 어려운 지경이었다.

진통제 처방으로 고통을 참으며 체스 대국은 할 수 있을지라도 검도는 할 수 없는 상태였다. 검도는 왼손에 힘을 주어 죽도의 중심축을 잡고 오른손으로는 방향타 역할로 겨루는 운동이다.

미스티어리어스의 정체를 알고 있는 자의 기획된 범행이었다.

“아. 숙소까지 동행했어야지, 바보같이……”

제프리는 진료실을 쳐다보며 괴로운 신음을 토해냈다.

“누가 그랬을까?”

케빈이 매우 심각한 표정으로 묻는다.

“둘 다 헬멧을 쓰고 있었고, 오토바이 번호판도 가려져 있어서 진은 서양인인지 동양인인지조차도 구별 못 하고 있어.”

설명하는 제프리와 듣는 케빈. 둘의 얼굴은 난감함이 가득하다.

이런 사건은 cia가 나설 일도 아니었고, 범인을 잡는다고 해도 오토바이 타고 지나가다 스쳤다고 변명하며 오리발 내밀면 딱히 범죄라고 할 수 있을까?

-범인을 잡은들 무엇하겠는가?

당장 내일 오전 경기에 출전할 수 없다는 게 가장 큰 문제였다.

범인의 목적은 미스티어리어스가 결승전 출전이 불가능하도록 손목 부상을 바라고 범행을 저지른 건 확실하다.

“경찰에 신고도 할 수 없는 거지?

제프리가 병원 복도에 누가 있는가 잠깐 확인 후 물었다.

“그래. 경찰에 신고하면 진 박사는 조사받으러 경찰서를 들락거려야 하고… 드러내놓고 하는 경기도 아닌데……”

케빈은 박사과정 3년 차에 들어선 기정을 그냥 진이라 표현하지 않고 진 박사라고 했다.

케빈은 체스960-검도 경기가 떳떳할 것 없는 음성적인 경기인데 도박사적인 모습을 드러내고 싶지 않은 후원인들을 위해서라도 신고할 수 없다는 논리로 말을 흐렸다.

범인들도 그런 점을 노린 범행이라는 것은 명백하다.

제프리가 그런 상황을 몰라서 묻는 게 아니었다.

“누구 짓인지 짐작할 수 있나?”

죄스럽고 답답함을 털어버리려는 듯 제프리가 또 물었다.

내일 결승전 상대가 범행을 저지른 것으로 추정할 수 있었다.

케빈은 어떤 추측을 하고 있는지 궁금했다.

“결승전 상대 팀에서 그럴 수도 있고, 경연에서 진 박사에게 패퇴한 쪽의 분풀이일 수도 있는데, 아니라면 예전의 강릉 경기에서 패배한 것에 앙갚음하려는 의도일 수도 있겠지.”

케빈은 정보 요원답게 여러 범행 동기를 염두에 두고 설명하고 있었다. 강릉 경기의 앙갚음이라면 철학자와 연관성이 있었다.

검도복을 벗고 모자를 쓰고 선글라스를 착용하고 마스크까지 한 기정을 공격했다는 건 미스티어리어스의 정체를 파악하고 있었으며, 그의 검도, 체스 실력까지 알고 있다는 것.

둘은 아무리 생각해도 손목에 상해를 입혔다는 건 검도 경기를 방해하려는 목적이 뚜렷한데 심증이며, 물증이 없었다.

“보스. 저를 공격한 자들은 이미 나에 대해 잘 알고 있으며 또 어떤 공격을 할지 모르는데, 오늘 숙소를 바꿔야겠어요. 어디 좀 안전한 데 없을까요?”

치료를 마치고 나오며 기정이 케빈에게 부탁했다.

“손목은 어때요?”

기정은 완전 깁스를 하지 않고 부분 고정(부목)을 한 채 진료실에서 나온 상태였다.

“약간 통증을 느낄 정도입니다.”

“왜 통깁스를 하지 않고 반깁스를 했습니까? 진 박사.”

“일부러 그랬습니다. 너무 걱정하지 마십시오. 보스. 제프리.”

기정은 두 사람에게 웃음을 보였다.

기정의 웃는 모습을 둘은 어이없이 쳐다보고 있었다.

“진 박사. 일부러 그랬다고요? 그럼 내일 결승전에 참가하려는 겁니까?”

케빈은 말려야 하는 건지 반겨야 하는 건지 몰라 기정의 의도를 확인하고자 했다.

“당연히 참가해야죠. 내 손목을 이렇게 만들면 경연에서 우승할 것이라는 자들의 콧대를 납작하게 만들어야 다음부턴 이런 짓이 아무 소용이 없다는 것을 깨닫게 되겠지요.”

기정은 단호하게 말했다.

경연 참가 의지가 확고한 기정을 보며 케빈은 잠시 생각했다.

"제프리. 진 박사가 오늘 어디에 머무는 게 안전할까?"

케빈은 기정을 공격한 자들이 병원에서 반겁스하고 내일 경기 참가한 후 제대로 치료받으려고 한다면 2차 공격도 서슴없이 감행할 자들로 예상되었다.

병원으로 전화 한 통화만으로 확인이 가능할 것이다.

미국 본토에서 미국을 대표한 선수가 대낮에 공격당하고 다음을 걱정하는 작금의 현실이 마음에 안 들고 어이가 없었지만 일단 오늘을 잘 넘겨야 했다.

"나도 생각 중이야. 자네나 나나 애틀랜타는 그리 친근한 지역이 아니어서 지금 머리를 짜내고 있어……"

제프리도 안 좋은 예감으로 오늘 밤을 걱정하고 있었다.

"어느 호텔이든 위험하다는 생각이야. 우리가 움직이면 저들이 미행하겠지?"

케빈은 그게 아니길 바라는지 확인하려는지 제프리에게 모호한 태도로 질문하고 있었다.

"그럴 거야. 이번 경연에 우리가 예상했던 것보다 훨씬 많은 베팅 액수로 짐작하건대, 세계의 질 나쁜 도박사들이 연유되어 이런 짓을 벌이는 게 아닐까, 그런 생각 중이야."

제프리는 본인의 생각을 거침없이 말했다.

케빈도 제프리도 우리들의 리그 회원들만 참여했다면 별문제가 없었겠지만, 베팅과 액수마저 세계에 활짝 개방한 터에 의외로 베팅한 액수가 높아 놀랐었다.

이런 사달이 날 줄은 예상할 수 없었다.

별로 기대할 게 없는 대화가 이어질 때 기정의 휴대전화가 진동으로 울리고, 액정엔 영하의 번호가 나타났다.

"잠깐만 통화하겠습니다."

기정은 병원 복도 끝으로 가서 영화와 통화를 마쳤다.

"보스 생각은 어떤가요? 오늘 밤에 2차 습격이 있을까요?"

기정은 통화를 끝내고 돌아와 진지하게 물었다.

"그럴 가능성이 없다고 단정하기 어렵지요."

"제프리는 어떻게 생각하시나요?"

"나도 그럴 가능성은 충분하다고 봅니다."

"보스. 제프리. 그럼 일단 지하주차장으로 가시죠."

기정은 어떤 대책도 없이 주차장으로 내려가자고 했다.

"어떤 좋은 방법이 있습니까?"

케빈이 묻고 제프리가 주변을 살폈다.

"지하주차장에 저를 데리러 온 사람이 있습니다. 전 그 차를 타고 가 내일 오전 경기 시간에 늦지 않게 가겠습니다. 두 분도 지금 같이 내려가셔서 차를 동시에 출발하여 각자 다른 호텔로 갔다가 각자 갈 길로 가십시오.”

기정의 설명에 케빈과 제프리는 의아한 눈길을 보냈다.

방금 기정이 전화 통화하는 모습은 봤지만 어떤 내용인지 알 길 없고, 설명대로라면 혹시 모를 못 된 자들의 미행을 따돌리고 내일 오전 경연장에서 만나자는 전달이었다.

“진 박사. 정말 믿어도 됩니까?”

케빈은 근심 가득한 얼굴로 물었다.

“네. 두 분과 같이 다니면 오히려 표적이 될 겁니다. 이 경연도 제가 제안하여 열렸듯 지금 저의 제안대로 해주십시오.”

기정은 혹시 발생할지 모를 나쁜 무리에게 잠시만 눈속임하면 안전하게 내일 아침에 만날 수 있다는 설명이었다.

기정이 애틀랜타에서 그리 멀지 않은 지역에서 대학원을 다니는 터라 믿음도 가지만, 한편으론 염려되는 것도 사실이었다.

잠시 생각하던 제프리가 케빈을 쳐다보며 고개를 끄덕거렸다.

기정이 걸려온 전화를 받은 후라 어떤 복안이 있을 것으로 믿고 그의 주장에 따르자는 긍정적인 표현이었다.

기정은 지하주차장에서 케빈과 제프리가 각자 차를 몰고 나가는 걸 확인하고 한참 후 어둠을 틈타 본인이 탄 차를 출발시켰다.

무예 경연 결승 미스티어리어스 VS 리벤지

오전 9시 40분경 미스티어리어스가 경연장에 입장하는 모습에 케빈도 제프리도 안도하는 긴 한숨을 아무도 모르게 내쉬었다. 리벤지는 호면 속 표정이 어떤지 알 수 없으나, 이미 입장하여 체스판 앞에 앉아 미스티어리어스가 입장하는 광경을 물끄러미 쳐다보고 있었다. 미스티어리어스의 왼 손목을 여럿의 눈초리가 투시하려고 애쓰겠지만, 검도 호완 (장갑)으로 가려졌다.

주심 주도로 부심과 함께 결승전 선수의 죽도를 세밀히 검사한 후 휴대용 금속탐지기로 몸수색까지 철저히 마쳤다.

스콧 회장이 검색 과정을 유심히 지켜보고 있었다.

"오늘 무예 경연의 결승에 오른 리벤지 선수, 미스티어리어스 선수를 소개합니다."

스콧 회장이 경연 첫날처럼 직접 결승전의 두 선수 소개에 이어 케빈에게 신호를 보냈다.

"먼저 결승전의 흑백을 추첨하겠습니다."

케빈은 큰 목소리로 외치며 노트북을 들여다보았다.

모니터에 나타난 건 미스티어리어스 백 리벤지 흑이었다.

"다음은 체스960 대국 번호를 추첨하겠습니다. 502번입니다."

케빈은 빠르게 흑백과 대국 번호를 연이어 추첨했다.

-결승전 대국 번호 502번 RQBNKBNR

"룩, 퀸, 비숍, 나이트, 킹, 비숍, 나이트, 룩."

케빈이 불러주는 대로 미스티어리어스가 백의 기물을 배열하자

양 룩은 표준체스처럼 체스판 가장자리에 자리 잡고 있었다.

리벤지가 흑 기물을 마주 보며 배치하고 브라이언이 확인했다.

8강, 4강에서 탈락한 선수의 후원인이 대거 이탈할 줄 알았으나,

다음 경연을 기약하려는지 대부분 결승전을 관전하고 있었다.

"양 룩이 일반 체스와 똑같네?"

후원인 누군가 묻는 건지 독백인지 그렇게 중얼거렸다.

오전 10시 정각

"지금부터 무예 경연의 결승전을 시작하겠습니다."

케빈의 선언과 함께 리벤지가 초시계의 흑 꼭지를 눌렀다.

미스티어리어스는 첫수로 g2 백 폰을 한 칸만 올렸다.

리벤지는 중앙을 선점하려고 e7 폰을 두 칸 올렸다.

백 c2 폰이 두 칸 나갔고, 흑 g8 나이트가 f6 이동.

다시 백 b1 퀸이 일찌감치 e4 자리로 나갔다.

유불리를 따질 수 없을 정도로 좋은 위치 선점을 위한 견제로

각자 15수를 넘기며 체스960 1라운드 5분을 마쳤다.

검도 겨루기 1라운드.

리벤지는 역시 미스티어리어스가 손목 부상 상태인 걸 인식하고 확인하는 절차에 들어갔다. 리벤지가 죽도로 상대의 죽도를 좀 세게 밀어내듯 툭툭 치면 상대는 눈을 살짝 찡그리는 눈치였다. 상대는 불편한 기색을 숨기려고 했으나 어쩔 수 없이 나타내는 모습이며, 그런 상대의 표정을 리벤지는 잘 살피고 있었다.

리벤지는 탐색을 끝내고 상대 죽도 윗부분을 툭툭 치다 기합과 함께 한발 앞으로 빠르게 부상 추정의 왼 손목을 타격했다.

미스티어리어스. 그 공격을 예상하고 기다린 듯 앞으로 나가며 상처 입은 짐승의 울부짖음 포효로 리벤지 오른 허리를 순간적으로 타격하며 빠져나갔다.

서로 몸이나 죽도의 여러 번 움직임 없이 의도했던 공격을 깔끔하게 진행했는데 백 3기가 올라갔다. 미스티어리어스의 공격만 주효하여 인정한 판정이었다.

리벤지의 공격 의도를 간파하고 죽도 끝부분을 툭툭 건드리며 오른 손목치기 공격을 기다리던 미스티어리어스의 반격이었다.

리벤지의 눈동자가 순간 당혹감으로 흔들렸다.

-이건 뭐야? 내 전법을 미리 간파했다는 건가?

리벤지. 중앙 제 위치에서 겨눔세로 노려본 상대는 눈으로 미소 짓는 느낌이었다.

서로 상대 의도와 빈틈을 노렸으나, 미스티어리어스가 리벤지의 왼 허리만 유효 격자하였으며, 리벤지는 상대 손목을 건들지도 못하게 상대는 반 박자 빠르게 들어왔다. 한 동작으로 깔끔하여 백기가 올라간 후 후원인들은 미스티어리어스의 득점을 알았다.

-헉. 검도 실력은 리벤지가 더 월등한 거 아니었어?

판정을 보고 자신도 모르게 그런 신음과 표정을 하는 후원인이 옆에서 느껴질 정도로 여럿이었다.
리벤지. 상대 죽도 왼쪽을 툭툭 치다가 기합 넣으며 상대의 왼 손목을 노리고 왼쪽으로 죽도를 빠르게 공격했다.
미스티어리어스는 좀 전과 같은 동작으로 이번에도 순간적으로 리벤지의 오른 허리를 격자했고, 백 3기가 올라갔다.
리벤지의 당혹감이 배인 눈동자가 얼핏 멈춘 듯했다.

-이 자가 나의 공격 의도를 파악하고 있었던 건가?

첫 공격으로 상대 왼 손목을 노렸으나, 오히려 나의 왼 허리를 내주면서 1실점 했다. 두 번째 다시 한번 왼 손목을 타격했으나, 똑같은 동작으로 오른 허리를 내주면서 또 1실점 했다.

-마치 기다렸다는 듯 반 박자 빠르게 공격하는 건 나의 의도를 상대가 알고 있다는 것이 아닌가?

리벤지의 왼 손목 두 번 공격은 상대의 왼쪽 허리로 흘렀다. 왼 손목을 타격하기 전 상대의 죽도를 한 번 쳐낼 때 벌써 상대 죽도가 내 오른 허리 유효격자 동작이 깔끔하고 빠르다. 미스티어리어스 검도 1라운드 시작과 순식간에 2득점 올리자 리벤지의 후원인 여럿이 당혹감을 감추지 못하는 얼굴이었다.

다시 겨루기 자세. 리벤지는 죽도를 맞대고 옆으로 천천히 돌며 신중한 탐색으로 들어갔다. 앞으로 나가며 정수리를 타격했다. 미스티어리어스는 똑같은 동작으로 상대 왼쪽 머리를 타격했다. 서로의 호면에서 죽도의 타격음이 강하게 터졌고, 다시 빠르게 몇 번의 공격을 주고받다가 코등이 싸움으로 대립했다. 서로 머리 공격과 여러 번의 타격에도 유효격자가 없는 것으로 판단되어 누구의 기도 올라가지 않았다.

다시 겨루기 자세. 리벤지는 죽도를 겨누며 당황스러운 눈빛으로 상대를 노려보고 있었다. 호면 착용 상태라 그런 리벤지의 눈빛을 후원인은 자세히 볼 수 없었다. 빠른 동작과 기세에서 월등해야 할 리벤지가 상대를 잡지 못한다, 판단하고 있었다.

검도는 마주 보는 순간부터 상대 눈을 주시하며 발의 움직임도 예의 주시한다. 무엇보다 상대의 눈빛에서 기세를 읽는다.

리벤지가 당혹스러운 건 상대가 공격 의도를 다 파악하고 있는 것처럼 공방이 능숙하다는 데 있었으며, 그러나 중요한 건 무엇보다 상대가 빠르다는 걸 체감하여 공격이 쉽지 않다는 것이다.

그리고 아무도 눈치채지 못하게 리벤지는 의혹의 눈초리를 상대 왼 손목에 레이저처럼 쏘아대고 있었다.

리벤지의 멈칫거림과 탐색전으로 미스티어리어스의 선공 없이 검도 1라운드는 2대0으로 마쳤다.

체스960 2라운드. 체스는 흑이 폰 하나 정도는 유리한 듯한데 막상 진행하려면 오히려 흑이 답답한 상황이었다.

백은 엉성하면서 두어 수 빠르게 요소에 선점하고 마치 상대의 공격을 기다리는 태세였다. 체스에서라도 어떤 돌파구를 찾아야 하는 리벤지는 2라운드 후반부터 공격하려면 불리한 바꿔치기할 수밖에 없는 형세에 스스로 의아하게 생각하고 있었다.

체스 한 라운드 5분 내 각자 15수 이상 착수하도록 한 규정으로 시간에 쫓기며 대국하는 리벤지도 그런 생각으로 당혹스러웠는데 모니터로 관전하는 후원인들은 어이없음을 탄식과 독백으로 참관인 실을 가득 채우고 있었다.

-미스티어리어스의 검도·체스 수준이 이토록 높았던가?

저건 기물 면에서 손해 아닌가? 그런 느낌일 때 한가하게 놀며 한 걸음씩 올라가던 백 폰이 중앙 위쪽 상대 진영에서 커다란 바위 행세를 하기도 했다.
리벤지는 검도에서 뜻대로 안 되면 체스에서라도 우위에 서야 하는데 수수가 길어지며 미들게임도 후반전으로 갈수록 답답한 행마만큼이나 불리함이 눈에 띌 정도였다.
그렇게 체스960 2라운드도 5분의 시간이 지났다.

검도 겨루기 2라운드. 리벤지는 절박한 심정이지만, 함부로 공격을 감행하기에는 상대의 검도 실력이 만만치 않았다.
상대는 선제공격도 얼마든지 할 수 있는 실력을 갖추고 있었다.
겨눔세에서 내가 공격하면 어느새 반 박자 빠르게 빈틈을 노려 유효격자로 득점하는 노련한 운영을 보였다. 노회한 검사와도 같이 많이 움직이지 않고 상대의 허점을 단 한 번에 추궁하는 경기 운영을 하고 있었다.
-방어를 공격으로 하는 조화로움?
리벤지는 검도장 중앙으로 걸어가며 머릿속은 상대를 분석하고 지략을 짜내느라 혼란스러웠다.

-처음 두 번 실패했으니 이 수법은 이제 방심하겠지?

리벤지는 상대 죽도를 툭툭 건드리며 힘의 균형을 무너뜨리려고 노력하다가 기합과 함께 왼 손목을 타격했다. 상대는 그런 전법을 예상했듯 전과 똑같이 오른 허리를 타격하며 들어왔다.

이번엔 리벤지도 그런 반격을 대비하여 빠르게 빠져나갔다.

서로 일 합을 겨루고 서로 상대의 뒤로 빠졌을 때 흑백 기 중 어느 기도 올라가지 않았다.

다시 겨루기 자세. 이번엔 중앙의 제 위치에 서서 득달같이 앞발을 세우고 날아올라 정수리를 공격했다. 리벤지의 주특기라고 할 수 있는 격자 동작으로 이전의 경기에서도 가끔 나왔었다.

상대도 똑같이 정수리를 공격하며 들어왔다. 서로 동작이 워낙 빨라 서로 피할 새도 없이 양쪽에서 타격음이 들려왔다.

그러나 이번에도 어느 기도 올라가지 않았다.

“내 타격이 주효하지 않았나요?”

리벤지는 주심, 부심을 돌아보며 불만을 드러냈다.

검도 경기 전자시계는 시간을 1분 23초 남기고 멈추었다.

“격자 부위로 타격한 게 아닙니다.”

주심이 나서서 판정에 관해 설명했다.

“나는 유효격자라는 생각입니다. 비디오 판독이 가능합니까?”

리벤지는 주심에게 조용히 항의하며 비디오 판독을 청했다.

주심은 부심을 불러 의견을 물었고, 선수가 원한다면 공정하게 비디오 판독하는 것으로 의견 일치가 되었다. 주부심 3인, 경기 심사위원 3인이 지켜보는 가운데 비디오 판독이 시작되었다.

경기장 내, 참관인 실 모니터는 리벤지가 상대 정수리 타격하는 장면을 천천히 돌아가며 보여주고 있었다. 거의 동시에 양 선수가 상대 정수리를 타격하고 있었는데 리벤지가 타격하는 장면만 다시 돌려서 보여주었다.

리벤지가 타격하는 부위는 분명 정확했으나, 죽도가 유효부위가 아닌, 중앙 쪽으로 타격 되는 장면이 확인되었다.

서로 빠르게 앞으로 나가면서 타격하여 분명 정수리는 맞지만, 죽도 유효부위에서 벗어났다는 판정이었다. 심사위원 6인 모두 득점으로 불인정했고, 스콧 회장이 최종적으로 승인했다.

리벤지도 모니터로 확인 후 수긍하여, 다시 검도 겨루기 자세.

이번엔 자기 위치에 서는 순간 미스티어리어스가 기합과 함께 앞으로 날아올라 상대 정수리를 타격했다.

마치 머리 공격은 이렇게 하는 거야. 보여주듯 날았다, 맞다.

흠칫 놀라 죽도를 겨눈 채 머리를 살짝 뒤로 빼려는 리벤지의 호면에서 터지는 타격음은 경쾌하게 들렸다.

일제히 백 3기가 올라갔다.

무예 경연 8강, 4강, 그리고 지금 결승에서 리벤지가 보여주던 제 자리에서 앞으로 날아올라 상대 머리 정면을 유효 격자하던 장면을 리벤지를 상대로 미스티어리어스는 멋지게 재연했다.
그 동작으로 득점하며 늘 상대를 얼떨떨하게 만들던 리벤지는 거꾸로 당한 후 주변을 둘러보고 있었다.

-자객이 검객에게 정통으로 당하는 장면이네. 너무 멋진가?

참관인 실 후원인 한 명이 그렇게 옆 사람에게 묻듯 말했다.
그제, 어제, 검도 경기에서 리벤지가 지금처럼 앞발을 들고 날아올라 상대 정수리를 정확하게 타격, 득점하면 마치 자객 같다고 평가하던 말에 반전의 감상이었다.
밝히진 않았으나, 미스티어리어스에게 베팅한 후원인?
그 말을 듣던 이들은 모두 그렇게 이해하고 있을 터.
검도 2라운드 3분은 그렇게 3대0으로 마쳤다.

체스960 3라운드. 리벤지는 쫓기는 심정으로 공격을 서둘렀다.
검도처럼 미스티어리어스는 여유롭게 방어하며 폰을 소리 없이 전진시키고 있었다.
그 백 폰은 당장 흑에게 위협이 안 되었다.

폰을 힐끗 쳐다본 리벤지는 공세를 늦추지 않았으나, 그 폰이 결국 프로모션 하면서 하나 남은 흑 룩과 바꿔치기 되었다.

-저런 형태의 체스 진행을 어디서 보았지?

경기장에 덩그러니 혼자 관전하던 자비드는 기억을 짜내보았다. 딱히 집히는 대국이 떠오르지 않으나 기분은 개운하지 않았다.

-그때부터 백은 체스의 공격은 이렇게 하는 거야.
-내가 제대로 보여줄게.

파죽지세의 거침없는 공략으로 백은 결국 체크메이트 승리했다. 그 광경을 지켜보던 심판 브라이언이 미스티어리어스의 승리를 선언하고 심사위원 제프리, 케빈이 인정하였으며, 스콧 회장이 승인하여 첫 무예 경연의 우승은 미스티어리어스가 차지했다. 결승전, 한 번의 이의신청에 의한 판독이 있었으나 무예 경연은 별 잡음 없이 결승전까지 마쳤다.

경기장에서 직접 관전할 수 있는 대표 후원인으로 딱 한 명. 자비드 혼자 남아 결승전을 관전하고 있었다.

미스티어리어스 후원인 제프리는 심사위원석에 앉아 있었다.

리벤지 패배를 직관한 자비드는 심사위원에게 한 손을 들었다.

“무슨 일입니까?”

케빈이 물었다.

자비드에게 케빈은 우연일까? 악연일까?

아마 지독한 악연일 것이다.

케빈이 자리한 곳에서 자비드는 단 한 번도 승리한 적 없었다.

“가능하다면… 우승자의 얼굴을 볼 수 있습니까?”

“그건… 당사자가 결정할 사안 같은데… 잠깐, 미스티어리어스 호면을 잠깐 벗어주실 수 있나요?”

케빈은 일단 묻지 않을 수 없었다.

“호면은 벗을 수 있지만, 대신 선글라스를 써도 됩니까?”

미스티어리어스 유창한 영어로 호면 벗는 조건을 제시했다.

경기장은 잠시 정적에 휩싸였다.

“선글라스는 써도 좋습니다.”

자비드는 잠깐 생각에 잠겼다가 깨어난 듯 말했다.

미스티어리어스는 입구 쪽 가방에서 선글라스를 꺼내어 호면을 벗으며 빠르게 짙은 색의 선글라스를 착용했다.

머리 부분의 검도 할 때 사용하는 면수건 위에 다시 띠를 넓게 두르듯 이마에는 면수건이 또 둘리어져 있었다.

이마 띠 면수건에도 역시 **(mysterious)** 라고 가로로 새겨져 있다. 그리고 선글라스 아래는 마스크 대신 검도 할 때의 호면 속 면수건인데 역삼각형으로 코와 입이 가려져 있었으며, 면수건에도 **(mysterious)** 글씨가 세로로 새겨져 있었다.

-**mysterious** (불가사의)로 철저하게 무장한 사연이 따로 있을까?

머리부터 죽도까지 철저하게 불가사의 혹은 신비한 의미가 담긴 **(mysterious)**를 강조한다. 요구대로 호면을 벗었으나 동양인인지 서양인지조차도 구별할 수 없는 복장으로 치장하고 있었다.
아는 사람만 아는, 손목에 금이 가는 상처를 입은 사람으로서 부자연스러운 동작은 그 어디에도 찾아볼 수 없었다.
그런 자연스러운 모습을 지켜보던 자비드는 고개를 갸웃거리며 이상하다는 눈빛을 리벤지와 서로 교환하고 있었다.
벗었던 호면을 천천히 다시 쓴 우승자는 느린 동작으로 호면의 끈을 맨 후, 후원인이자 심사위원이던 제프리와 함께 퇴장했다.
검도 경기할 때는 호면 착용으로 위와 옆에서도 얼굴을 살필 수 없었다. 그러나 모니터 호면이 정면을 비춘다면 순간적으로는 표정을 살필 수 있었다. 모니터에 분명 찡그리는 표정이 순간 포착되기도 했었다.

표범 피하고 호랑이 만나?

무예 경연 우승자 미스티어리어스와 제프리가 걸어서 경기장을 빠져나오자 즉시 차 한 대가 다가와 정차했다.

썬팅으로 내부는 자세히 볼 수 없어서 누가 운전하는지 알 수 없으나 오전에 미스티어리어스를 경기장에 내려준 차였다.

"제프리. 이젠 안전합니다. 그만 들어가십시오."

미스티어리어스는 제프리에게 그만 경기장에 들어가라고 했다.

제프리는 경연 관계자이므로 경연 끝난 후, 심사위원, 후원인들 뒷마무리가 남아 있었다.

"미스티어리어스. 수고했습니다. 다음에 만납시다."

제프리는 군말 없이 짧은 작별 후 다시 경기장으로 들어갔다.

"오 지사장님. 업무도 바쁘실 텐데 정말 고맙습니다."

미스티어리어스가 가방을 차에 싣고 올라타며 그렇게 인사했다.

"아닙니다. 이건 내 일이기도 합니다. 정체를 드러내지 않으려 후원인으로 참관하지 못해 너무 아쉬웠어요. 우승하는 데 도움 줄 수 있어서 저도 너무 기쁩니다. 김 박사님."

운전하면서 맞이한 사람은 뜻밖에도 오정훈 지사장이었다.

"영하. 정말 고생했어."

차 안에서 우승자를 반갑게 맞이하는 사람은 기정이었다.

"우리 사이에 고맙고 뭐고 그런 말이 왜 필요해. 팔은?"

"금이 갔는데… 약간의 통증이야 감내해야겠지. 대신 막중한 결승전을 치러주는 친구도 있는데. 하하하"

오정훈은 영하, 기정을 태우고 그들의 대학에 가고 있었다. 차량으로 약 2시간 거리였다. 영하는 군 복무 후 수학박사로 학부생 지도하려고 준비 중이고, 기정은 박사과정 3년 차였다.

우승에 따른 상금은 정산 후 계좌로 입금될 것이다.

"경기 중엔 약간씩 아픈 척하다가 끝난 후에는 아픈 티를 전혀 안 내는 행동을 여러 차례 했어. 하하"

영하가 싱글거리며 설명했다.

"왜? 끝까지 숨겼어야지?"

"일부로, 리벤저 일당이 사주했다면 가해한 자들을 책망하여 다툴 거고, 직접 범행했다면 서투르게 가해한 걸 후회할 거야."

영하는 전에 없이 의기양양함을 보여주고 있었다.

"너의 그런 행동하고 그게 무슨 상관인데?"

"본인들이 두 번 패배 당했다는 걸 깨닫게 만든 거지."

영하는 그 일당은 결승전 패배 후 서로 남 탓하면서 내분으로 한바탕 소동을 예고하고 있었다. 분명 책임 추궁으로 누군가는 보복당할 것으로 예상하며, 아무리 지하 세계의 경기지만, 선수에게 위해를 입혀 승리하려는 파렴치함에 경각심을 고취 시키는 차원에서 경기를 마치고 그런 태도를 보였다는 설명이 따랐다.

“그럼 우리도 선수 바꿔치기했는데 정당한 행위는 아니잖아.”
기정은 우리도 부정행위를 저지른 거라는 의미였다.
“그렇긴 한데, 일단 경기에 나섰으면 상대가 누구든 다 이겨야 우승할 수 있는 거잖아. 이런 기이한 상황을 만든 건 저들이야. 난 우리가 죄책감을 가질 필요는 없다고 봐.”
“저들은 표범 피하려다 호랑이를 만난 거겠지요? 하하하.”
오 지사장은 말하면서 매우 통쾌하게 웃었다.
“아, 이렇게 말하면 우리 진 박사님께 실례가 되는 건가요?”
오정훈은 빠르게 수정하였다.
“하하하. 그 말씀이 제대로 정곡을 찌르는 표현이 맞습니다.”
기정도 통쾌하게 웃으며 말했고, 영하는 웃음을 머금고 있었다.

*　　*　　*

엊저녁, 불의의 기습을 당한 기정은 일단 제프리에게 연락한 후 냉정하게 생각했다. 지금 손목의 통증 상태라면 내일 결승 경기 참가는 어렵다는 판단을 할 수 있었다.
제프리가 도착하기 전 기정은 영하에게 상황을 설명하고 빨리 와줄 것과 오정훈에게 연락하여 도움을 청하라고 부연했다.
둘은 학생과 마찬가지이며, 이런 사태는 무역회사 미국 지사장이 잘 처리할 것으로 사료 되었다. 기정의 출전으로 오정훈도 20만 불이나 베팅한 상황으로, 오정훈의 미국 내 지역적인 업무 경험과 지혜로 이번 사태를 잘 넘길 것이라는 믿음이 갔다.

워낙 다급한 기정-영하의 도움 요청에 오정훈은 만사 제쳐두고 뉴욕에서 애틀랜타 가는 가장 빠른 비행기를 검색해 날아왔다. 존 F. 케네디 국제공항에서 애틀랜타 공항까지 비행 소요시간은 3시간이 채 안 되었다. 오 지사장은 애틀랜타 지점에 연락하여 공항에 차를 대기시키고, 세 명이 안전하게 하루 묵을 숙소를 예약하라고 지시했다. 영하를 공항에서 만나, 병원 지하주차장에 도착하여 먼저 기정에게 연락 후 차 안에서 결승전에 대비하여 전략회의를 했었다. 국제무역회사의 미국 지사장으로 이 정도 일 처리는 일사불란하게 진행할 수 있었다.

"진 박사님. 누구 소행으로 생각하나요?"

차 안에서 오정훈은 심각하게 물었다.

"전 내일 결승에서 만날 리벤지 팀이 아닐까, 짐작합니다."

"그렇지요? 나도 상황을 듣고 비행기에서 그렇게 생각했는데… 리벤지의 검도 실력이 진 박사님보다 아래인가요?"

"그건 아닐 겁니다. 직접 겨루지 않아 확답은 못 하지만, 저와 엇비슷한 수준이 아닐까, 느꼈습니다."

"그렇다면 왜 손목을 공격했을까요?"

"아마 검도는 막상막하지만 체스960에서 밀릴 것으로 판단하고 그러지 않았을까, 짐작하고 있습니다. 리벤지의 8강전, 4강전을 제가 분석할 때 체스 실력은 GM은 아닌 것 같고… 버금간다고 할 순 있겠지만… 최상 IM 정도로서 체스960으로 대국 경험이 그리 많지 않다는 느낌도 받았습니다."

기정은 손목 치료받으며 여러 경우를 헤아렸고, 나름대로 판단한 부분을 설명하였다.

"그럼 검도에서 승리를 거머쥐겠다는 의도라는 거죠?"

"그렇습니다. 저도 리벤지의 검도와 체스를 분석했듯이 그도 저의 경기를 분석했다고 보면 그런 해답이 나옵니다."

리벤지 선수의 정체와 속내는 알 수 없다. 자비드는 그럴 위인이라는 것은 그간의 행적으로 짐작하고도 남을만하다.

리벤지의 검도 솜씨는 돋보였지만, 기정보다 월등한 수준이라고 할 수 없었으며, 체스960 수준은 리벤지가 아래라는 판단이었다.

"이번 무예 경연에 체스보다 검도에서 승점을 따낼 수 있다는 전략으로 자비드가 선수를 출전시켰다는 생각에 동감이야."

영하는 단정했다.

"정말 자비드가 리벤지 우승을 위하여 사주했다면 오늘 중으로 병원에 확인하지 않을까요?"

"결승전 출전 선수의 다친 손목 상태를 병원으로 확인한다면, 틀림없는 자비드의 소행일 것이라는 건가요? 지사장님?"

영하는 그런 짐작인가, 확인했다.

“그렇습니다. 가해 후 치료받을 병원을 미행했을 테고, 전화로 부상 상태를 확인할 수 있을 겁니다.”

오정훈은 짐작되는 바 근거를 제시했다.

영하는 이를 앙다물었다. 차 안의 대책회의가 길어졌다.

그리고 만일을 대비하여 일부러 어둠이 내린 후 출발했다.

미행당한다면 뒤 차량 불빛으로 알아낼 수 있다는 판단이었다.

* * *

“김 박사님. 진 박사님. 다음 경연에는 선수와 매니저 그리고 후원인으로 우리가 뭉쳤으면 좋겠어요. 케빈과 제프리는 각자 실력 좋은 미국인 선수를 찾으라 하고요. 저도 대표 후원인으로 경기장에서 무예 경연을 생생하게 참관하고 싶습니다.”

오정훈은 대학 인근에 내려주며, 둘의 손을 양쪽으로 꼭 잡으며 간절한 눈빛으로 부탁하고 있었다. 바둑 고수로 체스의 치열한 승부 세계를 눈앞에서 관전한 후 어떤 그리움이 다가왔을까!

“위급한 상황에서 도와주신 지사장님께 감사드립니다. 그리고 말씀대로 상의해보겠습니다. 지사장님께서 저희 뒤를 봐주시면 더없이 든든할 것이나, 앞으로 무예 경연의 참가는 미지수라는 걸 미리 말씀드립니다.”

기정은 다음을 기약할 수 없음을 정중하게 전했다.

끝